한국
아동문학의
발자취

한국
아동문학의
발자취

류덕제 저

보고사
BOGOSA

일제강점기와 해방기의 아동문학은 어떠한 모습이었을까? 누가 무슨 작품을 발표했고 당대의 중심적인 논점은 무엇이었을까? 최근 들어 아동문학을 대상으로 한 연구 분위기가 조성되어 많은 논문들이 이러한 의문을 풀어내고 있다.

이 책은 딱딱한 논문 형식을 벗어나 재미있게 아동문학의 발자취를 살펴보고자 하는 의도에서 썼다. 그러나 '재미'는 가미한 정도이지 논문이 추구하는 객관적인 '사실 확인'을 놓치지 않으려고 애썼다. 그 바람에 벗어나고자 했던 딱딱함이 되살아난 듯도 하다.

그간 잊혔거나 덜 알려진 작가를 조명하기도 하고, 어렵사리 찾은 아동문학 도서의 의미를 따져보기도 했다. 잡지의 보급 범위를 추적하다가 구한말 우리 민족의 서구 이민사와 맞닥뜨리기도 했다. 일제강점기의 대표 갈래인 동요를 모아 놓은 앤솔러지 두 권에 대해서 성과와 아쉬움을 살펴보고, 일본에서 발간된 『동요선집』과 비교도 해 보았다.

수록한 글은 모두 『동시발전소』에 연재하였거나 하려는 것이다. 편집주간 김종헌 선생의 권면에 따른 것인데 일찌감치 써 둔 것도 있지만 더러 마감에 쫓겨 허겁지겁 쓴 것도 없지 않다. 각각의 주제별로 쓴 글이어서 내용 중 일부는 중복되는 것이 없지 않다. 책으로 묶으면서 내용을 다시 검토하여 보태거나 뺀 부분이 많다. 사진 자료도 더 보충하였고, 인명이나 도서에 대한 원천탐색을 통해 사실 확인을 하는 데도 공을 들였다.

난삽한 원고를 반듯한 책으로 만들어 준 보고사 김흥국 사장과 박현정 편집장, 편집에 애를 쓴 이소희 씨에게 고마움을 전한다.

2022년 12월
대명동 연구실에서 류덕제

차례

윤복진의 아동문학과 대구

이연실의 〈찔레꽃〉이란 노래가 있다. 1973년 신세기레코드사에서 발매한 『비의 나그네/아가씨들아』라는 컴필레이션 음반에 수록되었다가, 1975년 『고운 노래 모음⑴』,[1] 1989년 한국음반에서 『고운 노래 모음⑵』(1975년의 1, 2절)에 다시 수록되었다. '가을 메들리'라 하여 가을철에 자주 불린다. 처연한 가사에 다소 느린 가락이 가을이란 계절과 잘 맞아떨어져 이런 이름을 단 것 같다. 가사는 이원수李元壽의 「찔네꽃」(『신소년』, 1930년 11월호)[2]을 개사한 것이다.

---

1 1. 엄마일 가는길에 하얀 찔레꽃/찔레꽃 하얀잎은 맛도좋지/배고픈날 가만히 따먹었다오/엄마엄마 부르며 따먹었다오// 2. 밤깊어 까만데 엄마혼자서/하얀발목 바쁘게 내게오시네/밤마다 보는꿈은 하얀엄마꿈/산등성이 너머로 흔들리는꿈// 3. 엄마엄마 나죽거든 앞산에 묻지말고/뒷산에도 묻지말고 양지쪽에 묻어주/비오면 덮어주고 눈오면 쓸어주/내친구가 날찾아도 엄마엄마울지마// 4. 울밑에 귀뚜라미 우는달밤에/기러기 기럭기럭 날라갑니다/가도가도 끝도없는 넓은하늘을/엄마엄마 찾으며 날라갑니다// 5. 가을밤 외로운밤 벌레우는밤/시골집 뒷산길이 어두워질 때/엄마품이 그리워 눈물나오면/마루끝에 나와앉아 별만셉니다//

2 이원수李元壽의 「찔네꽃」 전문은 다음과 같다. "1. 찔네꽃이 하얏케 피엿다오/어니일 가는 광산길에 피엿다오/찔네꽃 닙파리는 맛도잇지/배곱흔날 짜먹는 꽃이라오// 2. 광산에서 돌째는 어니보려고/해가저문 산길에 나왓다가/찔네꽃 한닙두닙 짜먹엇다오/저녁굶고 찔네꽃츨 짜먹엇다오//"

〈가을밤〉이란 노래도 있는데 가락은 〈찔레꽃〉과 같다. 이태선이 작사를 하고 박태준이 작곡을 했다고 한다. 송방송은 『한겨레음악인대사전』(보고사, 2012)에서 "1920년 우리나라 최초의 창작동요 〈가을밤〉(이태선 작사)"이라 하였다. 1923년에 발간된 잡지 『어린이』에서 창작동요가 실리기 시작했는데, 그보다 3년이나 앞서 동요가 발표되었다니 믿기 어렵다. 동요의 지은이가 이태선이란 것도 믿을 수가 없다. 일제강점기 동요 작가를 샅샅이 훑어보았지만 이태선李泰善이 지은 「가을밤」이란 동요는 어디에서도 발견할 수 없었다. 하여튼 그 노래의 가사는 다음과 같다.

1　가을밤 외로운밤 벌레우는밤
　　초가집 뒷산길 어두워질때
　　엄마품이 그리워 눈물나오면
　　마루끝에 나와앉아 별만셉니다

2　가을밤 고요한밤 잠안오는밤
　　기러기 울음소리 높고낮을때
　　엄마품이 그리워 눈물나오면
　　마루끝에 나와앉아 별만셉니다

지금 불리고 있는 동요곡 〈가을밤〉의 작사자는 이태선이 아니라 함경남도 원산元山 출신의 이정구李貞求다. 일제강점기에 활발하게 동요 창작을 하다가, 교토제국대학京都帝國大學 법학과를 졸업하고(1937년 3월) 원산에서 교편을 잡았다. 이정구의 동요 「가을밤」은 『조선일보』에 발표되었다.

가을밤

李貞求

一

가을밤 외로운밤 버레우는
밤
도갓집 뒷산길이 어두어질
쌔
엄마품이 그리워 눈물나오
면
마루쏫헤 나와안저 별만헵
니다

二

가을밤 고요한밤 잠안오는
밤
기럭이 우름소래 놉고나즐
쌔
누나정이 그리워 눈물나오
면
마루쏫헤 나와안저 달만봄
니다

이정구, 「가을밤」, 『조선일보』, 1929.11.6.

지금 불리고 있는 노래 〈가을밤〉과 가사가 거의 일치한다. 이정구는 1연과 2연에 약간의 변주를 하였다. '엄마 품'을 '누나 정'으로, '별만 헵니다'를 '달만 봅니다'로 바꾼 것이다. 시적 기준으로 보면 이태선 작사라는 것이 오히려 격이 낮다. 게다가 '도갓집'을 '초가집'으로 바꾸었다. '도갓집'은 상여를 놓아두는 집이라 마을에서 좀 떨어져 있다. 날이 저물어 어두워지고 어머니마저 부재하면 외로울 뿐만 아니라 어린아이에게는 무서운 생각이 들 것이다. 그래서 '초가집'보다는 '도갓집'이어야 시의 분위기에 걸맞다. 이정구는 『조선일보』에 먼저 발표하고 한 달 뒤에 『동아일보』에도 「가을밤」(1929.12.7)을 또 발표했다. 제목뿐만 아니라 내용도 동일하다. 여기에도 '도갓집'으로 되어 있다. 표기법이 통일되지 않고 오식誤植이 허다했던 일제강점기의 신문임을 감안하더라도, '초가집'을 '도갓집'으로 오식한 것이 아니라는 것은 분명하다.

노래 〈찔레꽃〉과 〈가을밤〉의 곡은 박태준의 것이다.[3] 그런데 이보다 앞서 박태준은 윤복진尹福鎭(1907~1991)[4]의 동요에 곡을 붙여 노래 〈기

럭이〉를 만들었다. 결국 〈기럭이〉, 〈찔레꽃〉과 〈가을밤〉은 가사만 달
랐지 곡은 같은 것이다. 동요 「기럭이」는 다음과 같다.

> 울밋혜귓드람이 우는날밤에
> 길을일흔기럭이 날아감니다.
>
> 가도가도끗업는 넓은한울로
> 엄마〜 불느며 흘러감니다.
>
> 오동닙히우수수 지는달밤에
> 아들찾는기럭이 울고감니다.
>
> 엄마〜울고간 잠든한울로
> 기럭기럭불느며 차저감니다.
>
> (『조선동요선집－1928년판』, 162쪽)

「기럭이」가 언제 처음 발표되었는지는 분명하지 않다. 지금까지 확
인된 것으로는 『조선동요선집－1928년판』(조선동요연구협회 편, 박문서관,
1929.1)에 수록된 작품이 가장 앞선 것이다. 『조선동요선집』은 1929년
1월에 발간되었지만, 1928년 6월경부터 '인쇄 중'이란 신문 기사가 여
러 번 났었다.[5] 이를 기준으로 하면, 동요 「기럭이」는 적어도 1928년

---

3 원곡은 포스터Forste, Stephan의 〈Massa's in de cold ground〉라고 하는 주장이 인터넷
  에 떠도는데 확인해 보면 사실이 아님을 알 수 있다.

4 윤복진의 호적명은 윤복술尹福述이다. 대구 중구 궁정弓町(현 射一洞) 72번지에서 출생
  하여 사립 희원喜瑗보통학교와 계성학교啓聖學校를 거쳐, 1933년 니혼대학日本大學 전
  문부 문과, 호세이대학法政大學 법문학부 영문과를 졸업하였다. 필명으로는 김수향金水
  鄕, 김귀환金貴環, 김수련金水蓮, 파랑새, 가나리아, 목동牧童 등이 있다.

초반이나 늦어도 중반에는 창작되었을 것으로 보인다.

동요「기럭이」가 노래〈기럭이〉가 된 것은 대구 복명유치원復明幼稚園에서 '하기 보모강습회' 교재용으로 만든 『동요곡보집童謠曲譜集』(1929)에서 처음 확인된다. 다음은 신작동요곡 가운데 하나로『어린이』(1930년 9월호)에 발표되었고, 이어 1931년에 발간된 동요곡집『중중때때중』(무영당서점. 1931.2)에 수록되었다. 1933년 11월 8일 자『조선일보』에도 윤복진의 동요와 박태준의 곡이 함께 실렸다. 이는 '율동유희강습'의 일환으로 최영애崔英愛의「햇비츤 쨍쨍」, 이원수李元壽의「비누풍선」등에 연이어 실린 것이다. 따라서 윤복진이나 박태준이 실었다기보다는 당시 율동유희에 남다른 관심을 가졌던 김영제金永濟가 이미 발표된 노래와 곡에다가 소학교나 중등학교에서 율동유희를 할 수 있도록 설명하기 위해 끌어다 쓴 것이다. 그 뒤 목사로 이름이 난 강신명姜信明이 편찬한 『아동가요곡선삼백곡(집)兒童歌謠曲撰三百曲(集)』(평양: 농민생활사, 1936.1; 1938.10; 1940.6)과 해방 후『박태준동요작곡집』(음악사, 1949.5)에도 그대로 실렸는데, '기러기'로 표기만 바뀌었다.

노래〈기럭이〉(기러기)는 윤복진의 동요「기럭이」(『조선동요선집-1928년판』)와 약간의 차이가 있다. 동요「기럭이」는 4연 각 2행 형식이나, 노래〈기럭이〉는 노래 형식이다 보니 2절 형식이다. 동요「기럭이」의 1연 1행에 '우는날밤에'라 한 것은 '우는달밤에'의 오식이 분명하다. 동요「기럭이」의 2연 2행은 '엄마엄마불느며'로 되어 있으나, 노래〈기럭이〉는 '엄마엄마차저며'로 되어 있다. 동요「기럭이」의 4연 2행에 있는 '기럭기럭불느며'는 노래〈기럭이〉에서도 같다. 〈가을밤〉의 경우와는 반대로, 〈기럭이〉는 노래의 가사가 동요「기럭이」보다 시적으로 격이

----

5 「동요연구협회 『동요선집』 발행-제일집 인쇄 중」, 『매일신보』, 1928.6.26.

『동요곡보집』 겉표지   『물새발자옥』 겉표지(이인성 판화)

더 높다. 아들 기러기는 엄마를 '찾고' 엄마 기러기는 아들을 찾으려고 '부르며' 날아간다는 표현 등이 그렇다. 단순 반복을 피하고 약간의 변주를 통해서 노래의 분위기를 더욱 살려냈다. 그 외에는 표기상의 차이 말고 동일하다.

그런데 〈기럭이〉(기러기)란 노래는 어디로 가고 〈찔레꽃〉과 〈가을밤〉만 불리고 있는 것일까? 〈가을밤〉은 동요「가을밤」과 완전히 일치하지만 작사가를 이태선이라 하였다. 왜 이런 일이 벌어졌을까? 〈찔레꽃〉은 그렇다 치고, 〈가을밤〉은 가사가 완전 동일한데도 원작자를 두고 작사가의 이름을 바꾼 것은 무슨 까닭일까?

결론부터 말하면 이정구란 사람이 북한 사람이기 때문이다. 위 가사 어디에도 이데올로기적인 내용은 없다. 단지 이정구가 북한에 있는 사람이기 때문에 난데없이 '이태선'이 작사가로 등장했던 것이다. 6·25 전쟁을 겪은 터라 민족 감정이 안 좋을 때다. 때마침 미국에 매카시즘 McCarthyism 선풍이 불더니 그대로 우리나라에도 옮겨왔다. 북한 사람 이정구의 노래를 부른다는 것이 용인될 리 없었기 때문이다.

14

「기럭이」를 지은 윤복진은 윤석중尹石重에 버금가는 동요작가다. 작품의 양이나 질 어느 측면으로 보더라도 그렇다. 일제강점기 그의 동요는 현실인식을 드러내 보이는 것도 다수 있으나, 대부분 동심을 표현하는 것이었다. 남성정교회南城町敎會(현 제일교회)[6]를 함께 다니던 박태준(1900~1986)은 윤복진이 동요를 지으면 바로 곡을 붙였다. 화가 이인성李仁星(1912~1950)은 다수의 작품에 그림을 덧붙였다. 윤복진의 동요에 박태준이 곡을 붙인 동요곡집은 앞에서 말한 『중중때때중』과 『양양범버궁』(무영당서점, 1932), 그리고 두 동요곡집에서 가려 뽑은 『도라오는 배』(돌아오는 배)(무영당서점, 1934) 등 4권이 있다. 모두 무영당서점茂英堂書店[7]에서 등사판으로 간행하였다. 가요곡집이란 이름으로 『물새발자옥』(교문사, 1939)도 발간했다. 이 동요곡집(가요곡집) 어느 곳에도 이데올로기가 드러난 작품은 하나도 없다.

그런데 해방이 되자 윤복진은 좌익 문학단체에 가담하더니, 대놓고 이전의 문학관을 자아비판하였다. 그러다가 전쟁 중에 월북하였다. 그곳에서 그는 '동요 할아버지'란 칭호를 받으며 체제에 맞추어 잘살다가 1991년 83세로 사망하였다.

앞에서 이정구의 경우를 보았듯이 윤복진도 다르지 않았다. 여러 책에 실릴 만큼 많은 사람들이 즐겨 불렀던 노래 〈기럭이〉는 더 이상 부를 수 없게 되었다. 비단 〈기럭이〉만이 아니었다. 윤복진이란 이름이

---

6 현재 제일교회는 중구 국채보상로 102길 50에 있다. 그전에는 중구 남성로 23번지에 있었다. 지금 제일교회 남성로 선교관이다. 몇 해 전까지만 해도 담쟁이덩굴이 뒤덮여 있었는데 지금은 걷어내고 대구시에서 유형문화재 제30호로 지정하였다. 1933년에 제일교회로 이름을 바꾸었다. 이전에는 남성정교회라 하였다.

7 1923년 무영당서점으로 시작해 무영당이란 백화점으로 발전했다. 1937년에는 5층 건물을 신축했는데, 현재에도 대구 중부경찰서에서 서성로로 이어지는 서문로에 남아 있다. 일제강점기 때에는 혼마치本町라 불렀다. 주인은 개성 사람 이근무李根茂였다.

붙은 것은 모조리 금지되었다. 그런데 작곡가 박태준은 월북하지 않았고 연세대학교 음대 교수로 재직하였다. 자신의 곡이 묻히는 것이 아까웠다. 그래서 당대 최고의 동요 작가 윤석중에게 윤복진이 지은 동요를 개사해 달라고 부탁하였다. 곡은 그대론데 개사한 노래는 좀처럼 잘 불리지 않았다. 동요와 곡은 연때가 맞아야 하는 법임을 실감할 수 있다. 노래 〈기럭이〉는 이렇게 묻히기에는 아까웠다. 가사만 바꾸면 누구도 문제 삼지 않을 것이다. 작곡자는 아무런 정치색을 드러낸 적이 없는 음악가였기 때문이다. 그 결과 이연실이 개사를 한 가요가 나오고, 동요의 분위기를 유지한 〈가을밤〉이 불리게 된 것이다.

몇 년 전에 대구의 한 도서관에서 개설한 교양 강좌의 강의 한 꼭지를 맡아 달라는 요청이 있었다. 마침 대구 출신의 문인을 주제로 해 달라고 해서 윤복진에 대해 간략히 이야기하였다. 강의 말미에 한 수강생이 질문을 했다. 제법 불편한 기색을 감추지 않고, 왜 월북한 사람의 작품에 대해 비판하지 않느냐고 으르릉댔다. 일제강점기의 작품이고 아무런 이데올로기가 나타난 것도 아니며 분단과 어떤 관련도 없이 작품 그 자체만으로 평가한 것이라고 하여도 그는 막무가내였다. 여러 차례 차분히 설명을 해도 조금도 받아들일 기색이 없었다. 오히려 다른 수강생들이 질문자를 질책하고 나섰다.

지방자치제가 되고 난 후 전국에는 자기 고장 알리기에 갖은 아이디어를 짜내고 있다. 문인에 국한해서 하나만 말해보자. 전라남도 강진군은 영랑永郎 김윤식金允植이 태어난 곳이다. 영랑은 「모란이 피기까지는」(『문학』 제3호, 1934년 4월호; 『영랑시집』, 시문학사, 1935)으로 우리에게 잘 알려진 시인이다. 그가 태어나 살았던 집은 잘 보존되어 있다. 몇 해를 다니면서 변모하는 모습을 고스란히 볼 수 있었다. 당초에는 집 주변에 들어선 민가들로 주차가 어려웠다. 몇 해를 지켜보니 군에서는 생가 주변 집들을 조금씩 사들여 주차장으로 개조하고 점점 넓혀 나갔다. 먼 곳에서 오는 사람들이 쉽게 영랑생가를 찾을 수 있게 한 것이다.

충청북도 옥천沃川은 정지용鄭芝溶의 문학제를 연다. 정지용은 월북인지 납북인지 논란이 있는 시인이다. 옥천에선 동요 작곡을 했던 정순철鄭淳哲 기념사업회를 꾸려 평전을 발간하기도 하였다. 괴산군槐山郡에서는 홍명희洪命憙 문학제를 2021년 현재 26회째 개최하고 있다. 홍명희가 누구인가? 해방 후 가산을 정리하고 솔가하여 월북하였다. 그리고 그곳에서 부수상을 지냈고, 아들 홍기문洪起文은 김일성대학 교수를 역임하면서 많은 저술 활동도 하였다. 홍명희의 북한에서의 활동을 찬양하기 위해 홍명희 문학제를 개최하는 것은 아니다. 그래서도 안 된다. 일제강점기에 〈신간회新幹會〉에 참여한 민족운동의 지도적 인물이었던 점, 대작 『임꺽정林巨正』을 남긴 작가라는 점 등을 기리기 위한 것이다. 누구나 옥천, 괴산, 청주를 찾으면 자연스럽게 정지용을 만나고 정순철을 알게 되며 홍명희를 재평가할 것이다.

지금 대구에는 윤복진과 관련한 어떤 현창 사업도 없다. 영랑과 달리 월북한 사람이어서 마음이 내키지 않을 수도 있다. 대구 지역에는 앞에서 말한 교양 강좌 수강생과 같은 생각을 하는 사람들이 많아서일까? 대구에도 우리나라를 대표할 문인들이 많다. 이상화를 비롯해 이런저런 행사가 있고 몇몇 문인들의 전집을 발간했으며 문인비를 세워 기념하지 않은 것은 아니다.

그러나 아쉬운 것은 일제강점기와 해방기를 통틀어 우리나라를 대표할 동요 시인 윤복진을 홀대하고 있다는 것이다. 최근 반짝 신문 기사에 등장하기는 했다. 대구문학관에서 전시도 했다. 그리곤 그만이다. 윤복진은 스스로 1,000여 편의 동요를 썼다고 했다. 1,000여 편에는 매체에 발표되지 않은 것이 많았을 것으로 보인다. 발표된 것도 다

찾기가 어렵다. 일제강점기와 해방기의 발표 매체는 신문과 잡지가 대표적이었다. 신문도 더러 그렇지만, 잡지는 일실하고 만 것이 너무 많다. 따라서 매체에 발표된 작품이라 하더라도 지금 다 찾는 것은 불가능하다.

십수 년 전부터 윤복진을 찾아다녔다. 윤복진은 그냥 내버려 둘 작가가 아니라고 판단했기 때문이다. 내가 대구의 대학에 재직하고 있었던 것도 이유라면 이유였다. 그것도 아동문학과 관련성이 큰 교육대학이어서 더 그랬다. 자료가 많은 서울의 도서관을 수도 없이 방문했다. 제한이 많은 도서관의 규정과 깐깐한 사서들의 차가운 응대를 무릅쓰고 잡지를 뒤지고 신문을 찾았다. 고서 경매사이트에서 발견한 자료는 값을 불문하고 샀다. 나의 능력이 닿는 범위는 망라한 듯했다. 입수한 자료들을 눈이 따갑도록 모니터를 응시하며 입력하였다. 그렇게 해서 윤복진의 전집을 간행하고자 했으나 불발되고 말았다. 저작권료 때문이다. 유족은 정당한 권리라 생각하고, 출판사는 그 비용을 감당할 수 없다고 한다.

전집이 나와야 연구가 된다. 연구가 되어야 가치를 알게 되는 것은 불문가지다. 노양환이 어렵사리 이광수李光洙의 전집을 간행하여 춘원 연구가 심화된 것은 두루 아는 얘기다. 윤석중, 이원수, 강소천姜小泉의 전집은 이미 간행되었다. 최근『정본 방정환 전집(전5권)』(창비, 2019)도 출간되었다. 기증본을 받아 읽어 보니 여러 사람이 오랫동안 많은 애를 썼다. 윤복진은 그 분량을 능가할 작품을 갖고 있다. 마음이 헛헛하다.

신고송과 일제강점기 대구지역
아동문학의 풍경

신고송申孤松, 申鼓頌(본명 申末賛)은 경상남도 울산군 언양彦陽 사람이다. 1916년 4월 1일 언양공립보통학교에 입학하여 1920년 3월 24일 졸업하였다. 1925년 4월 4일 대구사범학교에 입학하여 1928년 3월 25일 졸업하였다. 졸업 후 대구보통학교 교사로 재직하다가 '이단교사異端敎師'로 몰려 청도 유천보통학교淸道楡川普通學校로 좌천되었다. 1929년 말경에 '사상경향불온思想傾向不穩'을 이유로 교직에서 쫓겨났다. 그러나 곧바로 대구를 떠나지 않았다. 1930년 말경 대구에서 가두극장街頭劇場을 조직하여 연극활동을 하기 위해서였다. 신고송이 대구지역에서 활동했던 시기는 대체로 이 기간에 해당한다. 햇수로 대강 6년 정도가 된다.

대구사범학교 모습(엽서)

1920년대 중반부터 1930년대 초반에 걸쳐, 대구지역 아동문학 활동의 풍경을 살펴보자는 게 이 글의 목적이다. 신고송의 회고에서 당시 그가 만나 교류했던 사람들의 면면을 일부 확인할 수 있다.

> 내가 그를 알게 되기는 내가 대구사범학교에 다니든 1927년이다.
> 내가 동요시인 윤복진尹福鎭 군과 같이 동인잡지를 내엇을 때 우리는 삽화를 김용준金瑢俊 씨와 그때 대구에서 활약하든 멧멧 화가한테 부탁한 일이 잇섯다. 김용준 씨는 우리에게 소년화가로써 이상춘李相春 군을 소개해 주엇다. 상춘 군은 그때 대구상업학교를 그림 그리기 때문에 게을리하야 낙제 중도퇴학하고 그림에 정진하고 잇엇다. (중략)
> 그 뒤 우리는 대구에 잇든 소년작가 소년화가들의 작품(동요, 시 그림 등)을 모아 전람회를 열엇든 것이다. (중략) 나는 한 해 뒤 이단교원으로 뵈여 유천楡川이란 시골학교로 좌천되어 갔다. (중략) 내가 유천에 있을 때 홀연이 그는 유명하든 장발을 깍고 일본 동경東京으로 건너갔다가 1년이 지난 뒤 나온다는 편지도 없이 자수自手로 만든 새빨안 추렁크를 들고 나오는 길에 유천에를 찻었다. 그의 가방 속에서 나온 것은 그때의 쓰키지소극장築地小劇場에서 올린 신축지新築地와 좌익극장左翼劇場의 무대사진이었고 그가 고안한 무대면(유진·오닐의 「모원毛猿」)이었다. (중략) 1929년 교원생활 2년 반만에 나는 사상경향 불온이란 죄목으로 교직을 쪼껴나고 그해 12월에 상춘 군, 이갑기李甲基 군과 가두극장街頭劇場을 대구에서 조직하고 맑스주의를 당당히 강령으로 내걸기는 했으나 (공연 한번 못하고 유치장 구경만 했었다.)[1]

일제강점기 연극 및 아동문학 활동을 하면서 갖은 고초를 겪은 신고

---

1 신고송申鼓頌, 「죽은 동지에게 보내는 조사弔辭−나의 죽마지우 이상춘李相春 군」, 『예술 운동』 창간호, 1945.12, 66∼68쪽.

1933년 치안유지법 위반으로
서대문형무소에 수감되었을 때의 이상춘
(한국사데이터베이스 제공)

송이 해방을 맞아 친구 이상춘(1910~1937)의 죽음을 애도하며 쓴 조사
弔辭다. 해방 후 남로당南勞黨의 강령에 따라 임화林和와 김남천金南天
이 중심이 되어 결성한 〈조선문학건설본부〉(조선문화건설중앙협의회)에
반기를 들고 결성한 〈조선프롤레타리아문학동맹〉의 기관지『예술운
동』에 실려 있다.

　신고송이 이상춘을 만난 시기를 1927년이라 하였다. 1927년이면 대
구사범학교 3학년 때다. 만난 계기가 윤복진과 동인잡지를 낼 때 삽화
를 그리기 위해 화가들을 만나야 했기 때문이다. 윤복진과 함께 한 동
인 활동은 무엇일까? 윤복진이 중심이 되어 조직한 아동문학 동인 조
직 〈등대사〉다. 이보다 먼저 〈가나리아회〉를 조직해 활동하다가 1926
년 9월경에 〈등대사〉로 개편하였다. 〈등대사〉는 대구의 문인암文仁岩,
박태석朴泰石, 황종철黃鍾喆, 은숙자銀淑子, 언양彦陽의 서덕출徐德出,
신고송 등이 함께 하였다. 〈등대사〉는『등대』라는 동인잡지를 발간하

였다. 전국의 소년문사들의 작품을 모아 조선동화동요전집『가나리아의 노래』를 발간하려 하였으나 여의치 않아『파랑새』로 바꾸었지만 끝내 발간하지 못한 것 같다. 〈등대사〉의 주소는 "대구 남산정南山町 685번지"였다. 이는 윤복진의 집이다. 해방 후 태어난 둘째, 셋째 딸의 출생지가 다 여기다.

〈등대사〉는 문학 곧 동요 중심이었는데 이를 해체하고 음악, 무용, 아동극 등으로 확대 개편한 것이 1928년 9월경 창립한 〈파랑새사〉다. 이때 아동 교양운동에 다년간 노력한 여러 사람이 책임을 맡았다고 한다. 위에서 언급되지 않은 사람 중에, 당시 남성정교회南城町教會(현 제일교회)와 계성학교啓聖學校에서 음악을 담당했던 박태준朴泰俊과 윤복진의 작품에 여러 번 그림을 붙였던 이인성李仁星 등이 가담했을 것으로 보인다.

위의 글에 따르면, 신고송과 이상춘을 연결시켜 준 이가 근원 김용준近園 金瑢俊(1904~1967)이다. 경상북도 선산善山 출생으로『근원수필近園隨筆』을 남긴 미술비평가·미술사학자다. 그리고 가두극장을 함께 한 이로 현인 이갑기玄人李甲基(1908~?)를 언급하였는데, 경상북도 달성군 수성면 출생으로 계급문학 활동에 참여한 비평가다.

신고송은 대구로 오기 전 〈언양소년단彦陽少年團〉에서 활동하였고, 1924년『어린이』의 독자담화실에 이런저런 소식들을 전하고 있었다. 1924년에는 진주晉州의 소용수蘇瑢叟, 합천陜川의 이성홍李聖洪, 마산馬山의 이원수李元壽, 울산蔚山의 서덕출徐德出, 수원水原의 최순애崔順愛, 대구大邱의 윤복진尹福鎭, 원산元山의 이정구李貞求, 안변安邊의 서이복徐利福, 안주安州의 최경화崔京化 등과 함께 서울의 윤석중尹石重이 중심이 되어 창립한 〈기쁨사〉에 참여하였다.

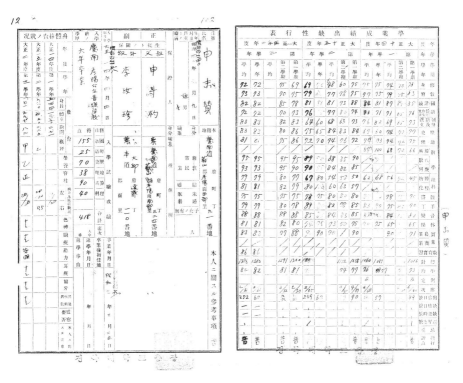

신고송의 대구사범학교 학적부

1925년 『어린이』 5월호에 '언양소년단 신고송'의 이름으로 일기문 「밧브든 일주간」이 실리고, 11월호에 동요 「우톄통」이 입선한다. 이때 신원을 '대구 신고송'이라 하였다. 바로 대구사범학교에 입학하여 거처를 대구로 옮긴 까닭이다. 대구사범학교는 1922년 3월 조선총독부가 제정한 사범학교 규정에 따라 1923년 4월 1일 설립한 경상북도 공립사범학교가 그 시작이다. 신고송이 다녔던 공립사범학교는 1929년 6월 1일 자로 폐지되고 관립대구사범학교로 개편되었다.

신고송은 초창기 동요 문단에서 주도적으로 비평문을 발표하였다.

같은 동인 활동을 하였음에도 불구하고 그는 윤복진에 대해 매섭게 비판하였다. 이른바 동심주의 작품이었던 까닭이다. 신고송의 동요 한 편을 통해 당시의 사정을 짐작해 보자.

　　　욕을 먹고서

　　긔차탄아희에게 욕어더먹고
　　왼종일철쭉미테 긔다렷다네
　　그애탄차오두록 긔다렷다네

　　사차미차다가고 밤차가와도
　　날욕한애탄차는 오지도안허
　　쥔주먹도루놋코 도라를가네
　　　　…(慶北 淸道 楡川)…[2]

말미에 '경북 청도 유천'이라 한 것으로 볼 때 이 작품이 지어진 시기가 신고송이 대구보통학교에서 '이단교사'가 되어 청도 유천보통학교로 좌천되었을 때임을 알겠다. 시의 내용은 기차를 타고 가는 아이로부터 욕을 얻어먹고는 복수하기 위해 하루 종일 철둑 밑에서 주먹을 쥐고 기다리다 집으로 돌아간다는 것이다. 노골적이진 않지만 계급 간의 대립이나 증오감이 묻어난다. '긔차 탄 아희'란 유산계급의 아이를 말한다. 가난한 집 아이인 나에게 모욕적인 욕을 한 것으로 보인다. 그래서 복수의 마음을 갖고 주먹을 불끈 쥐고 기다렸으나 그 아이가 오지 않아 하릴없이 집으로 돌아간다는 내용인 것이다.

2 신고송, 「욕을 먹고서」, 『조선일보』, 1929.12.4.

신고송의 동요가 이렇듯이 그의 비평은 계급의식의 유무에 기준을 두었다. 동요에도 계급의식을 드러낼 수 있지만, 비평은 사상과 이념을 보다 직접 표현할 수 있다. 신고송의 첫 작품이 아동문학이었듯이 비평 또한 아동문학에 관한 것이었다. 대구로 유학을 와서 윤복진 등과 동요 관련 동인잡지를 발간하면서 문학 활동을 시작한 것과 무관하지 않다.

신고송의 첫 번째 비평문은 1927년 「9월호 소년잡지 독후감(전5회)」(『조선일보』, 1927.10.2~7)이다. 1927년이면 신고송이 대구사범학교 3학년에 재학할 때이고, 이상춘을 만났을 때이며, 윤복진과 동인잡지를 발간하고, 전람회를 준비하던 때다. 이후 동심의 계급성, 동요운동의 새로운 방향, 동요와 동시 등 여러 문제에 관해 1930년 초반까지 아동문학 평단의 중심적인 역할을 하게 된다.

매체비평을 첫 번째 비평 주제로 삼은 까닭은 편집하는 사람과 부형들에게 참고가 되도록 하기 위해서라고 밝혔다. 대상으로 한 매체는 소년잡지로, 『새벗』, 『소녀계』, 『소년계』, 『무궁화』, 『조선소년』, 『아희생활』, 『신소년』, 『별나라』, 『어린이』 등이다. 당시 유통망이나 여러 사정을 감안하면 이 잡지들을 두루 갖추어 읽는 것이 말처럼 쉬운 일이 아니다. 신고송이 아동문학에 깊은 관심을 갖고 있었다는 방증이 된다.

당시 대구엔 개성開城 출신인 이근무李根茂가 무영당서점茂英堂書店을 운영하고 있었다. 1923년부터 서문로西門路에서 문구와 서적을 팔던 곳이다. 조선인들의 사랑방 역할을 하였고, 구하기 어려운 책(이념서적)을 부탁하면 꼭 구

무영당백화점의 현재 모습

해주는 성실함을 보였다고 한다. 아마 이러한 서적 유통망 등 일제강점기 대구의 인프라가 어느 정도 갖추어진 덕에 아동문학 문단이 성립될 수 있었을 것이다. 매체비평에 치중해서인지 신고송의 첫 번째 비평문에서는 계급의식을 표나게 드러내지 않는다.

「동심에서부터-기성동요의 착오점, 동요시인에게 주는 몇 말(전8회)」(『조선일보』, 1929.10.20~30)은 신고송의 두 번째 비평문인데, 구체적인 작품을 예로 들어가면서 '동심'에 대해 논의하였다. 기성 동요에 착오가 있다고 했으니 비판적인 시각으로 당대 동요를 살필 것은 이미 예견된 바다. 이 글에서 함께 동인 활동을 하던 윤복진의 「잠자는 미럭님」, 「돌맹이」와 「늙은 느틔나무」세 편에 대해 모조리 부정적인 비판을 쏟아내었다. 이런 시각은 1930년 정초에 발표한 「새해의 동요운동-동심순화와 작가유도(전3회)」(『조선일보』, 1930.1.1~3)에서도 변함이 없다. 다작이지만 태작駄作이 많고 청신한 맛을 찾아볼 수 없다거나, 원숭이 흉내처럼 모제품模製品을 낸다고 하였다. 당대 작가들에 대해서는 비판도 있지만 칭찬도 있다. 그러나 윤복진에 대해서는 야박하리만치 비판 일변도다. 무엇이 신고송으로 하여금 그렇게 하도록 하였을까?

「동심의 계급성-조직화와 제휴함(전3회)」(『중외일보』, 1930.3.7~9)에서 단서를 찾아보자. 이 글은 김성용金成容의 「동심의 조직화」와 제휴하기 위해 쓴 것이다. 다시 말해 동요에 있어 계급성을 견지할 필요에 대해 논의하기 시작한 것이다. 요지는 정확한 사회의식과 현실인식을 가진 아동을 육성하는 데 도움이 되는 동요, 현실의 생활 또는 사회에 대한 비판의 안목을 열어 줄 동요가 바로 우리가 요구하는 동요라는 것이다.

신고송의 눈에 윤복진의 작품에서는 이러한 세계관에 기반을 둔 작

26

품을 발견할 수 없었던 것이다. 마르크스주의를 내걸고 연극운동을 하다가 구금되고, 밥값이 없어 두 사람 밥으로 셋이 나눠 먹었던 친구 강호姜湖, 이상춘李相春과는 애초부터 정서가 달랐던 모양이다.

부유한 집 아들이었던(딸의 증언) 윤복진과는 동인 활동을 함께 한 가까운 사이였음에도 뭔가 내키지 않았던 것이다. 동심주의적 동요라면 윤석중尹石重도 예외가 아니다. 그런데도 "수법에 있어서나 그 취재에 있어서나 가장 새로운 것을 시험하였으며 그리고 그것이 하나 없이 다 성공"하였고, "독자를 존경하고 신문지를 소중히 생각하여 한 번이라도 자신 없는 것을 내어주지 않았음을 감사"[3]한다고까지 하였다. 너무 대조적이지 않은가?

함께 했지만 가깝지 않을 수도 있고, 멀리 있어도 정서적인 동질성을 가질 수 있다. 1946년 신고송은 일찌감치 월북하였다. 그런데 윤복진은 해방이 되면서 일제강점기 내내 견지하였던 자신의 문학관을 반성하고 박헌영朴憲永의 '8월 테제'를 따른 임화林和, 김남천金南天과 같은 행보를 보인다. 그리고 1950년 6·25전쟁 중 월북을 하였다. 그곳에서는 서로를 인정했을까 궁금하다.

---

3 신고송, 「새해의 동요운동―동심순화와 작가유도(1)」, 『조선일보』, 1930.1.1.

송완순을 찾아서

　일제강점기와 해방기 아동문학을 살피다 보면 송완순宋完淳이란 이름을 자주 만나게 된다. 동요 작품도 많이 발표했지만, 문단의 주요 논점에 빠짐없이 평필을 대고 있다. 1925년 8월경부터 1949년경까지 지속적으로 작품활동을 하였다. 1949년 11월경 자진하여 정지용鄭芝溶, 정인택鄭人澤, 양미림楊美林, 최병화崔秉和, 엄흥섭嚴興燮, 박노아朴露兒 등과 함께 〈국민보도연맹〉에 가맹한 것이 확인된다.[1]

　송완순은 신고송申孤松, 홍은성洪銀星=洪曉民, 양우정梁雨庭, 김태오金泰午 등 당대 대표적인 평자들과 치열한 논쟁을 벌인 것으로써 오늘날 아동문학을 연구하는 사람들에게 각인되었을 것이다. 논쟁이 다소 감정적으로 흘러 인신공격에 가까워진 측면도 없지 않았다. 일반문학에서도 이러한 일은 드물지 않았던 터라 특별할 것은 없다. 논쟁을 꼼꼼히 따라 읽다 보면 아동문학에서 '아동'의 연령을 어떻게 규정할 것

---

1 「저명한 문화인의 자진 가맹이 이채異彩」(『동아일보』, 1949.12.1). 송완순의 경우, 「성과 다대한 전향 결산-자수자 무려 오만여!」(『조선일보』, 1949.12.2)에는 이름이 보이지 않는다. 대신 『조선일보』 자료에는 윤태웅尹泰雄, 김병원金秉遠, 이원수李元秀, 이성표李性杓, 박인범朴仁範, 김철수金哲洙, 이봉구李鳳九, 배정국裵正國, 황순원黃順元, 강형구姜亨求 등의 이름이 더 있다. '李元秀'는 '李元壽'의 오식으로 보인다.

인가, '동요童謠'와 '동시童詩' 구분, '소년시少年詩'는 어떻게 다른가, 계급주의 아동문학(프롤레타리아 아동문학론)이란 무엇인가 등 여러 문제를 다루고 있고, 정확히 그 논점을 파악하고 있음을 알 수 있다.

해방기에 발표한 「조선아동문학 시론試論─특히 아동의 단순성單純性 문제를 중심으로」(『신세대』, 1946년 5월호)와, 「아동문학의 천사주의天使主義─과거의 사적 일면史的 一面에 관한 비망초備望草」(『아동문화』, 1948년 11월호)는 일제강점기의 아동문학을 송완순이 간략하게 정리하여 그 양상을 정확히 짚어낸 것으로 평가되고 있다.

이렇듯 문단에 중요한 역할을 한 사람이면 작가든 비평가든 많은 사람이 관심을 가졌을 법하다. 그런데 의외로 송완순에 대한 작가연보나 작품연보조차 제대로 작성된 바 없다. 일반문학에서 아동문학 연구를 간과한 측면도 있겠고, 아동문학과 관련 있는 연구자들이 제대로 역량을 발휘하지 못한 탓도 있을 것이다.

2007년 대산문화재단과 민족문학작가회의(현 한국작가회의)가 '2007년 탄생 100주년 문학인 기념문학제'를 공동으로 개최하면서 13명의 문인들을 대상으로 하였는데, 그중에 송완순도 포함되었다.[2] 이들 13명은 모두 1907년에 태어난 사람이다. 심포지엄을 개최하였는데 자료집을 보면, 이효석李孝石, 신석정辛夕汀, 김달진金達鎭, 박세영朴世永, 김문집金文輯, 김소운金素雲, 김재철金在喆이 논의의 대상이 되었다. 송완순이 빠졌다. 박세영이 1902년인데도 포함된 것을 보면 이런저런 착오가 있었던 것 같다. 심포지엄 자료집[3]에서는 빠졌지만 송완순이

─────────────────────

2 「님은 갔지만 문학은 남아」, 『매일경제』, 2007.5.2.

3 염무웅, 고형진 외, 『분화와 심화, 어둠속의 풍경들─탄생 100주년 문학인 기념문학제

거명된 것 또한 큰 착오였다. 그 착오의 기원은 어디서부터 비롯되었을까?

이재철李在徹의 『세계아동문학사전』(계몽사, 1989)과 권영민權寧珉의 『한국현대문학대사전』(서울대학교출판부, 2004)에는 송완순의 출생연도를 모두 1907년으로 밝혀 놓았다. 사전을 따라 이후 연구자들도 무비판적으로 받아들여 1907년이라 하였다.[4]

여러 작가 가운데 한 사람의 출생연도가 틀렸다고 해서 대단한 일이 아닐 수도 있다. 그러나 학문적 엄밀성이라는 측면에서도 그렇고, 작가의 작품이나 활동을 해석할 때 출생연도가 중요하다는 측면에서도 문제가 아닐 수 없다. 조금만 실증주의적 자료 확인에 신경을 썼다면 단언컨대 이런 일은 벌어지지 않았다.

동요 **자장아기**

大田 鎭岑面 內洞里 宋元淳(一七)

자─장 우리아기 귀여운아기
김매는 어머님이 오실째까지
꿈나라 천사하고 고히놀아라

자─장 우리아기 어엽분아기
뒷집의 신둥이도 안이지즈니
천사와 약이하며 색색잘자라

논문집 2007』, 민음사, 2007.

4 우지현, 「송완순宋完淳 연구─송완순의 생애와 동요, 아동문학 평론 활동을 중심으로」, 『동아인문학』 제35호, 2016.6, 31쪽.

二七.七.一三 病蓆에서
-『조선일보』, 1927.7.19.

<u>삼일운동三一運動의 봉기蜂起 때 내 나히는 열 살도 못 치었었다.</u> 그 런데 마침 서울 구경하러 상경上京하였엇든 덕으로 서울에서 시작始作 되여 시골로 퍼저서 종식終熄한 이 동란動亂을 처음부터 끝까지 견문見 聞하는 행幸을 얻었다. (하략)[5]

이것 말고도 여러 근거를 댈 수 있는 자료가 많지만 이상으로 충분하 다고 생각한다. 동요「자장아기」와「라팔꽃」을 발표하면서 지은이를 "大田 鎭岑面 內洞里 宋元淳(一七)"이라 하였고, 송완순이 쓴 아랫글을 보면 "삼일운동의 봉기 때 내 나히는 열 살도 못 치었"다고 하였다. 앞 의 '宋元淳'은 '송완순宋完淳'의 오식이다. 송완순의 주소가 "大田郡 鎭 岑面 內洞里 一〇三番地"[6]로 일치하기 때문이다. 뒤의 내용을 보면, 1919년 3·1운동 때 열 살이 안 되었다고 했으니 1907년생이 아닌 것은 분명하다. 이 둘을 결합해 보면, 1927년에 17세(당시는 세는나이)였으니 1911년생이 된다.

확신하기에는 이르다. 주소를 아니 확인이 불가능한 것은 아니다. '대전군 진잠면'은 행정구역의 변경으로 현재 대전광역시 유성구 진잠 동으로 바뀌었다. 전화를 했다. 주민센터 직원은 거절할 명분을 많이 갖고 있었다. 개인정보보호법 때문에 대법원으로 전화를 하면 된다고 한다. 대법원에서는 그걸 왜 여기에다 묻느냐며 진잠동에서 해결하라 고 되돌린다. 진잠동 주민센터에서는 같은 이름이 너무 많으니 생년월

---

5 송완순, 「삼일운동의 문학적 계승자」, 『우리문학』 제2호, 1946년 3월호, 78~79쪽.
6 송완순, 「조선동요의 사적 고찰(2)」, 『새벗』 제6권 제1호, 1930년 5월호, 94쪽.

일을 알려 달란다. 생년월일을 알고자 확인을 부탁하는데 생년월일을 알려 달라니 기가 찼다. 그러나 그 직원을 탓할 생각은 크게 없었다. 법을 위반할 소지가 있는데, 나의 간곡한 부탁 때문에 젊은 직원이 서류 발행을 감행할 것이라고 크게 기대한 것은 아니었다. 다른 곳에도 여러 번 실패한 적이 있었기 때문이었다.

어렵사리 아단문고雅丹文庫(현 현담문고)에서 『별나라』 몇 권을 확인할 수 있었다. 『별나라』는 프롤레타리아 잡지임을 표방한 탓이 컸는지 다른 잡지보다 남아 있는 게 상대적으로 적다. 이주홍문학관李周洪文學館, 연세대학교 학술문화처 도서관의 이기열李基烈 소장본, 독립기념관 소장본, 국립어린이청소년도서관의 윤석중尹石重 소장본 등 다 모아도 전모를 알기엔 턱없이 부족하다. 아단문고에는 우리나라 대표적인 장서가였던 백순재白淳在 선생의 장서가 보관되어 있다. 그 가운데 몇 권의 『별나라』가 있다는 것을 알고 오래 공을 들여 실물을 볼 수 있었다.

기쁜 마음에 귀가하자마자 읽기 시작했다. 눈이 번쩍 띄는 대목을 발견하였다. 독자란인 「별님의 모임」에서 "저는 이번에 뇌둔腦鈍한 재질才質로 요행僥幸히 휘문고보徽文高普에 입학入學하얏스니 편지片紙는 학교學校로 해 주십시요."[7]라고 하는 내용이었다. '휘문고보'라면 현재 휘문고등학교다. 학적부에는 생년월일뿐만 아니라, 학력, 본적과 주소 등 한 사람의 중요한 이력이 다 들어있다. 지체 없이 전화를 걸었다. 사무실의 직원은 데면데면하였다. 수도 없이 전화가 온다는 것이다. 그도 그럴 것 같다. 당시 경성제일고보京城第一高普, 경성제이고보京城第二高普, 양정고보養正高普, 배재고보培材高普, 경신학교儆新學校

---

7 「별님의 모임」, 『별나라』, 1927년 5월호, 54쪽.

등 몇몇 학교를 다닌 사람들이 대개 소년문사로 활동하였다. 이들이 문학에 입문하였다가 일반문학으로 옮겨가는 것이 대체적인 코스였기 때문에 신원을 알고 싶으면 너나없이 이들 학교의 학적부를 보려고 했을 것이기 때문이다. 읍소에 가까운 부탁을 하고 재차 삼차 전화를 한 후 달포가 훨씬 넘게 기다려 학적부를 볼 수 있었다.

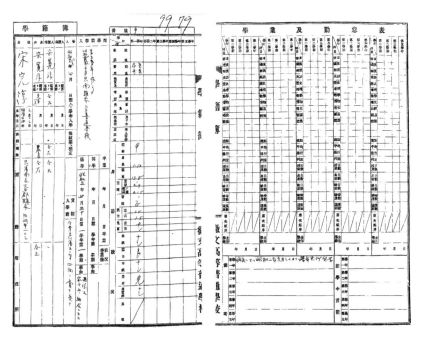

송완순의 휘문고등보통학교 학적부

의문이 분명하게 풀렸다. 송완순의 학적부에 기록된 정확한 생년월일은 "明治 四四年 六月 二三日"이다. 곧 1911년 6월 23일인 것이다. 앞에서 확인한 내용이 맞다. 주소는 "충청남도 대전군 진잠면 내동리 103(忠淸南道 大田君 鎭岑面 內洞里 一○三)"이다. "昭和 貳年 三月" 곧

1927년 3월에 "충남 진잠공립보통학교 제5학년 수료(忠南 鎭岑公立普通學校 第五學年 修了)"후 1927년 4월 휘문고등보통학교 제1학년에 입학하였다. 그런데 "病氣ニ키リ昭和二年九月三十日키リ學年末マデ休學"곧 병으로 인해 1927년 9월 30일부터 학년말까지 휴학을 하고, 이어 "昭和 三年 四月 三十日"곧 1928년 4월 30일 제1학년 제1학기에 "가사상의 형편으로 인해 퇴학(家事上ノ都合ニ키リ退學ス)"하였다.

앞의 동요「자장아기」의 말미에 "27.7.13 병석에서(二七.七.一三 病席에서)"라고 한 사실과 「느즌 여름 (二七.七.三 누어서)」(『중외일보』, 1927.9.19), 「인형아기 (二七.八.五 누어서)」(『중외일보』, 1927.8.28), 「밤바람 (쓸쓸한 밤 病席에서)」(『중외일보』, 1927.12.3) 등에서 보듯이 작품 말미에 '누어서', '병석에서' 등과 같이 아프다는 내용이 자주 언급되었다. 송완순은 그 뒤『신소년』편집 일을 보았을 때도 여전히 아프다는 얘기가 나왔다.

○ 송宋 님은 병이 중함으로 매우 욕을 보시엇스나 거의 송宋님의 손으로 7월호를 맨들엇스니 감사한 일이야 어쩌튼 여러분은 2월호부터 송宋님 힘으로『신소년新少年』을 간신〳〵히나마 어더 읽게 된 모양이야. ─ 살-작 들으니까. 그러나 9월호부터는 신 선생님도 틈이 게실 터이니까 송宋님이나 나도 좀 마음을 노코 태평세월을 노래하겟네. 그런데 송宋님 병은 무슨 병인고 하니 님은 말 안하도 신 선생쎄 들으니까 머리가 납버지는 병인데 인제 그로 인하야 왼 몸이 군대〳〵 아프다 말다 한다더구먼! 젊은 분이 짝한 일이야. 그러면서도 늘 원고는 쓰신다니 여러분은 송宋님쎄 령신환 한 개라도 보내드리게. (덤벙이박사)[8]

───────────

8 「담화실」, 『신소년』, 1929년 7-8월 합호, 44쪽.

○ 그런데 이 8월호는 여러가지의 밧분 일로 말미암아 <u>送宋 님이 병중에도 불구하고</u> 전부 마타 하시엇습니다. 미안한 말슴입니다. 그러나 9월호부터는 저도 힘쓰겟습니다. (申)

○ 아즉 미숙한 탓과 <u>알른 몸으로</u> 간신히 편즙을 마치고 보니 이 모양입니다. 그러나 저는 될 수 잇는 대로 힘은 다 썻스니 그것만은 알아주시요. (素)[9]

'덤벙이박사'는 『신소년』 편집진 중의 한 사람인 이주홍李周洪이 분명하며, '申'은 신명균申明均이고 '素'는 송완순宋完淳이다. 송완순은 1927년 9월 말부터 1929년 8월경까지도 아팠고 그 와중에도 원고를 쓰고 『신소년』 편집까지 맡았던 모양이다.

발견의 기쁨이 컸다. 송완순의 출생연도가 분명해졌기 때문이다. 1907년이나 1911년이나 뭐가 그리 큰 차이냐, 차이가 난다 한들 무슨 큰 의미가 있겠는가, 하고 물을 수 있다. 한 사람의 작가가 언제 작품을 발표하기 시작하였고, 주요 사건과 작품이 어떻게 긴밀한 관련을 맺는지 등등은 작가와 작품을 이해하는 데 필수적이기 때문에 4년이란 시차는 때에 따라 엄청난 오해와 잘못된 해석을 낳을 수 있다. 따라서 사소해 보이지만 작가의 출생연도를 정확히 확인하는 일은 무엇보다 중요하다.

다음으로 송완순의 필명筆名에 대해 이야기해 보고자 한다. 필명을 알지 못하면 번연히 같은 작가의 작품인데 다른 사람의 것으로 치부할 수도 있고, 다른 사람의 글을 같은 사람의 것으로 오인할 수도 있게

---

9 「뒤ㅅ말슴」, 『신소년』, 1929년 7-8월 합호, 51쪽.

된다. 그렇게 하여 의미를 찾고 해석을 한들 그 결과는 오류로 귀결될 수밖에 없을 뿐만 아니라 한 사람의 작가를 온전히 이해할 수 없게 만든다.

송완순은 남달리 필명이 많다. 일제강점기 필자들이 다수의 필명을 쓴 예가 많아 이례적이라 할 것까지는 없으나 여느 사람보다 많은 것은 분명하다. 구봉학인九峰學人, 구봉산인九峰山人, 송구봉宋九峰은 고향 마을의 산 이름 구봉산九峰山을 딴 것이다. 해방 후에 '구봉산인九峰散人'이란 이름이 발견되는데 글의 내용으로 볼 때 이 역시 송완순의 필명으로 보인다.

송소민宋素民, 소민학인素民學人도 있다.

> 더구나 원고가 늦게 드러온 관계로 송완순宋完淳 씨의 「감사의 아들」이 내호來號로 미루게 된 것은 참 섭섭합니다.[10]

> 살블 말슴은 송소민宋素民 씨의 「감사의 아들」, 전우한全佑漢 씨의 「무지개 나라」는 부득이한 사정으로 당분간 계속치 못합니다.[11]

그리고 「조선의 어린이(장편소년시)」(『신소년』 1928년 11월호 목차)의 지은이를 '宋素民'이라 해 놓고 본문에는 「됴션의 어린이」(宋完淳)라 한 것을 종합해 볼 때, '宋素民'이 송완순임을 확인할 수 있다. '素民'이 밑바탕이 되는 백성 곧 오늘날 기층민중에 해당해 계급주의 아동문학을 한 사람의 이름에 걸맞다고 풀이해도 괜찮을 듯하다.

---

10 「편집후기」, 『신소년』, 1930년 3월호.
11 「편집후기」, 『신소년』, 1940년 4월호.

▶ 저는 서울 안국동 133 홍종학 가安國洞一三三洪鐘學家에 잇게 되엿습니다. 그런데 성진城津 계신 변 형邊兄의 글을 보고 나는 만흔 늣김이 잇습니다. 변 군邊君. '호랑이'는 나의 익명匿名한 것입니다. 헌데 무엇보다도 형님의 말슴이 얌전치 못합니다. (하략) 서울 안국동 송완순安國洞 宋完淳.[12]

윗글에서 '호랑이'가 송완순의 필명임이 확인된다. 1927년 4월 휘문고등보통학교에 입학하여 서울 안국동에 기거하게 된 사실이 나타나 있다. '虎人'과 '宋虎人'은 이와 관련된 이름이다.

'한밧'은 대전大田 사람이라는 표시일 테니 쉽게 짐작이 간다. 동요 「피리」(『신소년』, 1928년 8–9월 합호)는 목차에는 작자를 '한밧'이라 해 놓고 본문에는 '송완순'이라 하였다. 이로써 '한밧'이 '송완순'임이 확인된다.

송타린宋駝麟이 송완순의 필명임은 카프KAPF 중앙위원회의 결정을 정한 신문 기사에서 확인할 수 있다. "(1) 동맹원에 관한 건. 규약 제18조에 의하야 좌左의 맹원을 제명함. 최서해崔曙海, 정인익鄭寅翼, 정순정鄭順貞, 宋完淳(駝麟)"[13]에서 보다시피 '송완순(타린)'이라 하여 송완순과 (송)타린이 동일인임을 알 수 있게 한다. 백랑伯郎은 "송완순 씨는 아호雅號를 백랑伯郎이라 곳치어서 행세行世하신다는데 쉬— 서울노 한번 오시겟다고"[14]라 한 데서 '伯郎'이 송완순의 호임을 알 수 있다.

---

12 「담화실」, 『신소년』, 1927년 5월호, 60쪽.

13 「부서변경, 부내 확장部署變更, 部內 擴張 프로예맹藝盟의 신진용新陣容―이십일 중앙위원회에서 결명」, 『중외일보』, 1930. 4. 22.

14 「시단詩壇의 투사鬪士들」, 『조선시단朝鮮詩壇』 제8호, 1934년 9월호, 55쪽.
"송백랑宋伯郎 씨의 동화 「개미와 벌」은 앞으로 엇더케 나아갈는지가 한 자미일 것"(「편즙을 맛치고」, 『신소년』, 1934년 3월호, 63쪽)이라고 하는 데서 '송백랑'이란 이름을 확인할 송타린, 송강 등의 이름으로는 주로 일반문학 비평을 발표할 때 많이 사용했고, 아동문학 작품을 발표할 때는 거의 사용하지 않았다.[15]

그간 불분명했던 송완순의 신원이 어느 정도 밝혀졌다. 〈국민보도연맹〉에 가입했다는 소식[16]을 마지막으로 더 이상 행적이 확인되지 않는다. 월북을 했을 것으로 보이나 북한의 사전이나 여러 자료에도 흔적을 찾을 수 없다. 혹 월북했었다면, 그토록 다투었던 신고송申孤松과 잘 지냈을지, 계급적 관점에서 많은 비판을 퍼부었던 윤복진尹福鎭과는 서먹하지 않았는지 궁금하다.

수 있다. 그러나 당시 삭제, 불허가, 압수 등 검열로 인해 편집상의 오류가 있었는지 실제 작품은 실리지 않았다.

15 이상 송완순의 필명에 대한 더 자세한 내용은 「일제강점기 아동문학가의 필명」(류덕제, 『한국 현실주의 아동문학 연구』, 청동거울, 2017, 329~334쪽) 참조.

16 「저명한 문화인의 자진 가맹이 이채」(『동아일보』, 1949.12.1)에는 송완순宋完淳이 〈국민보도연맹〉에 가입한 것으로 밝혔다. 그러나 같은 내용의 보도 중, 「성과다대한 전향 결산 자수자 무려 5만여!」(『조선일보』, 1949.12.2), 「악몽에서 광명의 길 찾아, 시내만 만여 명 자수-국회의원, 문필가 전향 이채」(『자유신문』, 1949.12.2) 등의 보도에는 송완순의 이름이 없다.

동요,
동심주의와 현실주의

　동시(동요)는 아동(어린이)의 시를 가리킨다. '아동의 시'라고 할 때, '아동이 지은 시'를 가리키는지 '아동의 마음을 담은 시'란 뜻인지 불분명하다. 일제강점기와 해방기 그리고 오늘날까지 이 생각은 그대로 이어지고 있다. 그래서 어린이가 지은 동시도 있고 어른이 지은 동시도 있다. 대체로는 어른이 짓고 어린이가 읽는 것으로 생각한다.

　어린이(아동) 또는 소년(소녀)의 연령은 몇 살까지로 한정해야 할까? 일제강점기 소년문예운동을 하는 사람들은 이 문제로 장기간 논란을 펼쳤다. 여러 의견 가운데 상한선을 18세로 하자는 것이 대세였고, 더러 20세까지 허용하자는 의견도 있었다. 지도자는 25세까지 가능하다고 하였다. 합의된 의견이라기보다 진영 간의 다툼 끝에 어느 한쪽을 배제하려는 의도가 다분한 결정이었다. 어쨌거나 작가들도 동시(동요)의 독자대상을 대체로 이 범주의 나이에 속한 사람으로 상정했던 것은 분명하다.

　윤석중尹石重(1911~2003)의 「옷둑이」가 입선동요로 『어린이』에 게재된 것은 1925년 4월이었다. 이때 윤석중의 나이는 세는나이로 15세였고, 첫 동요집『윤석중동요집』(신구서림)을 발행한 것은 22세인 1932년이었다. 윤복진尹福鎭(1907~1991)은 19세 때인 1925년에 입선동요「별 싸러 가세」(『어린이』)를, 이원수李元壽(1911~1981)는 1926년 16세 때「고향의 봄」(『어린이』)을, 박영종朴泳鍾(1915~1978)은 20세 때인 1934년에 특선동요「통·딱딱·통·짝짝」(『어린이』)을 발표하였다. 이들의 문학 활동 또는 동시(동요) 창작은 이후 활발하게 전개되었다.

아동문학과 청소년문학의 경계가 뚜렷하지 않다. 그래서 일반적으로 아동청소년문학이란 용어로 부른다. 굳이 세분하면 초등학교 학령기인 14세까지는 아동문학으로, 중학교 기간인 17세까지는 청소년문학으로 친다. 고등학교부터는 일반문학의 향수자가 된다. 이 구분에 따르면 위의 윤석중, 윤복진, 이원수 그리고 박영종은 '소년 문사'를 막 벗어났거나 청소년문학 시기에 작품을 창작하기 시작하여 일반문학 시기에도 여전히 작품을 발표하고 있다. 나이를 따라 기계적으로 아동문학이냐 청소년문학이냐를 구분하자는 것이 아니다. 동시(동요)는 '아동의 마음' 곧 동심童心의 표현이라고 하는데 그 동심의 실체가 무엇인지 한번 살펴보자는 뜻에서 문제를 제기해 보려는 것이다.
먼저 몇 편의 동시(동요)부터 읽어 보자.

날저무는 한울에 별이 三兄弟
빤작빤작 정답게 지내더니
웬일인지 별하나 보이지 않고
남은별이 둘이서 눈물 흘린다
「형제별」

방정환方定煥(1899~1931)의「형제별」(『부인』, 1922년 9월호)이다. 24세

때 지은 동시다. 정순철鄭淳哲=鄭順哲(1901~?)이 "동요로 가장 곱고 옙브고 보들어운 것으로 나는 이 노래를 제일 조하합니다."(『어린이』, 1923.9)라고 하였고, 일본의 작곡가 나리타 다메조成田爲三(1893~1945)의 곡에 맞춘 노래를 식민지 조선의 어린이들이 널리 불렀다. 동요도 그렇지만 이 시기 일본 또는 서양 곡조를 가져오면서 "단음계의 비조悲調로 '센치멘탈'한 작곡"을 많이 사용했다. 그래서 "아동의 성장에 불소不少한 해독을 끼치게 될 것"[1]을 염려할 정도였다.

다음은 윤석중尹石重(1911~2003)의 「우리 애기 행진곡」(『조선일보』, 1929.6.8)을 보자. 이 작품은 그의 첫 동요집 『윤석중동요집』(신구서림, 1932.7)에는 「도리도리 짝짝궁」으로 제목을 바꾸어 수록하였다.

엄마 압헤서 짝짝궁
압바 압헤서 짝짝궁
　엄마 한숨은 잠자고
　압바 주름살 펴저라

들로나아가 쑤루루
언니 일터로 쑤루루
　언니 언니 왜우루
　일하다 말고 왜우루

우는 언니는 바아보
웃는 언니는 장―사
　바보 언니는 난실혀

---

1 구옥산具玉山, 「당면문제의 하나인 동요 작곡 일고찰」, 『동아일보』, 1930.4.2.

장사 언니가 내언니

햇님 보면서 짝짝궁
도리 도오리 짝짝궁
　울든 언니가 웃는다
　눈물 씨스며 웃는다
「우리 애기 행진곡」

　1929년 12월에 발간된 정순철鄭淳哲의 동요작곡집 『갈닙피리』(문화
서관)에 실려 노래로 불렸다. 윤석중의 이러한 동요를 흔히 '짝짜꿍 동
요'라 부른다. 아기의 순진한 모습이 여실히 그려졌다. 다른 눈으로 보
면, 작가가 사회나 가정의 힘든 현실이나 고통을 외면하고 있거나, 어
린이들이 외면하도록 조장하였다고 비판할 수도 있을 것이다.
　「우리 애기 행진곡」과 달리 신고송申孤松(1907~?)의 「우는 꼴 보기
실혀」(『별나라』, 1930.6)와 이주홍李周洪(1906~1987)의 「편싸홈 노리」(『음
악과 시』, 1930.9)는 현실과 계급에 대한 인식이 뚜렷하다.

　미운놈 아들놈이 조흔옷입고
　지개진 나를보고 욕하고 가네
　처주자니 우는꼴 보기도실코
　욕하자니 내입이 더러워지네
　엣다그놈 가다가 소똥을 밟아
　밋그러저 개똥에 코나다쳐라
「우는 꼴 보기 실혀」

44

굵은애도 나오라
버슨애도 나오라
한테엉켜 가지고
편쌈하러 나가자

짤닐대로 짤엿다
밟힐대로 밟혓다
장그럴줄 알어도
인제인제 못참네

어느편이 내빼나
어느편이 패하나
우리덩치 만덩치
어느놈이 덤빌래

「편싸홈 노리」

　계급주의 아동문학가들은 홍난파洪蘭坡, 윤극영尹克榮, 정순철鄭淳
哲, 박태준朴泰俊과 같은 작곡가를 갖지 못했음을 아쉬워하였다. 그래
서 『음악과 시』(1930년 9월 창간)를 발간하면서 프롤레타리아 음악운동
을 전개하였다. 이때 선보인 작품이 「거머리」(이일권 곡), 「새 훗는 노래」
(이구월 곡), 「편싸홈노리」(이주홍 곡) 등이다. 이주홍은 동요에 곡을 붙인
'곡부투쟁가曲符鬪爭歌'를 지향했다. 노래가 목적이 아니라 투쟁이 목
적이어서 곡曲은 수단이 된 것이다.
　몇 편의 작품만을 예로 들면서 당대 동요문학의 흐름을 다 밝힐 수는
없다. 그러나 주요한 시대적 특징이랄까 추이는 읽을 수 있다.
　방정환과 그 시대의 동요는 어린이를 보는 봉건시대의 시각을 타파

하기 위해 어린이를 천사처럼 만들었다. 어린이를 "더할 수 업는 참됨 眞과 더할 수 업는 착함과 더할 수 업는 아름다움을 갓추우고 그 우에 또 위대한 창조의 힘까지 갓추어 가즌 어린 한우님"(「어린이 찬미」, 『신여 성』, 1924년 6월호, 67쪽)으로 표현하였다. 그래서 당시 계급주의 아동문 학가들은 방정환 류의 아동문학을 두고 동심주의童心主義라거나 더 나 아가 동심천사주의童心天使主義라고 비판하였다. 그러나 이들은 식민 지 조선과 조선의 어린이들이 처한 현실에 대해 인식은 하고 있었다. 다만 잘못된 인식과 감상적感傷的인 자세여서 대체로 애조哀調를 띤다. 방정환에 젖줄을 대고 있는 윤석중尹石重의 경우 동심주의인 것은 동 일하나 이들은 현실에 대한 인식 자체가 없는 낙관주의라 더 문제가 많다고 하였다.

> 그들은 조선의 아동문학에서 이미 청산되어 버린 제 오래인 천사주의 에 환퇴還退하여 새로운 무지개를 그리고 잇다. 이 천사주의는 『어린이』 지(誌) 식(式)의 그것처럼 센티멘탈하지를 안코 헐신 낙천적인 맛을 갓기 는 하엿스나 하나의 환상인 점에 잇서서는 후자와 달를 것이 업다. 그러 나 그 질로 볼 때에는 후자보다 전자가 더 나쁘다. 웨 그러냐 하면 『어린 이』 지(誌) 식(式) 센티멘탈이즘은 현실을 잘못 인식한 데에 그 원인이 잇엇 스나 <u>현금의 낙천주의는 애제부터 현실이라는 것은 인식해 보려고 하지 도 안는 때문이다.</u> 즉 현실에 대하여 일체로 오불관언하고 한갓 상아탑 속에 틀어백혀서 <u>무지개 가튼 환상을 그리며 그것만을 즐거워하는 류의 낙천주의자가 현금의 아동문자</u>兒童文者들인 것이다.[2] (밑줄 필자)

1939년도경의 시각임을 환기하자. 방정환의 천사주의는 이미 청산

2 송완순, 「아동문학·기타」, 『비판』 제113호, 1939년 9월호, 83쪽.

되었는데, 윤석중 등은 그 천사주의로 되돌아가 후퇴하였다는 말이다. 송완순宋完淳이 계급주의 아동문학자였으므로 윤석중을 대고 폄하한다고 볼 수도 있다. 그런데 다음 구절을 보면 꼭 그런 것만도 아니다. 계급주의 아동문학자들을 두고도 다음과 같이 그 오류를 짚었기 때문이다.

> 그러나 분마奔馬와 갓튼 젊은이들의 기승氣勝을 스스로도 몰르는 동안에 중대한 오류를 범하게 하였스니, 그것은 즉 천사적 아동을 인간적 아동으로 환원시킨 데까지는 조왓스나 거기서 다시 일보一步를 내디디어 청년적 아동을 맨들어 버린 것이다. 그리하야 방方 씨 등의 아동이 실체 일흔 유령이엇다면 30년대의 계급적 아동은 수염 난 총각이엇다고 할 수 잇는 구실을 남겨 노앗다. 이것은 전자前者와는 반대로 아동의 단순성을 무시 혹은 망각한 결과엿다.[3] (밑줄 필자)

'단순성'은 '동심童心'으로 바꾸어도 크게 무리가 없을 것이다. 1930년대 아동문학 곧 계급주의 아동문학은 '동심'을 무시하였거나 망각하였다고 따끔한 질책을 내리고 있다. 위에서 예를 든 신고송과 이주홍 등의 계급주의 아동문학에 대해 환상 속에 살던 '천사적 아동'을 '인간적 아동'으로 환원시킨 공을 인정하였다. 그러나 그 아동은 '수염 난 총각'이었다는 것이다. 어린이가 아니라 어른의 생각을 아동문학이란 이름으로 표현했다는 뜻이다.

1987년 초·중등학교 교사들이 교과서에 실린 작품을 비판적으로 검

---

3 송완순, 「조선 아동문학 시론—특히 아동의 단순성單純性 문제를 중심으로」, 『신세대』 제1권 제2호, 1946년 5월호, 84쪽.

토해 『삶을 위한 문학교육』(연구사)을 발간한 일이 있다. 한 예로, 당시 고등학교 교과서에 박목월朴木月의 「나그네」가 수록되어 있었는데 이 작품에 대한 비판이 매서웠다. 시의 시간적 배경이 일제 말기이거나 해방기쯤에 해당하는데, 민초들의 고단한 삶은 외면한 채 쌀이 남아 술을 빚어 먹는 것처럼 오도하는 시를 교과서에 수록한 것이 잘못이라는 것이다. 「나그네」를 꼭 이렇게만 해석할 것은 아니지만, 당시 교과서엔 형식미학에 기운 시들만 실렸던 현실을 비판하고자 했던 것으로 보인다. 어쨌든 그 뒤 교과서에는 농촌 현실이나 농민들의 소외된 삶을 그린 신경림의 「농무」와 같은 이른바 민중시도 실리게 되었다.

유달리 우여곡절이 많았고 간난신고가 컸던 한국 현대사에서 특정 정치적 이념이 문학에 영향을 끼친 것은 주지하는 사실이다. 극단적 반공주의 곧 매카시즘McCarthyism은 특별한 것을 넘어 기이한 데가 있다. 위에서 말한 「농무」류의 리얼리즘 작품들이 오랫동안 교과서에서 배제된 까닭의 근저에도 이 매카시즘이 똬리를 틀고 있었던 것이다. 친일 작가의 작품은 교과서를 도배하다시피 해도 월북 작가의 일제강점기 작품은 교과서에서 아예 배제되었다.

지난 시기 우리 동시(동요) 나아가 아동문학에는 이러한 매카시즘 혹은 일종의 검열이 작동하고 있지 않았는가? 전쟁의 상흔이 깊고 짙은 탓도 있지만, 정치적 이유로 통일의 대상인 북한을 지나치게 괴물화한 작품들이 아동문학에 횡행한 적이 있었다. 아니면 '순수'라는 이름으로 어린이들의 삶과는 한참 거리가 먼 동심주의 작품이 아동문학을 지배하였다.

신고송이나 이주홍의 동시처럼 계급적 적대감을 과도하게 드러내는 작품을 옹호하려는 생각은 없다. 그렇다고 윤석중류의 혀짤배기 노래

― 오해하지 말기 바란다. 윤석중 작품에는 좋은 동시(동요)가 많다. ―
나 짝짜꿍 동요만이 어린이들에게 읽힐 동시라고 생각해서는 안 된다.
어른들이 재단한 어린이의 삶은 자칫 계몽 의식의 발현일 공산이 크다.
가르치려 하고 교육하기 쉽다는 말이다. 문학작품을 읽고 교훈을 얻는
것은 자연스럽고 당연하나, 작가가 교훈을 주입하려는 것은 문학이 아
니다.

동심이 무엇인지, 오늘날 동시 작가들의 깊이 있는 고민이 필요하다.

일제강점기
김소운의 동요집(민요집) 발간

일본 사람들은 우리 조선 동·민요童·民謠, 동화 등 제반 문예를 근본
적으로 연구 비평하며 쏘는 그 연구의 결정結晶이라고도 할 조선 동화
등 조선민요연구, 조선동요집 등 서책을 자기나라 말로 번역 논술하야
세상에 공포하얏다. 그러나 조선서 소위 문학 운운 예술 운운하는 사람
들은 서양의 문학예술은 잘 안다고 '톨스토이'를 말하고 '유고'를 말하
고 '쉐쓰피어'를 말하면서도 조선문학예술에 관하야서는 맹목이여서 아
즉까지 조선동화집 민요집 하나를 못 쑴이여 노왓다. 이런 것을 유감으
로 생각하든 필자는 <u>엄필진嚴弼鎭 씨의 노력에 감사를 표하는 바다.</u>[1]
(밑줄 필자)

우이동인牛耳洞人(李學仁의 필명)은 조선의 동요, 민요, 동화 등을 일
본 사람들이 연구하고 책으로 간행하는 데 반해 조선 사람은 외면하고
있는 현실을 비판하였다. 그런데 '엄필진 씨의 노력에 감사를 표'한다
했다. 엄필진이 『조선동요집』(창문사, 1924.12)을 발간하였기 때문이다.

---

[1] 우이동인, 「동요연구(9)」, 『중외일보』, 1928.11.28.

『조선동요집』 겉표지

김천공립보통학교金泉公立普通學校 훈도였던 엄필진嚴弼鎭이 80편의 전래동요를 모아 간행한 것이 바로 『조선동요집』이다. 발간 시기로 따져보면 '우리나라 최초의 동요집'이다. "본서에 채록한 바 동요는 북으로 함경북도 남으로 경상남도섯지 13도의 각 중요한 지방에서 고래로 유행하는 것"[2]이라 하였다. 그러나 엄필진이 직접 채록한 것이 아니어서 분량도 많지 않고 내용도 신빙성이 떨어졌다.

1930년 5월 6일, 조선총독부朝鮮總督府 기관지 『매일신보』는 조선의 전래동요傳來童謠를 모집한다는 공고를 낸다. 그 내용은 아래와 같다.

여러분의 고향에는 재리로 불너오는 자미잇는 노릐가 만히 잇지 안습니까. 그 노릐는 어느 쌔 누가 지어닌 것인지 알지 못하되 할머님의 할머님, 할아버님의 할아버님 적부터 구구상전口口相傳하여온 귀한 노릐임이 틀니지 안습니다. 공부하시는 틈틈에 그러한 노릐를 차저보아 '어린이'란欄으로 알녀 주십시요. 여러분의 협력協力이 서로 모히러 '향토예술보존'鄕土藝術保存이란 큰 공헌의 첫 긔초를 이루게 되오리다.

　가. 반더시 재리의 동요라야 합니다.

　나. 한 자라도 곳치지 말고 귀로 들은 그대로만 쓰시되 알지 못하는 구절은 씌여 두시오.

　다. 노릐에 나타나는 쌍 일홈, 사람 일홈은 간단히 주註를 달고 그

2 엄필진, 「서언序言」, 『조선동요집』, 창문사, 1924.12, 1쪽.

노릭의 전하는 지방과 노릭할 쌔의 정경을 아는 대로 긔록하시오.
◀ 용지 자유 ◀ 원고는 본사 학예부로 ◀ 봉피封皮에는 반더시 '전래동요'라 첨서添書하시오.[3]

전래동요 모집의 목적이 '향토예술 보존'에 있다고 밝혔다. 공지는 같은 내용으로 5월 7, 8, 9, 22, 27, 29일에도 이어진다. 1930년 5월 10일 평안남도 진남포鎭南浦 삼숭학교三崇學校 학생이던 김상묵金尙默이 이웃한 용강군龍岡郡의 전래동요 「형님 온다」, 「새야 새야」, 「개강구이」, 「달두 달두」 등 4편을 기보寄報하였다. "이 노릭는 평남 용강군 다미면多美面 동전리東箭里 소년들이 만히 부릅니다."라고 첨언하였다. 모집하는 도중에도 '전래동요 모집'을 알리는 동일한 내용의 공지가 나갔는데, 6월 7일 자 공지는 내용이 조금 다르다.

공부하시는 틈틈에 여러분의 고을에 전해 내려온 어린이의 노래를 차저보아 아동란兒童欄으로 알녀주시오. 다음날 이것을 모화 한 권의 책을 맨들 쌔는 여러분의 일홈을 가티 긔록하야 협력하신 공로를 기리 기억하렵니다.
◁ 어린이의 재래로 불러온 것이면 어써한 노래라도 좃습니다.
◁ 한마듸라도 곳치지 말고 귀로 드른 그대로만 쓰시되 알지 못하는 구절은 씌워 두시오.
◁ 노래에 나타난 쌍 일홈, 사람 일홈은 간단히 주註를 달고 전하는 지방과 노래 부를 쌔의 정경을 하는 대로 긔록하시오.
◁ 글ㅅ자는 아러보기 쉽게 봉피封皮에는 반드이 '전래동요'라 첨서添書하시오.

---

3 「전래동요 모집」, 『매일신보』, 1930.5.6.

기보를 받으면서 주의할 점을 알릴 필요가 있었던 모양이다. 그리고 기보 받은 전래동요를 '한 권의 책'으로 출판하려고 한다는 점을 밝혔다. 1930년 5월 10일 김상묵金尙默을 시작으로 하여, 1931년 12월 11일 우수영右水營의 서백중徐伯仲이 기보한 전래동요「쥐」를 마지막으로 약 1년 6개월간에 걸쳐 전래동요 모집을 마쳤다.

전래동요를 모집하는 도중에 구전민요口傳民謠를 모집한다는 공지가 나가면서 전래동요는 1930년 9월 말로 마감한다고 알렸다.

◁ 전래동요는 9월 말일로 체결합니다. 독자제군의 알뜰하신 협조를 사례하오며 니어서 '구전민요'를 모집하오니 만흔 도음을 앗기지 마러시기 간절히 부탁하나이다.

'구전민요'는 그동안 밀녓든 전래동요 원고가 긋나기를 기다려 지면에 이어서 발표하겟습니다. 규정은 '전래동요'와 갓습니다. 다맛 어린이의 노래가 안이고 지방へ에 전하여 내려온 일반 민요를 구하는 것이오니 그 점만 주의해 주십시요. 예큰대 금월 6, 7, 9, 10일 전래동요란에 함안咸安 김태수金泰洙 군의 기보한 노래 "서마지기 이논쌤이반달가티 써나간다. 제가 무슨 반달인고 초생달이 반달이지" 등 수십 수는 구전동요에 속하는 노래입니다. 아는 대까지는 역시 잇지 말고 주를 달아 주십시요.[4]

1930년 9월 21일부터 시작된 공지는 내용을 더해 가면서 10여 차에 걸쳐 이어지다가 다음과 같이 더 자세한 내용을 담아 다시 공지를 하였다.

---

4 「구전민요' 모집」, 『매일신보』, 1930.9.23.

'구전민요' 원고 중에는 전래동요에 속할 노래가 흔히 잇습니다. 모처름 채집한 전래동요를 체결 일자가 지나서 보내지 못하는 이가 잇거든 지금 곳 보내십시요. '전래동요'가 긋나기 전에 당도한 것이면 니어서 발표하겟습니다.

○

'구전민요'의 어의語義를 어렵게 생각할 것이 아닙니다. 어느 지방 치고 노래 업는 지방이 잇습니까. 전하는 여러 가지 노래 중에서 민요의 정조를 쯰인 것만 골녀 적어 보내십시요. 야박한 유행잡가는 밧제 하지 안습니다. 점잔을 쏩내는 선비들의 노래를 바라지 안습니다. 길삼과 보리방아에서 나온 노래, 지게목발과 낫차루에서 나온 노래 흙의 노래, 가레의 노래, 우리들이 차저 모되자는 노래는 이러한 노래입니다.

○

'전래동요', '구전민요'의 정리 편집은 연내로 긋을 지워 느저도 명춘明春 2월경에는 출판되리라고 밋습니다. 여러분의 공로가 한 권의 책冊으로 모되여 여러분의 손으로 도라갈 날이 멀지 안엇습니다. 조회照會하는 이가 만키 이만큼 예고하여 둡니다.

매일신보 학예부[5]

'구전민요'와 '전래동요'가 구분이 되지 않은 점이 있어 구전민요의 구체적인 예를 들어 알리고 있다. 기보하는 사람들이 물어 오는〔照會〕 경우가 많자 그에 응대한 것이다. 전래동요를 마감할 테니 늦지 않게 보내 달라는 당부도 곁들였다. 1930년 연말까지 편집을 마쳐 1931년 2월경에 책으로 출판하겠다고 알리는 내용이다.

구전민요는 1930년 10월 23일 풍류산인風流山人(南夕鍾의 필명)이 강원도 안변安邊, 남해南海 정윤환鄭潤煥의 「아리랑별곡」을 시작으로 연

---

5 「전래동요', '구전민요'를 기보하시는 여러분에게」, 『매일신보』, 1930.10.14.

재하기 시작해, 1930년 12월 21일 강원도 이천읍伊川邑 임동호林東浩가 「강원도 장태령」을 기보한 것을 끝으로 마감하였다.

3년 뒤 『매일신보』엔 「전래동요, 구전민요를 기보하신 분에게 보고와 감사를 겸하야」(『매일신보』, 1933.3.23)란 글이 김소운金素雲의 이름으로 실렸다.

『매일신보』 학예부에서 전래동요와 이어서 구전민요를 모집한 지도 이미 해스수로 네 해를 헤이게 되엿습니다. (중략) 大正 14년도(1925년: 필자)에 東京에서 발행되는 시문 잡지 『지상낙원地上樂園』에 「조선의 농민가요」를 연재하게 됨을 기회로 東京 지방에 집중한 노동 동포를 우중에 심방하며(비오는 날은 그분들이 쉬는 까닭입니다.) 혹은 차중에서 만나는 분에게 몃 개식의 자료를 구하야 그리지리 집성된 것이 700여 편에 달하엿습니다마는 이것으로 조선 민요의 영역을 대변식힐 수 업슴은 물론입니다. 그나마 그 자료 중에서 일역日譯 『조선민요집朝鮮民謠集』 한 권을 쑤며 낸 것은 적이 스사로 위로된 바이온대 그 후 『매일신보』 학예부에 자리를 두게 된 연분으로 독자 여러분께 자료 기보를 청한 것이 다시 업는 조흔 기회가 되어 향토예술에 관심하신 300여 씨의 두터운 협조를 닙게 된 것입니다.

조선민요의 수집은 일즉이 경성제대京城帝大에서 기도한 바이고 총독부 당국에서도 오랫동안 유의하여온 것이라고 전문傳聞하엿습니다. (중략) 국판菊版 700 페-지의 순수한 이 언문諺文 서책은 조선어를 한마듸도 아라보지 못하는 일본 서사書肆의 성력으로 출판된 것입니다. 조선에 책사冊肆가 업지 안코 이만한 출판을 마타 줄 자력資力이 업는 배 아닙니다마는 우리의 힘과 정성으로 내여 보리라고 힘껏 노력한 보람이 업시 드듸여 東京까지 초고草稿를 가저가지 안흘 수 업게 된 것입니다. 책이 되엿스니 새삼스리 말할 바이 아닙니다마는 일본서도 순전한 조선문의 출판이 그리 용이할 수 업섯습니다. 學士院이나 東洋文庫와 가튼

수만금의 예산을 준비한 학술단체에도 한번식은 교섭하여 보앗스나 민족문화에 대한 경의는 표하면서도 한거름 나아가 그 출판까지 담당하리라는 성의가 업섯고 岡書院과 鄕土硏究社에 의론한 결과도 역시 그러하얏습니다. 조선서도 못 이루윗든 일을 남의 힘으로 성사식히려는 것이 근본 그릇 생각이오 결과가 이러케 됨은 이理의 당연함이라 하겟습니다.

이리하야 백계무책百計無策 되얏슬 째 "그러면 내게 맛겨 다오. 그럿케 조흔 일에 기천원의 출판비를 지출할 자가 업다면 내가 해 보마." 하고 나슨 것이 第一書房 주主 長谷川 씨입니다. 長谷川 씨가 이 출판을 담당한 것은 오로지 올흔 일을 위하야 조력하리라는 의기에서 나온 것이오 영리나 매명賣名을 쯧한 것이 아님은 물론이겟습니다.

『언문조선구전민요집諺文朝鮮口傳民謠集』은 매신每申 학예부의 모집한 자료를 토대로 편자의 수집과 그 박게 손진태孫晉泰, 다나카 하쓰오田中初夫[6] 등 제우諸友의 제공으로 된 자료를 궁亘하야 東京서 인쇄를 필畢하고 금년 1월에 간행되엿습니다. 도별道別로 난호고 부군府郡 단위로 다시 배열하야 한 채집자의 자료마다 미말尾末에 주소성명을 첨기하엿스며 전권을 통하야 가사번호를 수기首記한 것이 2,475로 굿처첫습니다. 이것이 결코 조선민요의 전집성全集成이 못 될 것이나 민족의 공동시집으로 학구자의 소재집으로 위선 표본 하나는 될 것입니다. 압흐로 독실한 노력이 서로 모도이여 더 충실하고 더 만족한 문헌이 계속 간행되기를 충심으로 기대하면서 질머젓든 짐 하나를 이로서 풀기로 합니다. (중략)『조선구전민요집朝鮮口傳民謠集』한 권은 우리 민족의 정서의 기록으로 역사가 맛치는 날까지 기리 보전되겟거니와 이것으로 만족함이 업시 여러분의 관심이 압흐로 더한층 돈독하시기를 기구企求하여

---

6 다나카 하쓰오田中初夫는 일제 말기〈국민총력조선연맹國民總力朝鮮聯盟〉문화부 참사로 재직하며 일제의 문화정책에 관여한 인물이다. 「조선에 있어서의 문화정책朝鮮に於ける文化政策」(『조광』제8권 제1호, 1942년 1월호), 시詩 「싱가포르 함락シンガポール陷落」(『조광』제8권 제3호, 1942년 3월호) 등의 글이 있다.

마지안습니다. (밑줄 필자)

김소운은 1920년 일본으로 가 도쿄 가이세이중학교開成中學校에 입학하였으나 1923년 간토대지진關東大震災으로 중퇴하였다. 일본에 머물 때 조선인 노동자들로부터 수집한 민요를 모아 일본어로 번역하여 『조선민요집朝鮮民謠集』(東京: 泰文館, 1929)을 간행하였다. 1929년 『매일신보』 학예부 기자로 근무하다 1931년 다시 일본으로 갔다. 앞에서 말한 바 『매일신보』에서 전래동요와 구전민요를 모집한 것은 바로 김소운의 뜻이었고, 책으로 발간하겠다고 한 약속을 지켜 『언문조선구전민요집諺文朝鮮口傳民謠集』(東京: 第一書房, 1933.1.20)을 발간하였다.

앞에 말한 『조선민요집』(1929)의 서문은 당시 일본 시단과 아동문단의 대표적인 작가 가운데 한 사람인 기타하라 하쿠슈北原白秋가 썼다. 어릴 때부터 일본어를 배우고 일본문학을 가까이했다 하더라도, 국민성과 언어의 차이 때문에 조선의 민요를 일본의 가요조歌謠調로 번역하는 것이 어려운 것임을 전제한 후, "일본의 어운語韻, 자연스럽고 소박한 정취野趣라고 하는 것을 그의 시적 기교詩技 위에 혼용"하고 있어 "때로는 얄밉게 느껴질 정도로 작품의 독특한 맛持ち味"까지 표현하였다고 고평하였다. 나아가 "솔직히 말하자면 현대 일본의 민요작가 사이에도 일본의 어운語韻에 대해 이 정도의 이해력과 구사력을 가진 단련된 사람은 드물다."[7]고 할 정도로 김소운의 일본어 구사력은 남달랐다.

김소운은 일본 문단에서 기타하라 하쿠슈뿐만 아니라, 야나기타 구니오柳田國男, 시로토리 세이고白鳥省吾 등과 교유하였다. 김소운이 「조선의 농민가요」를 연재했다고 한 『지상낙원地上樂園』은 시로토리 세이

---

7 金素雲 譯, 『朝鮮民謠集』, 東京: 泰文館, 1929, 4쪽.

고가 출판한 잡지인데, 그가 김소운 등의 젊은 시인들을 발굴·육성하는 데 힘을 썼다. 함대훈咸大勳의『언문조선구전민요집』에 대한 서평에는 야나기타 구니오에 대한 다음과 같은 구절이 나온다. "柳田 선생을 砧村으로 차저갓든 밤에는 호우 중을 '大森'까지 도라와 저진 외투를 입은 채로 전둥 쩌진 방에 업드려 절망의 장태식長太息"[8]을 하였다는 것이다. '柳田'은 야나기타 구니오柳田國男를 가리킨다. 그의 집은 기타누무라砧村(현 世田谷區成城)에 있었고, 그곳에 일본 민속학의 거점인〈민간전승의회民間傳承の會〉가 있었다. 야나기타 구니오는 일본 민속학의 창시자로서 공적이 높게 평가되고 있고 뒤를 이은 학자들에게 많은 영향을 미쳤다.

"조선민요의 수집은 일즉이 경성제대京城帝大에서 기도한 바이고 총독부 당국에서도 오랫동안 유의하여온 것"이라 한 것은 사실이다. 1912년에 조선총독부는 전국의 민요를 수집한 바 있으나 어떤 연유인지 책으로 간행하지 않는데, 1924년에『조선동화대집朝鮮童話大集』(京城: 大阪屋號書店)은 간행이 되었다. 이 외에도 일제 관변학자로 경성제대 교수였던 다카하시 도루高橋亨 등과 나카무라 료헤이中村亮平, 다나카 하쓰오田中初夫, 다카기 도시오高木敏雄 등 많은 사람들이 당시 조선의 민요, 동요, 설화 작품을 수집하여 책으로 발간하였다. 이치야마 모리오市山盛雄는 최남선崔南善, 이광수李光洙, 이은상李殷相을 포함하여 다수의 일본인들과 함께『조선민요의 연구朝鮮民謠の研究』(東京: 坂本書店, 1927.1)를 간행하기도 하였다.

조선총독부와 다수의 일본인들이 왜 조선의 민속과 옛이야기 수집에

---

8 함대훈,「(독서란)김소운金素雲 씨 편저 조선구전민요집-(조선문)제일서방판」,『조선일보』, 1933.2.17.

『Histoires ou Contes du Temps Passé』(1867)의 속표지

『Kinder-und Hausmärchen)』
(초판, 1812)의 속표지

『Norske Folkeeventyr』
(5판, 1874)의 겉표지

60

노력했을까? 다카기 도시오의 경우 조선의 설화를 모아 출판한 책명이 『신일본교육옛이야기新日本教育昔噺』(1917)이다. '신일본'은 바로 '조선朝鮮'이었다. 조선에 대한 연구는 바로 일본의 연구라 생각한 것이다.

　18세기 프랑스혁명 이후 민족주의가 대두하면서 유럽 여러 나라에서 자국의 설화와 민요를 수집했다. 페로Perrault, Charles의 『옛날이야기 Histoires ou Contes du Temps Passé』(1697), 그림형제Brüder Grimm의 『어린이와 가정의 동화Kinder - und Hausmärchen』(1812), 『독일 전설Deutsche Sagen』(1816, 1818), 아스비에른센Asbjørnsen, Peter Christen과 모에Moe, Jørgen Engebretsen의 『노르웨이 민화집Norske Folkeeventyr』(1842~44) 등이 그 예다.

　조선을 신일본으로 치부한 것을 두고 민족주의 의식의 발로로 볼 수 있을까? 일본인의 시각으로는 그랬을 수도 있을 것이다. 엄격하게 따져보면, 척식拓殖의 대상인 식민지 조선에 대해 물리적인 부분뿐만 아니라 정신적인 측면까지 철저하게 지배하기 위한 방편의 하나로 민족의 정조가 녹아 있는 민속과 설화 및 민요를 연구한 것이다. 이는 서구 열강들이 식민지를 개척한 후 현지 민속학에 치중했던 사례를 통해서도 알 수 있다.

　아무튼 김소운은 전래동요와 구전민요를 수집했으나 출판이 요원하자, 일본의 학술단체 가쿠시인學士院과 도요분코東洋文庫, 민속학 관련 서적을 다수 간행한 출판사 오카쇼인岡書院과 교도겐큐샤鄕土研究社와 교섭하였으나 성과가 없었던 모양이다. 다이이치쇼보第一書房의 하세가와 미노키치長谷川巳之吉가 이 일을 맡았다. 하세가와는 1923년 이 출판사를 창업해 많은 책을 출판하였고, 1944년 2월 성업 중임에도 불구하고 출판사를 폐업하였다. '반골의 출판인', '책 만들기의 명인名人'

이라고 불렀다.

이상과 같은 과정을 거쳐 어렵사리 2,375수(책을 확인해 보니 2,475수라 한 것은 잘못이다.)의 민요, 동요를 모아 『언문조선구전민요집』을 간행한 것이다. 이를 일본어로 번역하여 『조선동요선朝鮮童謠選』(東京: 岩波書店, 1933.1)과 『조선민요선朝鮮民謠選』(東京: 岩波書店, 1933.8)을 발간하기도 하였다. 『언문조선구전민요집』은 대부분 200여 명의 기보자寄報者들이 제공한 것에 바탕을 두었으나, 『조선민요집』(1929) 간행을 위해 일본에 온 조선 노동자들을 찾아다니며 손수 채록한 것과 손진태, 다나카 하쓰오 등이 모아 놓은 자료를 합한 것이다. 한 사람이 일관된 관점으로 채록하지 않은 것을 탓할 수 있으나, 구비전승이란 때맞춰 기록하지 않으면 그냥 멸실하고 마는 것이어서 기록으로 남겼다는 것만으로도 그 가치를 인정받아야 할 것이다. '우리 민족의 정서의 기록으로 역사가 맛치는 날까지 기리 보전'되어야 한다는 자평을 너무 탓할 일은 아닌 것이다.

이후 1936년에는 모모세 지히로百瀨千尋가 『언문조선동요선집諺文朝鮮童謠選集』(東京: ポトナム社)을 발간하였다. 이를 일본어와 한글을 병기하여 『동요조선童謠朝鮮』(京城: 大阪屋號書店, 1936.11)으로 개제하여 다시 발간하였다. 양으로만 보더라도 『언문조선구전민요집』에 댈 것이 못 되고, 많은 부분 엄필진의 『조선동요집』과 겹치기도 한다.

실증적 연구의 단초,
아동문학가들의 필명

절구질

박고경(朴古京)

쿵당쿵당 절구질
햇님보고 주먹질
－『중외일보』, 1930.3.18.

곡식을 찧어 겨우 호구糊口를 이을 수밖에 없는 삶의 고단함에 대한
원망과 저항을 하늘에 대고 주먹질한 것으로 표현했다. 절구질이라면
누구나 절굿공이에 관심을 둘 텐데 시인은 손잡이 윗부분에 주목한 것
이다. 여기에 전복적 사고의 참신함이 있다. 리얼리즘적 시각과 형식
주의적 표현의 조화다.

박고경朴古京은 누구인가? 이재철李在徹의 『한국현대아동문학사』에
는 "朴世永(星河, 古京, 魯一, 尙愚)"라 했다. 박세영朴世永이라면 아동문
학 잡지 『별나라』의 편집을 맡았고, 월북 후 1947년 조선노동당과 인
민 정권을 노래한 〈애국가〉의 작사자로 잘 알려진 인물이다. 그의 필

명으로 성하星河, 혈해血海, 백하白河, 박계홍朴桂弘, 말별 등이 있지만, 노일朴魯一, 상우朴尙愚는 다른 사람이고, 박고경과도 관계가 없다.

이로써 문학 연구에서 필명筆名 확인이 중요한 이유를 찾을 수 있다. 박고경이 〈진남포청년동맹〉과 조선공산당재건사건으로 검거되어 재판을 받게 된 사정은 신문에도 보도되었다. 이를테면 판결문(「단일공산당재건사건 예심결정서 전문, 1」, 『동아일보』, 1933.6.3)과 같은 형태로 보도된 것에 따르면, 박고경의 본명은 박춘극朴春極이었고 일명 박순석朴順錫으로도 불렸다고 한다. 박고경도 한자를 달리해 '朴古京, 朴苦京'으로 섞어 썼고, 더러 '木古京'으로 '朴'의 오른쪽, 점 복(卜) 자를 떼버리고 쓰기도 했다. '각씨탈'이란 이름도 썼는데 다음 동시에서 확인된다.

파스되든 날
각씨탈

한자와 두자석자 색이며늙곤
내일홈 한번두번 비워워보고
가슴은 쏙누루구 내려다보다
썩머즌 그곳에는 박　순　석 (2연)
　　　　　　　　　－『중외일보』, 1929.3.21.

'각씨탈'이란 이름으로 발표한 작품 「파스되든 날」에서 본인의 이름 '박순석'을 밝혀놓았다. 이것만으로 섣불리 '각씨탈＝박순석'이라 하기에는 조심스럽다. '남포 각씨탈' 명의로 발표한 「바다가에서」(『중외일보』, 1928.6.25)와 '남포 박춘극' 명의의 「바다가」(『조선일보』, 1928.9.21)는 표기만 약간 다를 뿐 완전 동일한 작품이다. 게다가 둘 다 남포(진남포) 사람이다. 여기에 동시 「파스되든 날」에서 지은이 '각씨탈'이 '내 일홈'

'박순석'을 찾았으니 '박춘극=박순석=각씨탈'이란 신원이 비로소 분명해진 것이다. 백순재白淳在의 장서를 소장하고 있는 아단문고雅丹文庫(현 현담문고)가 최근 공개한 자료에서 다음과 같은 정보도 확인할 수 있어 더 분명해진다.

> 부기附記   사사私事에서 미안하오나 여러분을 밋고 말해 두나이다. <u>일즉 부르던 춘극春極이는 이제로는 순석順錫으로 부르겟다는 말임니다.</u> 그리 아라 주십시요. — 1월 6일 기記 —[1] (밑줄 필자)

조사를 해 보니 '朴古京'으로 27편, '木古京'으로 18편, '朴順錫'으로 21편, '朴春極'으로 12편, '각씨탈'로 6편의 작품을 발표하였고, '朴苦京'으로는 동화와 소년소설 5편을 발표하였다. 필명을 제대로 확인하지 못하면, 박고경, 박순석, 박춘극, 각씨탈은 서로 다른 사람으로 인식되었을 것이다.

위의 인용문에서 하나 주목할 것은, "일즉 부르던 춘극春極이는 이제로는 순석順錫으로 부르겟다는 말"이다. 이름을 개인이 임의로 바꿀 수 있는가 궁금하다. 비슷한 사례로 윤복진尹福鎭의 경우를 들 수 있다. 윤복진의 호적상 이름은 윤복술尹福述이다. 호적등본에 '尹福述'이 '尹福鎭'으로 정정된 적은 없다. 그런데 공적인 문서라 할 학적부에는 '尹福鎭'으로 기재되어 있다. 윤복진은 대구의 계성학교啓聖學校와 니혼대학日本大學 예과 및 호세이法政大學 영문학과를 졸업하였다. 계성학교 학적부와 니혼대학과 호세이대학 졸업장에는 분명히 '尹福鎭'으로 기재되어 있다.

---

1 진남포부 후포리 박순석, 「자유논단」, 『아희생활』 제4권 제3호, 1929년 3월호, 93쪽.

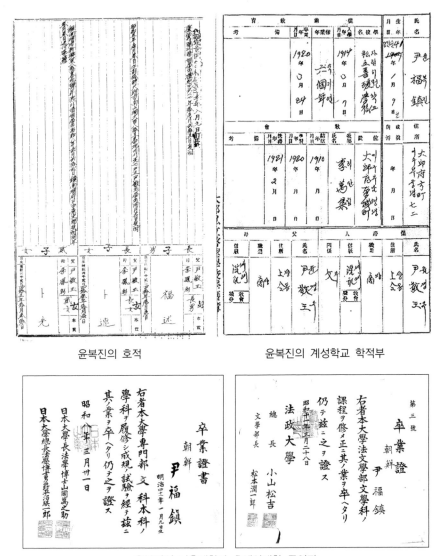

윤복진의 호적   윤복진의 계성학교 학적부

윤복진의 니혼대학과 호세이대학 졸업장

    일제강점기와 해방기를 통틀어 윤복진은 많은 동요(동시)를 창작했
고 질적 수준 또한 높았다. 다수의 동요를 창작하면서 항상 '尹福鎭'이

란 이름만으로 발표한 것은 아니다. 널리 알려졌다시피 '김수향金水鄕'이란 필명도 자주 사용하였고, 드물지만 '김귀환金貴環'이란 필명도 사용하였다. 더러 '김수경金水卿'이란 필명도 있다고 하나 이는 '향鄕' 자를 '경卿' 자로 오식한 것에 지나지 않는다.

이것만이 아니다. '파랑새', '김수련', '가나리아', '목동', '백합화' 등의 필명도 있다. '파랑새'는 다음과 같은 예를 통해 윤복진임을 확인할 수 있다. 윤복진의「밤」(『아희생활』, 1926년 11월호)과 파랑새의「밤」(『동아일보』, 1926.12.5)이 동일한 작품인 것과, 파랑새의「복순아」(『동아일보』, 1926.11.28)를 개작해 윤복진의「가을」(『동화』, 1936년 9월호)로 발표한 것을 볼 때 '파랑새'가 윤복진임을 알 수 있다. '김수련金水蓮'이란 필명도 썼다.「녹쓴 가락지」(『조선일보』, 1929.10.1)와「쏭 싸는 처녀의 노래」(『조선일보』, 1929.10.22)는 김수련 명의로 발표한 민요民謠다. 일제강점기에 당시의 시대상을 내포하고 있는 민요를 신민요新民謠라 하였는데, 이 두 작품을 우리나라에 처음 등장한 신민요로 본다. 신민요가 유행하자 일본콜럼비아축음기주식회사에서〈녹쓴 가락지〉음반을 발매했는데, 그 가사지歌詞紙에는 '윤복진 작가作歌, 홍난파 작곡'이라 해 김수련이 곧 윤복진임을 알 수 있다.

'가나리아(등대사 가나리아)'란 필명도 사용한 것으로 보인다.〈대구 가나리아회〉는 윤복진이 주도해 만든 소년문예단체다. '대구 남산정 685번지'가 주소지였는데, 이는 윤복진의 집 주소와 동일하다.「(입선동요) 다리 우에서」(『어린이』, 1926년 5월호)와「노랑새」(『동아일보』, 1926.12.9)는 지은이가 '가나리아'다.「다리 우에서」의 경우 '대구 가나리아회'는 단체명일 뿐이고,「노랑새」의 경우 '등대사 가나리아'는〈등대사〉란 소년문예단체에 소속된 '가나리아'를 지칭한다. 일단 '등대사'라고 한 데서 윤복진과 무관하지 않은 것은 분명하다.〈등대사〉란 사명을 달고 작품을 발표한 사람은 윤복진 말고도 신고송申孤松, 은숙자銀淑子 등이 더 있다. 그러나 〈가나리아회〉란 사명을 달고 작품을 발표한 사람은 윤복진 이외에는 확인되지 않는다. 이로써 종합해 보면 '가나리아'란 이름이나 사명社名만으로 작품을 발표한 사람은 윤복진이 분명해 보인다.

'등대사 목동牧童'도 윤복진의 필명으로 보인다. '등대사 목동' 명의의 「산」(『중외일보』, 1927.2.8)은 같은 지면에 윤복진 명의로 「살구나무」를 발표하면서 변성명한 것이 아닌가 싶다. 이후 윤복진 명의로 발표한 「고향하눌」(『조선일보』, 1929.11.28)은 「산」을 개작한 것으로 보인다. 윤복진은 앞서 발표한 작품을 개작해서 발표한 예가 많은데 「고향하눌」도 그런 작품 중의 하나로 보인다.

'백합화百合花(등대사 백합화)'란 필명도 윤복진의 것으로 보인다. '등대사 백합화' 명의의 「무명초」(『어린이』, 1927년 1월호)와 '윤복진' 명의의 「무명초」(『조선일보』, 1929.11.28)는 같은 작품이다. 홍난파洪蘭坡의 『조선동요백곡집』(1930), 김기주金基柱의 『조선신동요선집』(1932), 윤복진의 『초등용가요곡집』(1946)에도 「무명초」가 수록되어 있는데 모두 '윤복진' 명의로 되어 있다.

윤복진은 '윤복선尹福善'과 '윤복향尹福香'이란 이름으로도 작품을 발표하였다. '대구 윤복선尹福善' 명의의 「종달새」(『어린이』, 1926년 4월호)와 '윤복진' 명의의 「종달새」(『조선일보』, 1929.4.6)는 표현된 어구와 행갈이가 다소 다르지만 시상의 전개나 내용의 동일한 정도로 볼 때 같은 작품으로 보는 것이 옳을 듯하다. 이보다 앞서 『시대일보』 여주驪州지국 현상문예에 3등으로 당선된 「종달새」(『시대일보』, 1926.3.29)가 이 두 작품의 원작으로 보인다. '윤복향尹福香' 명의의 「풍경」(『별나라』, 1927년 7월호)과 '윤복진尹福鎭' 명의의 「풍경」(『조선일보』, 1929.11.21)은 같은 작품이다. '윤복선尹福善'과 '윤복향尹福香'은 윤복진의 필명이라기보다 일시 차명借名한 것이 아닌가 싶다. 윤복진의 둘째 여동생은 '卜先'이고 셋째 여동생은 '福香'이다. '福善'은 '卜先'을 개명한 것으로 보인다. '대구여자보통학교 尹福香' 명의의 「참새」(『별나라』, 1927년 7월호)는 뒷날 '金水鄉' 명의의 「참새」(『조선동요백곡집』, 1930)와, '尹福鎭' 명의의 「참새」(『조선신동요선집』, 1932)로 다시 발표되었다. 실제 사용된 예를 찾을 수는 없으나 윤복진의 개인 노트를 보면, 도파稻波(나락물결), 석종夕鍾(저녁종), 고운孤雲(외론 구름), 송운松雲(솔구름) 등의 필명이 더 있었다. 윤복진이 다녔던 희원학교喜瑗學校 진급증서에는 윤복출尹福出이란 이름도 사용했던 것으로 나타나 있다.

이와 같이 무분별할 정도로 혼란스럽게 필명을 사용한 것이 당시의 엄연한 실상이었다. 일제강점기에 가장 많은 양의 아동문학 관련 비평을 발표한 사람으로 홍은성洪銀星을 들 수 있다. 본명은 홍순준洪淳俊이다. 스스로 밝힌 것으로 '은성銀星, 효민曉民, 안재좌安在左, 성북동인城北洞人, 미오美鳴, 홍훈洪薰, 정복영鄭復榮, 안인호安釖虎'[2] 등 다양한 필명이 있다. 『염군焰群』을 간행할 당시 동인들이 모두 '효曉' 자 돌림으로 효부曉夫(이호), 적효赤曉(이응종), 효천曉天(지정신), 효봉曉峰(윤기정), 효민曉民(홍은성)으로 지었다 한다. 잡지 『비판批判』에 '안재좌安在左'란 이름으로 집필하기도 하였는데, 송봉우宋琫禹가 지어 준 필명이다. 이전에 사용한 '성북동인城北洞人'이 무책임한 작명이라며 이이름을 지어 주었다는 것이다. 스스로 짓거나, 특정 단체의 돌림자를 쓰거나, 친구가 지어 준 다양한 예가 망라되어 있다. 이 외에도 '은銀별, 은성생銀星生, 은성학인銀星學人, 궁정동인宮井洞人' 등이 더 있다.

방정환方定煥이나 차상찬車相瓚의 필명을 보면 홍은성보다 더 많다.

2 홍효민, 「(나의 아호·나의 이명)감개무량」, 『동아일보』, 1934.4.11.

비교적 많이 연구된 방정환의 경우 지금도 작품을 두고 논자마다 합일되지 않아 작품연보가 확정되지 못하고 있다. 왜 이렇게 필명을 많이 썼는지 궁금하다. 본명을 부르는 것을 꺼리던 시대 풍조가 한몫했을 것이다. 잡지『어린이』의 편집을 맡았던 방정환은 모자라는 원고를 여러 필명으로 채워 넣었다고 한다. '소파小波'를 '잔물'로 '방정환'을 'ㅈㅎ'으로 한 예가 그것이다. 같은 지면에 여러 작품을 발표하게 된 경우에도 동일한 이름을 쓰지 않고 다른 필명을 사용한 경우가 많다.

문제는 같은 필명을 서로 다른 사람이 쓴 경우다. '박아지朴芽枝'의 본명은 함경북도 명천明川 출신의 박일朴一이다. 그런데 개성開城 출신의 박재청朴在淸의 필명 가운데에도 '박아지'가 있어 박일의 작품이 박재청의 작품으로 뒤섞인 적이 있다. 1930년『동아일보』신춘현상문예 동화 부문 선외가작은 '안악安岳 박일朴一'의「동생을 차즈려(전4회)」(『동아일보』, 1930.1.14~17)이다. 황해도 안악安岳과 해주海州 등지에서 소년운동을 전개한 이로 박아지(박일)와는 다른 사람이다. 윤복진의 필명으로 예시한 '파랑새'도 만주滿洲 지역에서 주로 활동한 다른 '파랑새'가 있다.

무분별하다시피 혼란스러운 필명을 밝히는 일은 지난한 작업이다. 본인이나 타인의 글줄 어느 한구석에서 필명을 밝힐 건더기를 찾아내야 한다. 아무리 힘들고 어려운 일이라 하더라도 이 작업을 등한히 하고 일제강점기 작가들의 작품연보를 작성하는 일은 불가능하다. 실증적 연구의 필요성이 여기에 있다.[3]

---

3 이 외의 다른 필명은, 류덕제의「일제강점기 아동문학가의 필명」(『한국 현실주의 아동문학 연구』, 청동거울, 2017, 296~369쪽) 참조.

일제강점기 최장수 아동문학 잡지
『아이생활』

일제가 조선 반도를 강점하고 채 10년이 못 되어 3·1운동이 일어났다. 이를 기점으로 일제는 무단정치에서 문화정치로 식민지 통치방식을 바꾸었다. 실상은 군대와 경찰을 증파하고 압박을 강화했지만, 표면적으로는 언로를 트고 조선인의 활동을 보장하는 듯했다. 그 결과 신문과 잡지가 우후죽순 생겨났다. 일제 초기 신문으로는 『매일신보每日申報』가 있었다. 1904년 7월 18일 양기탁梁起鐸과 영국인 배설裴說: Bethell, Ernes Thomas이 창간한 『대한매일신보』를 일제가 사들여 1910년 8월 30일부터 '대한'을 떼고 제호를 바꾼 것이었다. 여기에 『조선일보』(1920.3.5)와 『동아일보』(1920.4.1), 『시대일보』(1924.3.31) 등 민족지가 출현하게 된 것이다. 문학사에서 익숙하게 들은 허다한 잡지들도 이 시기에 창간되었다.

아동문학 잡지도 이 시기에 대거 발간되었다. 『어린이』(1923.3.20~1935년 3월호, 통권122호), 『신소년』(1923년 10월호~1934년 4-5월 합호), 『새벗』(1925년 11월호~1930년 6월호?), 『별나라』(1926년 6월호~1935년 2월호, 통권80호) 등이 대표적인 잡지였다. 이 외에도 수많은 잡지들이 발간되었으나 '3호 잡지'[1]란 말이 있을 정도로 출몰이 무상했다. 이들 잡지가 폐간된 1930년대 중반에는 아동문학 발표 매체로서 한 축을 담당했던 신문의 학예면마저 시들해져 아동문학을 부흥시켜야 한다는 논의가 많았다.

앞의 잡지들이 폐간될 시점에 평양에서는 『아이동무』(1933.6~1936.2)가, 간도間島 용정龍井에서는 『가톨릭소년』(1936.3~1938.8)이 창간되었다. 전자는 당시 숭실전문학교 교장을 맡고 있던 미국 선교사 윤산온尹山溫: McCune, George Shannon이, 후자는 독일인 신부 백화동白化東: Breher, Theodor과 배광피裵光被: Appelmann, Bolduin가 발행인이었다. 윤산온의 아들 맥 매큔"Mac" McCune, George McAfee은 1939년 라이샤워 교수와 함께 한글 로마자표기법인 매큔-라이샤워 표기법McCune-Reischauer System을 만든 인물로 우리에게 잘 알려져 있다. 이외에도 조선일보사에서 『소년』(1937.4~1940.12)을 발간해 일제 말기에 3년 반 너머 버텼다.

일제강점기 아동문학의 매체에 대해 개략적으로 살펴보았는데, 길어야 10년 남짓 발간되다가 다 폐간되었다. 일제강점기 중후반에 발간되었던 잡지들의 수명은 이보다 더 짧았다. 그 까닭은 재정적인 문제도 없지 않았겠지만 무엇보다도 일제의 검열 등 강압적인 통제가 컸기 때문이었다.

일제의 조선 통치는 3기로 구분해 볼 수 있는데, 말기에 해당하는 3기는 1931년 만주사변부터 일제의 패망까지를 가리킨다. 소위 15년 전쟁이라고 하는 이 시기는 일제가 조선을 전시 동원 체제에 편입하고 조선인들을 황민화皇民化하는 데 주안을 두고 있었다. 1935년경부터

---

1 유백로柳白鷺, 「소년문학과 리아리즘—푸로 소년문학운동(1)」, 『중외일보』, 1930.9.18.

신사참배를 강요하고, 1937년 10월에는 '황국신민의 서사皇國臣民ノ誓詞'를 제정하여 암송하게 하였으며, 1938년 2월에는 징병제의 사전 정지작업으로서 지원병 제도가 시행되었고, 1940년 2월에는 창씨개명을 실시하여 조선인들은 급기야 자신의 이름마저 일본식으로 바꾸어야만 했다. 또 대륙 병참기지를 부르짖으며 일본의 군수산업을 위해 저임금과 장시간 노동을 강제하고, 지하자원을 대대적으로 약탈하였다. 일본 내의 부족한 노동력을 보충하기 위해 1939년 '모집'이란 이름으로 강제연행을 시작하여 1944년에는 '징용徵用'으로 나아갔는데, 조선인들은 가혹한 노동을 강요받아야 했다.[2]

이러한 시대적 배경하에서 아동문학인들 온전히 제 모습을 유지하기가 쉽지 않았을 것은 짐작하기 어렵지 않다. 그런데 이례적으로 일제강점기를 통틀어 17년 11개월 동안이나 장수한 아동문학 잡지가 있었는데 바로 『아이생활』이다. 이 글에서는 『아이생활』의 창간 배경과 잡지의 성격을 알아보자.

『아이생활』[3]은 1926년 3월호를 창간호로 하여 1944년 1월호(통권 202호?)를 마지막으로 폐간되었다. 발행기간이 다른 잡지들에 비해 서너 배는 길다. 먼저 창간의 배경부터 살펴보자. 창간호에 실린 「아희생활의 출세」와 10주년 기념호의 「『아이생활』 10주년 연감」을 보면 창간 당시의 사정을 엿볼 수 있는 내용이 나온다.

---

2 이상은 일본인으로서 한국사를 연구하는 미야타 세쓰코宮田節子의 「조선통치정책朝鮮統治政策」, 『日本大百科全書(ニッポニカ)』, 小學館 참조.
3 창간 당시 『아희생활』이란 제호로 출발했으나, 주요섭朱耀燮이 주간을 맡고 있던 시기인 1930년 11월호부터 『아이생활』로 바꾸었다. 이 글에서는 인용 이외에는 『아이생활』로 통일한다.

『아희생활』이 나오게 된 까닭

이 본이 될 『아희생활』은 한두 사람의 힘으로 나오게 하지 못할 것이올시다. <u>작년 가을에 경성에서 모힌 죠션쥬일학교대회에 오섯든 뜻이 갓흔 여러분 선생님들이 죠션 아희들의 부르지는 소래를 듯고 깁히 늣기든 정情이 발하야 한번『아희생활』을 내일 의론을 말하매 다수한 어른들이 서로 도아서『아희생활』을 내기로 하엿고 이 쇼식이 온 죠션에 퍼짐을 좃차 동정하시는 분이 각 곳에셔 불닐 듯하야 지금은 이백여 명의 찬동자讚同者를 엇게 되고 따라서 이─ 귀하고 복스러온『아희생활』이 우리 아동게에 나오게 되엿슴니다.</u>[4] (밑줄 필자)

2. 창간 당시 산파역을 다한 동인同人 제씨 ─ 본지를 내놓기 위한 당시의 고심은 말로 다할 수 없었읍니다. 생각은 좋으나 사업에 따르는 재정문제를 해결하기는 용이한 일이 아니었읍니다. 그 당시에 <u>본사를 창립하기에 많은 노력을 한 이들로는 선교사로 허대전許大殿, 곽안련郭安連 양兩 박사와 장홍범張弘範, 강병주姜炳周, 김우석金禹錫, 석근옥石根玉, 이순기李舜基, 이석락李晳洛 제씨며 특히 창간 당시 주간이든 한석원</u> 선생 이 모든 분들은 본지를 나오게 한 산파역의 수고를 한 이들이오 그 배후에서 노력을 아끼지 아니한 분들도 여러 분이십니다.

3. 본사 조직 당시의 회고 ─ 1925년 10월 21일로 동同 28일까지 경성에서 열린 제2회 조선주일학교대회 직후에 이상에 술述한 모든 정세에 의하야 당시 〈조선주일학교연합회〉 사무실인 종로 2정목丁目 12번지에서 <u>정인과, 한석원, 장홍범, 강병주, 김우석, 석근옥 제씨가 회합하야 아희생활사 창립발기회로도 열고 재정에 대하야는 1주株 5원식式으로 출연하는 정신을 기초로 하야 발기위원 제씨가 책임적으로 각 분담활동하야 사우社友를 모집하기로 하고 사장에 정인과 씨, 주간에 한석원 씨로 선임하야 소년소녀 월간잡지의 간행을 촉진키로 한 것입니다.</u> 이듬

---

4 큰실과, 「아희생활의 출세」, 『아이생활』 창간호, 1926년 3월호, 1쪽.

해 즉 1926년 3월 10일로서 만반 준비가 다 되어 편집인에 한석원 씨 발행인 미국인 나의수 씨의 명의로 소년소녀 월간잡지 『아희생활』 제1호 창간호를 세상에 내놓기로 되었습니다. <u>그러고 사社 조직 내에 있어는 사우 전체로 총회가 있고 총회를 대표한 10주株 이상 사우로 이사회가 되고 이사회에서 간부 직원을 선임케 된 것입니다.</u>[5] (밑줄 필자)

이상을 간략히 정리하면 다음 두 가지가 될 것이다. 하나는 사람들로, 1925년 10월 21일부터 28일까지 경성(서울)에서 열렸던 조선주일학교대회를 마치고 정인과鄭仁果, 한석원韓錫源, 장홍범張弘範, 강병주姜炳周, 김우석金禹錫, 석근옥石根玉 등 조선인 목사들이 모여 『아이생활』 창립발기회를 가졌으며, 선교사 허대전許大殿: Holdcroft, James Gordon, 곽안련郭安連: Clark, Charles Allen과 조선인 목사 이순기李舜基, 이석락李晳洛 등이 도왔다는 내용이다. 다른 하나는 돈인데, 잡지 발간을 위해 사우를 통해 주금株金을 모금해 재정적인 문제를 해결했다는 것이다.

창간 주도 세력이 목사와 선교사들이고 주일학교대회를 마친 후 "50만 다수를 점한 교회가 사회적으로 비판을 받기 비롯"하고 "내부적으로도 부패의 싹이 보"여 "교회문제나 사회생활에 있어 더욱 건실한 정신을 닦는 데 한 도움이 되게 하자는 의도"에서 "소년소녀들의 읽을 만한 서적이 없"(연감, 5쪽)는 것을 안타깝게 여겨 잡지를 발간한다고 하였다.

주일학교Sunday School란 1888년부터 선교사들이 어린이들을 모아 성경을 가르친 데서 비롯되었다. 주일학교가 늘어나자 이들을 묶어서 1911년 〈조선주일학교연합회〉(이하 '연합회')가 만들어졌다. 세계주일학

---

5 최봉칙, 「『아이생활』 10주년 연감」, 『아이생활』, 1936.3 부록, 5쪽. (이하 이 글일 경우 '연감'으로 표시하고 쪽수를 밝힌다.)

교연합회와 협의한 결과로 재정
지원도 받게 되었다. 이 당시 허
대전이 〈연합회〉의 총무를 맡았
고 정인과는 부총무를 맡았다. 곽
안련도 이후 〈연합회〉의 총무를
맡았고 주일학교와 관련된 책만 7
권을 간행할 정도로 주일학교에
관심이 깊은 선교사였다. 제2회
조선주일학교대회의 회장은 장홍
범張弘範 목사였고, 총무는 허대
전과 정인과였다. 이 대회를 마치
고 조선인 목사들이 『아이생활』
창간 발기회를 가졌다는 것이고,

『아이생활』 창간호 표지
(연세대 학술문화처 도서관 제공)

선교사들의 도움이 있었다는 말이다. 창간호부터 발행사는 '아이생활
사'였으므로 "조선주일학교연합회에서 발행"[6]하였다고 하는 것은 옳지
않다.

『아이생활』의 창간호(1926년 3월호)부터 제4호(1926년 6월호)까지에는
사우들 명단과 주금 약정 현황이 수록되어 있다. 매달 사우들과 주금
이 늘어났다. 그러나 창간 1년 반쯤이 되었을 때인 1927년 10월경, 재
정적인 어려움이 커져 〈연합회〉에서 『아이생활』을 발간하도록 인계하
였다. 다시 2년 뒤인 1929년에는 〈조선야소교서회朝鮮耶蘇敎書會〉(이하
'서회')의 도움이 필요해 총무 반우거班禹巨: Bonwick, Gerald William와도
교섭하기로 하였다.

----

6 윤춘병, 「아이생활」, 한국학중앙연구원, 『한국민족문화대백과사전』 참조.

반우거는 호주 출신으로 영국에서 교육받은 후 구세군 참령으로 내한해 1910년 구세군을 떠나 〈서회〉 총무가 되었다. 〈서회〉는 1890년 6월에 장로교와 감리교선교회가 연합하여 만든 〈조선성교서회朝鮮聖敎書會〉가 그 시초이다. 성서 주석, 찬송가, 주일학교 교리, 전도용 소책자를 주로 출판하였는데, 반우거가 취임한 이후 출판 실적이 비약적으로 발전하였다. 1915년부터 〈조선야소교서회〉로 개칭하였다. 반우거는 1929년 10월호부터 1936년 7월호까지『아이생활』의 발행인으로 재임하면서『아이생활』에 다수의 글도 발표하였고, 재정적인 뒷받침을 톡톡히 하였다. 1928년 안식년을 맞아 캐나다부인선교연합회의 몽고메리Mrs. Montgomery와 미국 뉴욕 만국선교연합회 중 부인 및 아동기독교문화사업협회장 플로렌스 타일러 부인Mrs. Florence Tyler과 교섭하여 후원을 약속받아 왔다. 1936년 10월경 〈연합회〉와 〈서회〉가 후원을 중지하자, 사장 정인과는 몽고메리와 타일러로부터 〈서회〉를 거치지 않고 직접 아이생활사로 후원금을 보내주도록 교섭하여 위기를 넘겼다. 그러나 이마저도 1940년경이 되자 끊겨 버렸다. 그 배경으로는 선교사들의 강제 귀국이 영향을 미친 듯하다. 1935년경부터 조선총독부는 신사참배를 강요하였다. 선교사들이 교육선교 사업의 일환으로 세운 여러 학교들에도 신사참배를 강요하자 이를 받아들일 수 없던 선교사들은 강제출국당하게 되었다. 대체로 1936년경부터 1940년 사이에 대부분의 선교사들이 귀국하였다. 사정이 이렇게 되자 정인과와 장홍범은 다시 창립이사들로부터 주금을 받고, 독자들이 나서 〈아이생활후원회〉를 설립해 재정적인 도움을 주었다.

　재정문제와 관련하여『아이생활』은 초기부터 지면에 광고를 많이 게재하였다.『어린이』,『신소년』,『별나라』도 광고가 없었던 것은 아니었다. 광고 품목도 대부분 서적이었고 그것도 자사(개벽사, 중앙인서관, 별나라사) 서적 홍보가 대부분이었다. 광고 위치도 대체로 잡지 뒤쪽에 모아두는 식이었다. 『아이생활』은 달랐다. 품목도 서적뿐만 아니라 타사의 잡지와 서적에다, 약품, 과자, 악기, 여관, 항공, 상점, 회사, 출판사 등 다양했다. 광고 위치도 본문 군데군데의 자투리 공간을 차지하고 있다. 1934년도 아이생활사의 연말 결산내역을 보면 수입 총계가 5,446원이었다. 정인과의 글에 보면 광고료가 매달 40원이었다고 하니 개산하면 연 480원 정도라, 광고료가 잡지 발행에 일정한 영향을 미쳤음이 분명하다.

『아이생활』에 실린 글들을 보면 종교적 색채가 짙다. 창간 주도세력과 배경을 보면 당연한 결과라 하겠다. 기독교 문서선교의 일환으로 발간된 잡지인지라 종교적인 내용이 많은 것은 예견된 일이었던 것이다. 꽃주일, 아이주일, 크리스마스 등의 특집이 때맞춰 편성되었을 뿐만 아니라 필진도 목사나 신도, 선교사들이 주를 이루었다. 일일이 확인하기는 어렵지만 독자란을 메운 소년 문사들도 신자가 다수인 것으로 보인다. 중국에 이어 조선에서도 반기독교운동이 벌어졌을 때 잡지 『개벽』의 특집에 참여한 사회주의자 박헌영朴憲永은 "남조선보다는 북선北鮮에 기독교 세력이 근거가 깊흔 현상"[7]이라 한 바 있는데 정확한 현실 파악이다. 선교사들은 '전략적 요충지의 선교기지'로 7군데를 꼽았는데[8] 경성, 부산, 대구를 제하면 나머지 4군데가 평양, 원산元山,

---

7 박헌영, 「(반기독교운동에 관하야)역사상으로 본 기독교의 내면」, 『개벽』 제63호, 1925년 11월호, 67쪽과 70쪽.
8 Harry Andrew Rhodes(최재건 역), 『미국 북장로교 한국선교회사』, 연세대학교출판부, 2009, 103~237쪽 참조.
   Harry Andrew Rhodes의 한국명은 노해리魯解理인데, 반우거가 은퇴한 후 1936년 8월부터 12월까지 『아이생활』의 발행인을 맡았다.

평북 선천宣川, 황해도 재령載寧으로 '북선' 지방이 많다. 평양의 숭실崇實학교, 숭덕崇德학교, 숭의崇義여학교와 진남포의 삼숭학교三崇學校, 원산의 영생永生학교, 선천의 신성信聖학교, 재령의 명신학교明新學校 등은 모두 선교사들이 세운 학교다. 『아이생활』독자의 도별 통계를 보면, 경기도(경성)가 가장 많고 다음으로 평남, 평북, 황해도, 경북, 전남, 함남의 순이다.(연감, 18쪽) 경성과 대구, 전남도 많지만 이는 다른 잡지에도 공통되는 현상이어서, 『아이생활』에 '북선' 지방 소년 문사들이 더 많이 투고하였다는 것은 하나의 특징으로 언급할 만하다.

　『아이생활』지면을 꼼꼼히 뜯어보면 의외로 민족주의적인 내용이 많다. 단군檀君, 이순신李舜臣, 이준李儁 열사 부인, 손기정孫基禎, 한글, 조선 역사와 인물 등 다양하고도 양이 많다. 이는 거의 전 기간 사장을 맡아 실질적으로『아이생활』발간을 주도한 정인과鄭仁果와 무관하지 않은 것으로 보인다. 그는 안창호安昌浩의 〈흥사단〉과 〈수양동우회〉에 가입하였고 상해 임시정부에 참여하기도 하였던 이력의 소유자였다. 정인과를 두고 기독교 민족주의자라 평가하는 이유도 이런 데 그 까닭이 있다.

　천도교라는 민족 종교를 배경으로 한『어린이』나 한글학자 신명균申明均이 발간한『신소년』그리고 계급주의 사상을 기반으로 카프KAPF의 지도하에 있던『별나라』에 못지않은 더러는 더 많은 민족주의적 내용의 기사를 게재하고도 검열에 걸려 삭제나 불허가 심지어 압수당하는 경우가 상대적으로 적었다. 국사편찬위원회의 한국사데이터베이스에서 제공하는『조선출판경찰월보』, 「불허가 출판물 및 삭제 기사 개요」, 「불온 소년소녀독물」, 「언문소년소녀 독물의 내용과 분류」 등의 자료에 따르면, 『어린이』는 26회, 『신소년』은 24회, 『새벗』은 12회, 『별나라』는 42회나 삭제, 압수, 불허가 등의 검열을 받은 반면에『아이생활』

은 2회에 지나지 않는다.(이 수치는 객관적인 통계가 아니라 하나의 경향을 읽는 것으로 만족해야 한다.) 조선총독부는 검열의 기준으로 민족주의적 경향을 보이거나 계급주의 사상을 내포하고 있는 경우를 주로 그 대상으로 하였다. 『어린이』, 『신소년』, 『별나라』는 물론이고 발행기간이 짧은 『새 벗』에 비해서도 『아이생활』의 검열 횟수가 상대적으로 적다. 아마도 그 배경에는 기독교가 가진 국제사회의 연대와 그들의 대리인인 선교사들이 어느 정도 뒷배가 되어준 까닭으로 보인다.

그렇다고 『아이생활』이 일제와 맞서거나 당대 현실에 대한 날카로운 인식이 있었던 것은 아니다. 『신소년』과 『별나라』는 물론이고 신영철申瑩澈이 편집을 맡았던 시기의 『어린이』

(1931년 10월호부터 1932년 9월호)까지도 당시 민족 모순과 계급 모순이 중첩된 식민지 민족 현실을 지면에 반영하려고 노력한 것에 비추어보면 『아이생활』은 이러한 점에 있어서 거의 완전히 외면하고 있었다고 해도 과언이 아니다. 애초에 어린이들을 대상으로 포교적 성격 곧 문서선교를 목적으로 한 잡지로서 일제 당국의 눈 밖에 날 일을 하지 않았던 것으로 볼 수 있다.

1938년 3월호는 『아이생활』의 12주년 기념호였다. '간부의 면영面影'이라 하여 사장 정인과와 위원장 장홍범의 사진을 게재하였다. 이즈음 정인과는 수양동우회 사건으로 재판을 받고 있었다. 이를 트집 잡아 조선총독부는 아이생활사에 대한 압박을 가하기 시

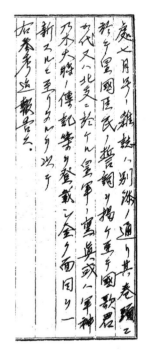

기독교잡지 『아이생활』의
동정에 관한 건
(1938.7.1. 일부)

작하였다.[9] 1938년 7월호에 처음으로 황국신민의 서사와 일본 국가인 〈기미가요君ガ代〉 및 중국 북부 지방을 침략하고 있던 황군皇軍 사진을 게재하도록 강제하였다.(80쪽 문건 참조)

1938년 9월 장로회총회는 신사참배를 결의하게 되었고, 정인과도 변절하여 "유다의 직계"[10]로 전락하고 말았다. 정인과와『아이생활』발간의 중심축이었던 기독교가 이른바 기독교의 일본화에 동조하면서『아이생활』의 지면은 급격하게 친일적인 내용으로 도배가 된다. 고노에 후미마로近衛文麿 내각의 '신체제운동'에 발맞춰 천황을 받들어 군국주의 파시즘을 부르짖고 총후보국銃後報國의 태세를 강조하였다. 선동적인 노래와 논설, 구호와 더불어 각종 문학작품으로 황은皇恩에 보답할 것을 되풀이하여 강조하였다. 1940년 말까지 발간되었던『소년』도『아이생활』과 다를 바 없었다.

『아이생활』은 오랫동안 아동문학 발표 매체로서 많은 업적을 남겼다. 작가들의 발표의 장이자 어린이들의 교육의 도구였고, 신진 작가들을 발굴하는 역할을 하였다. 하지만 민족문학의 관점에서 볼 때『소년』과 마찬가지로『아이생활』은 일제 말기 아동문학의 안타까운 모습을 고스란히 보여주었다. 1938년 8월호에 '본지 폐간사'를 남기고 과감하게 붓을 꺾은『가톨릭소년』과 같이 일제 말기 전시동원 체제의 광풍이 불어닥치기 전에 차라리 폐간했더라면 그나마 치욕은 면했을 거라는 아쉬움이 남는다.

---

9 「思想에 關한 情報9 雜誌子供ノ生活社ニ關スル件」(京城鍾路警察署長, 1938.5.3)과 「思想에 關한 情報9 基督敎雜誌兒童生活ノ動靜ニ關スル件」(京城鍾路警察署長, 1938.7.1) 한국사데이터베이스 참조.
10 고원섭 편, 「('유다'의 제자인 친일 목사들)'유다'의 직계 정인과」, 『반민자 죄상기』, 백엽문화사, 1949, 131~133쪽.

쿠바Cuba에도 독자가 ……

　1919년 3·1운동이 일어난 후 조선총독부는 무단정치武斷政治에서 이른바 문화정치文化政治로 식민지 조선에 대한 통치방식을 바꾸었다. 그 결과 신문과 잡지가 우후죽순 격으로 간행되었다. 잡지의 경우, 시작은 하였으나 서너 호를 발간하곤 슬그머니 자취를 감춘 예가 많아 '3호 잡지'란 말이 생길 정도였다.

　그 가운데 『어린이』(1923.3~1935.3), 『신소년』(1923.10~1934.4-5월 합호), 『아이생활』(1926.3~1944.1), 『별나라』(1926.6~1935.2), 『새벗』(1925.11~1930.6?) 등은 비교적 오랫동안 발간된 잡지였다.

　그렇다면 이 잡지들은 얼마쯤의 부수를 발간하였을까? 잡지는 독자들이 파트롱patron이다. 독자들이 잡지를 사 봐야 거기에서 발생하는 이득금으로 잡지를 발간하는 데 필요한 돈을 충당하고, 원고료를 지급하여 좋은 글을 지속적으로 실을 수 있게 된다. 일제강점기 조선의 시장규모는 크지 않아 잡지가 살아남기 어려운 여건이었음이 분명하다.

　『별나라』에 다음과 같은 독자 수에 대한 통계가 있어 옮겨 본다.

　금번 본사에서는 전조선에 널여 닛는 『별나라』 개인독자個人讀者, 지사, 서점의 독자를 조사한 결과 다음과 가른 통계統計를 엇게 되엿다고 한다. 이것은 오래 전에 계획하려 햇든 것인데 이제야 겨오 조사가 끗낫슴으로 통계표를 꾸민 것이라고. 우리는 이것으로써 능히 현금 조선 소년소녀의 지식게발 정도가 어느 도가 제일 놉고 어느 도가 제일 얏다는 것을 알 수 잇게 되엿다.

개인 독자 수
함남 210 / 전남 185 / 함북 160 / 경남 147 / 평남 121 / 평북 95 / 경京 8 / 강원 62 / 일본 60 / 전북 49 / 경북 32 / 만주滿洲 26 / 황해 15 / 충남 11 / 충북 5 / 미령米領 5 / 기타 300
계   1,551

지분사支分社에 나타난 독자 수
함남 834 / 전남 804 / 함북 803 / 경기 770 (내內 경성 500) / 전북 464 / 평북 406 / 황해 360 / 경북 268 / 만주 266 / 경남 181 / 일본 150 / 강원 130 / 평남 70 / 충남 60 / 朱領[1] 20 / 중국 본토 20 / 큐바 15 / 충북 0
계   5,621

서점 위탁 판매소에 나타난 독자 수
경기 1,295 (내 경성 1,035) / 함남 425 / 평남 420 / 함북 170 / 경남 160 / 평북 160 / 전남 130 / 경북 120 / 전북 120 / 황해 120 / 강원 100
계   3,220
총계 10,392 인

---

1 '米領'의 오식으로 보인다.

이것을 도별道別로 계산해 보자면 아래와 가튼 순서로 그 정도程度를 알 수가 잇다.

경기 2,133 / 함남 1,469 / 함북 1,133 / 전남 1,118 / 전북 633 / 평북 661 / 평남 611 / 황해 495 / 경남 488 / 경북 420 / 강원 292 / 만주 292 / 일본 210 / 충남 71 / 미국 25 / 쿠바 15 / 충북 5 / 기타 300

총계 10,371인

이상의 통계統計에서 보면 경기京畿 지방과 함남咸南, 함북咸北의 순서로 충북忠北이 제일 소수이라 하겟다. 이로써 보면 충북忠北이 얼마나 그 문화발전에 잇서서도 뒤써러진 것을 알 수가 잇다. 도대체 충청남북도는 아즉 봉건封建사상이 가장 강렬하야 량반이나 찻고 째나 한탄하는 모양 갓다. 함경도 가튼 곳에는 어느 조그만 촌에서 반듯이 학교가 잇고 야학이 잇서 아동교육에 전력을 다한다고 한다. 그리하야 서울 가튼 데 와서 아버지는 물장수 노릇을 하고 아들은 대학에 보내는 이도 잇다고 한다. 아즉도 충청남북도 소년소녀들은 잠을 잔다. 그대들이여 모든 거짓 탈과 거짓말에서 용감히 버서 나오라. 그리고 깁히 잠들고만 잇지 말나. 전국 1만 1천의 『별나라』 독자 중에 충북忠北 가튼 데는 단 다섯 명이라니 함남咸南 1,500인에 비하면 실로 300분의 1에 불과하다. 싹한 일이요 근심되는 일이다. (통계실)"[2] (밑줄 필자)

개인 독자, 지분사 독자, 서점 위탁 판매소 독자 수를 합쳐 10,392명이라 하였다. 1년 반쯤 뒤에도 "『별나라』 애독자는 몃 명이나 됨닛가"라는 질문에 "경성에만 1,000, 지방에 10,000이올시다."[3]라 해 대충 비

2 「별나라에 나타난 각 지방 소년 계발啓發 상황」, 『별나라』 제56호, 1932년 1월호, 38~43쪽.
3 「별님의 모임」, 『별나라』 제70호, 1933년 8월호, 39쪽.

慶北 四二〇人
江原 二九二人
滿洲 二九二人
日本 二一〇人
忠南 七一人
米國 二五人
큐바 一五人
忠北 五人
其他 三〇〇人
總計 一萬三百七十一人

以上의 통계(統計)에서보면 京畿地方과 咸南、咸北의 順序로 忠北이 第一小數이라하겟다 이로써 보면 忠北이얼마나 그文化發展에잇서서도 뒤떠러진것을알수가 잇다 도대체 충청남도는 아즉 봉건(封建)사상이 가장 강렬하야 량반이나찻고 써나한편 하는 모양갓다 함경도가튼곳에는 어느조고만 촌에서 만듯이 학교가잇고야

『별나라』에 나타난 각 지방 소년계발 상황, 『별나라』, 1932년 1월호, 42쪽.

숫하다.

『어린이』는 10만 독자라 하고 『새벗』은 3만 독자라 하였다. 믿기지 않는 숫자다. 시장규모가 훨씬 커졌고 문화비 지출 비중이 월등 높은 오늘날, 매우 영향력 있는 잡지인 『창작과비평』이 10,000부 정도 발간 된다는 말을 출판사 관계자에게 들은 바 있다. 『창작과비평』의 경우를 기준으로 보면, 일제강점기의 아동 잡지 독자 수를 곧이곧대로 믿기 어려울 뿐만 아니라 『별나라』의 독자 수도 긴가민가하다.

필자가 주목하는 대목은 독자 분포다. 국내의 지역별 독자 분포가 많고 적음도 관심이 안 가는 것은 아니나, 외국의 구독자에 대한 것이 다. 만주滿洲 292명, 일본日本 210명, 미국米國 25명, 그리고 쿠바 15 명이란 통계다. 만주와 일본은 당시 우리 민족이 많이 이주해 살았던 관계로 금방 이해가 된다. 당시 아동 잡지의 지면에도 만주와 일본의 여러 지역에서 소년문사들이 투고한 예를 자주 발견할 수 있다. 따라 서 아동 잡지와 그곳 동포 자녀들의 소통이 긴밀히 이루어지고 있었음 을 알게 한다.

미국까지도 이해가 된다. 한국의 미주 이민 역사를 보면, 1903년 처음 101명이 하와이에 도착하였고, 1905년까지 7,226명이 추가 이민을 갔다. 1910년 조사에 의하면, 이들 중 미국 본토로 이주한 사람이 2,011명이었으며, 1905년 외교권이 박탈되어 미국 이민이 금지되었으나, 1905년부터 1924년까지 약 2,000여 명이 하와이와 캘리포니아로 이주하였는데 대부분 앞서 이민한 사람들의 사진 신부寫眞新婦였다고 한다.[4] 이들이 자녀교육의 목적으로 당시 조선의 아동잡지를 구독하였을 것으로 짐작된다.

다소 의외라 생각된 것은 쿠바Cuba에서도 15명이 구독을 하였다는 통계다. 당시 쿠바에 우리 동포가 있었는지도 궁금하고, 있었다고 하더라도 우편이나 통신이 오늘날처럼 원활하지 않았던 터에 잡지 구독이 가능했을까 싶다. 잡지가 발간된다는 국내 사정조차 알기 어려웠을 것임을 감안하면 구독자가 15명이나 있었다는 것이 쉬 납득이 되지 않는다. 국내의 충청북도에 5명밖에 구독자가 없었다는 것을 보더라도 쿠바의 15명이란 숫자가 내내 궁금하지 않을 수 없다.

이보다 앞서 『별나라』에는 다음과 같은 고지告知가 있었다.

> 우리 『별나라』에 돈 한 주머니金一封
> 저- 멀니 서양 '큐바' 나라에 게신 우리 동포 임천택林千澤 씨氏는 『별나라』에 보태 쓰라고 적지 안은 돈을 보내주섯습니다. 삼가 뜻을 표하기 위하야 지면으로 감사를 올나나이다.[5]

---

4 최수경, 「한국인의 미국 이민 100년사-평가와 전망」, 『사회과학연구』 제22권 제1호, 충남대학교 사회과학연구소, 2011, 158쪽.
5 『별나라』, 1927년 6월호, 43쪽.

임천택이 누구인가? 이를 이해해 보려고 여러모로 노력하다가 다음과 같은 대목을 찾아볼 수 있었다. 백범 김구白凡金九의 『백범일지白凡逸志』에 나오는 구절이다.

> 또한 샌프란시스코〔桑港〕의 『신한민보新韓民報』 방면에서도 점차 정부에 관심을 쏟기에 이르렀다. 김호金乎, 이종소李鍾昭, 홍언洪焉, 한시대韓始大, 송종익宋宗翊, 최진하崔鎭河, 송헌수宋憲樹, 백일규白一圭 등 제씨와, 멕시코〔墨西哥〕의 김기창金基昶, 이종오李鍾旿, <u>쿠바의 임천택林千澤, 박창운朴昌雲</u> 등 제씨가 임시정부에 후원하였다. 〈동지회同志會〉 방면에서도 이승만李承晩 박사를 필두로 하여 이원순李元淳, 손덕인孫德仁, 안현경安賢卿 등 제씨가 정부 후원에 참가하니, 미주, 하와이, 멕시코, 쿠바의 우리 교포들 전부가 정부의 유지 발전에 공동 책임을 지게 되었다.[6] (밑줄 필자)

『신한민보』는 1909년 2월 10일 미국 샌프란시스코의 교민단체인 〈국민회國民會〉의 기관지로 창간된 신문이다. 국문으로 매주 수요일에 발간되어 국권회복운동에 관련된 논설과 기사를 싣고 국내 소식과 재외동포에 대한 소식을 광범위하게 실었으며 일본제국주의의 침략정책에 대해 끊임없이 비판하였다. 민족주의를 고취하고 재미동포에게 지식을 보급하는 데 힘을 기울여 창간 초기부터 서적 광고를 빈번히 게재하고 일반 신문 구독자가 독서를 할 수 있도록 안내하기 위해 많은 노력을 하였다.(『한국민족문화대백과사전』) 인용문의 '정부'는 임시정부를 가리킨다. 샌프란시스코의 『신한민보』, 멕시코, 쿠바 등에서 교포들이 '정부의 유지 발전에 공동 책임을 지게 되었다.'고 하였다.

---

6 도진순 주해, 김구, 『백범일지』, 돌베개, 2019, 321쪽.

『신소년』에도 임천택의 자취가 있다. 「내가 큐바로 오게 된 내력」
(1926년 11월호, 13~16쪽)이 그것이다.

　　그것이 아마 1905년 봄 3월이엿습니다. 나는 그째에 남녀노소 합
1,930명 속에 석겨서 정든 고국을 버리고 멀고 먼 태평양을 건너서 멕
시코(묵서가) '륙카단'이라는 곳으로 오게 되엿습니다. 우리는 그해 4월
24일에 산도 설고 물도 설은 륙카단에 상륙을 햇습니다. (중략) 그래서
하는 수 업시 우리 1,030명은 임자 일흔 양의 쩨갓치 온 멕시코 안에
흐터지고 말엇습니다. 우리는 이러케 쓰린 살림으로 16년이라는 긴 세
월을 여기서 보내게 되엿습니다. 그째 우리보다 몬저 큐바에 와 잇던
동포 이해룡 님은 큐바 어느 사탕농장 주인하고 노동계약을 한 후에 륙
카단과 온 멕시코 안에 흐터져 잇는 동포들을 다시 모집하게 되엿습니
다. 그래서 우리들은 1921년 3월에 다시 제이고향인 륙카단을 이별하
고 큐바 '마나씌'라는 농장으로 품을 팔러 갓습니다. (중략) 어느덧 약조
한 두 달 기한이 차서 우리는 쏘 그 농장을 나오게 되엿습니다. 그러니
쏘 무슨 도리가 잇겟습닛가. 우리들은 갈 길을 몰라서 썩 막막하던 중
우리 일행에 박창운 님이라는 동포의 주선으로 그해 5월에 지금 우리가
잇는 '맛단샤쓰'라는 어저귀 농장으로 가게 되여 겨우 자유생활을 좀 하
게 되엿습니다. (중략) 지금 큐바에는 민성국어학교라는 학교가 잇서서
여기 와 잇는 동포들의 자제들을 교육하게 되엿습니다. 그래서 여기 잇
는 소년소녀들도 본국 사정을 공부하고 잇습니다. 우리가 이러케 외국
에 와서도 자제들을 교육하게 된 것은 본국에 게신 동포들의 힘이 적지
안습니다. 그래서 우리들은 깃블 적이나 슬풀 적이나 늘 본국에 게신
여러 동포들을 감사히 생각하며 그리워합니다.[7]

7　'륙카단'은 멕시코Mexico의 '유카탄Yucatán'을, '마나씌'는 큐바Cuba의 '마나티Manatí'
　　를, '맛단샤쓰'는 큐바의 '마탄사스Matanzas'를 가리킨다.

1941년 임천택(1903~1985)은 『신한민보』에 「쿠바 재류 동포의 이주 20년 역사(전8회)」(1941.4.3~6.26)를 게재하였다. 이를 묶어 1954년 2월에 『큐바이민사』(태평양주보사)를 간행하기도 하였다.

경기도 광주廣州 출신인 임천택은 1905년 2살 때 홀어머니를 따라 멕시코 유카탄Yucatan으로 이민을 갔다. 한인들은 에네켄henequén 농장에서 일했다. 고된 노동과 질병에 시달려 수많은 사람들이 사망하였고, 생존한 사람들은 계약이 끝나자 뿔뿔이 흩어졌다.

임천택을 포함한 300여 명의 한인들은 쿠바의 사탕수수 농장으로 가, 1921년 3월 북부 항구 도시 마탄사스Matanzas에 정착하였다. 이곳에서 임천택은 1922년 11월 1일 설립된 민성국어학교民成國語學校의 교사로 한인 2세의 민족교육에 힘썼다. 1923년 카르데나스Cárdenas에 설립된 진성국어학교進成國語學校가 휴교 상태에 놓여 있었던 것을 다시 열어 교장을 맡았다. 1932년 다시 마탄사스로 돌아와 민성국어학교의 교장을 맡았고, 3월 10일 청년학원을 설립해 12세 이상 한인 청소년에게 조선의 역사와 문화를 가르쳤다. 1938년 7월 10일에는 마탄사스에서 〈대한여자애국단〉이 창설되자 고문으로 추대되어 쿠바 한인 여성들이 독립운동에 조직적으로 참여할 수 있는 길을 열었다.[8]

1926년부터 국내 천도교天道敎와 연결하여[9] 『신한민보』에 손병희孫秉熙의 사상과 천도교 교리를 게재하였다.[10] 1940년대에는 〈재큐한족

8 「진성국어학교 소식」, 『신한민보』, 1925.7.9. ; 「청년학원 설립」, 『신한민보』, 1932. 3.24. ; 「큐바 민성국어학교」, 『신한민보』, 1932.4.14. ; 「조선 력사 강연회」, 『신한민보』, 1932.5.26. ; 「큐바 맛단사스에 녀자익국단 지부 셜립」, 『신한민보』, 1938.8.4. ; 「림텬택 군을 소기」, 『신한민보』, 1942.6.11.
9 큐바에서 임천택, 「내가 텬도교를 밋게 되기까지」, 『신인간』, 1928년 6월호, 40~41쪽.
10 림텬틱, 「죠선인의 살길은 텬도교에 잇다」, 『신한민보』, 1928.7.26. ; 림천틱, 「삼일절 소망은─천도교적 실행」, 『신한민보』, 1929.2.28. ; 「천도교 쿠바 종리원」, 『신한민보』,

맛단사스 덕암(임천택), 「큐바 지류 동포의 이주 20년 력샤」, 『신한민보』, 1941.4.3.

단)을 조직할 때 중심인물로 참여하여 충칭重慶의 대한민국임시정부를 지원하였다. 이와 같은 애국활동으로, 임천택은 1997년 8월 쿠바 한인으로는 처음으로 대한민국 건국훈장 애국장을 수여 받았다.

임천택이 『신한민보』와 소통하고 있었던 것으로 보아 비록 이역만리 쿠바에 떨어져 있었지만 늘 국내 소식을 접할 수 있었던 것 같다. 『신한민보』 지면에는 『개벽』과 『별건곤』의 후신 『혜성』 등의 잡지 광고가 발견된다. 지면을 모두 확인하지 못해 단정할 수는 없지만, 이로 미루어 보아 쿠바 이민자들도 국내에서 발간되는 아동잡지 소식을 접할 수 있었을 것으로 생각된다. 이상과 같이 쿠바 이민사의 전말을 추적해 본 바, 『별나라』 15부를 구독했다는 것의 수수께끼가 어느 정도 풀렸을 것으로 본다.

범위를 조금 넓혀 보면, 『아이생활』(아희생활: 제7권 제9호, 1932년 9월호)에 '포와布哇지국' 곧 하와이 지국이 신설되었다는 내용이 확인되기도 해, 국내에서 발간된 여러 매체들이 일정 부분 해외에까지 배포되

1934.10.4.

었던 것을 알 수 있다. 12호(1932년 12월호)에도 하와이의 독자 황학봉 외 15인이 '하와이의 크리쓰마쓰'라는 글을 기고寄稿한 것을 볼 수 있다. 이런 것들로 보면 일제강점기에도 미국이나 하와이, 멕시코, 쿠바 등 우리 민족이 이민을 간 곳에는 국내의 잡지가 일정 부분 구독되었다는 사실을 확인할 수 있다.

덧붙여 이야기 한 자락을 더해 보자.

임천택의 맏아들 임은조(1926~2006) 곧 헤로니모Jeronimo는 피델 카스트로Castro, Fidel와 아바나대학교Universidad de La Habana 법대 동기생이다. 1946년 아바나 법대에 진학하였으나 졸업을 하기 전 카스트로와 함께 독재정권에 저항하는 혁명 활동에 가담하였다. 1963년 쿠바혁명의 영웅 체 게바라Guevara, Ché가 산업부 장관을 맡았을 당시 차관으로 함께 일했다.

「쿠바의 한인들' — 억척스런 삶과 함께 80년」(『연합뉴스』, 2001.4.8), 「한국말 아는 동포 없어 '문화 계승' 도와줬으면」(『문화일보』, 2005.3.14), 「쿠바 한인회 회장 임은조 씨 별세」(『부산일보』, 2006.1.24), 「쿠바 혁명의 주역 임은조를 아십니까?」(『연합뉴스』, 2018.12.28), 「지구 반대편 섬나라 쿠바서 노사연 '만남' 함께 부르는 이들」(『동아일보』, 2019.3.22), 「쿠바의 숨은 영웅 헤로니모 임은조의 꿈은 무엇이었을까」(『아이뉴스』, 2019.8.15), 「카스트로와 쿠바 혁명 이끈 한인, 그의 부친은 독립운동가」(『중앙일보』, 2019.12.15) 등의 기사에서 임천택과 임은조를 만날 수 있다.

최근 쿠바 한인들의 역사를 기록한 전후석Juhn, Joseph 감독의 영화 〈헤로니모Jeronimo〉(2019)가 개봉되었다. 쿠바 한인의 역사와 현재 한인들의 삶이 다큐멘터리 형식으로 담담하게 그려져 있다. 그 자신 디아스포라diaspora의 삶에 관심이 많았던 재미교포 변호사 전후석은 쿠바로 여행을 갔다가 우연히 쿠바 한인들의 존재를 알게 된다. 예약한 호스텔에서 쿠바 공항으로 보내 준 택시 운전사가 헤로니모의 딸 패트리샤 임이었고, 다음날 그의 집에 초대받아 갔더니 거실에 태극기가 걸려 있었다고 한다. 전후석은 임천택의 이야기를 처음 들었고 믿기지 않을 정도로 감동해 영화로 만들지 않으면 평생 후회할 것 같았다고 한다. 그래서 본업(KOTRA 뉴욕 무역관 변호사)까지 그만두고 다큐 영화 제작에 도전해 〈헤로니모〉를 완성했다고 한다.

조선동요연구협회의
동요 앤솔러지 『조선동요선집』

『조선동요선집朝鮮童謠選集』(박문서관, 1929.1)은 동요 앤솔러지다. 우리말로는 '사화집詞華集'이라고 한다. 앤솔러지를 국어사전에는 "민족·시대·장르별로 수집한 짧은 명시名詩 또는 명문의 선집"이라고 풀이하고 있다. 우리에게 익숙한 것으로 'Norton Anthologies'가 있다. 뉴욕시에 있는 출판사 W.W. Norton & Company가 펴낸 여러 개의 문학 앤솔러지를 뭉뚱그려 가리킨 용어다. 1,800편이 훌쩍 넘는 시를 수록하고 있는 'The Norton Anthology of Poetry'도 그중 하나이다. 2016년 가수 밥 딜런Bob Dylan이 노벨문학상을 받았다. 그 전에 그의 작품 「Boots of Spanish Leather」가 이 선집에 수록되어 있어 그가 시인의 자격을 갖춘 것으로 언급되기도 하였다. 『조선동요선집』과 『조선신동요선집』은 일제강점기의 대표적인 아동문학 분야 앤솔러지에 해당한다.

앤솔러지는 흔히 정전正典: canon을 수록하고 있다고 한다. '정전'은 국어사전에 등재되어 있지 않은 말이지만, 음악이나 문학에서는 자주 쓰는 말이다. 문학에서는 대체로 주요 작품목록이란 뜻으로 사용한다.

앤솔러지에 수많은 작품을 모두 수록할 수는 없다. 편자들은 나름의 기준을 갖고 선별 작업을 거쳐 앤솔러지를 편찬한다. 나름의 기준이란 작품적 성취, 역사적 가치 등을 말한다. 이런 기준에 따라 선별되었기 때문에 앤솔러지에 수록된 작품들을 일러 정전이라 하는 것이다.

『조선동요선집』의 겉표지와 판권지

발간 순서로 따지면 『조선동요선집』을 '대표적'인 앤솔러지라 할 수 없다. 1924년 12월에 발간된 엄필진嚴弼鎭의 『조선동요집』(창문사)은 사실상 민요집이므로 젖혀 놓더라도, 『소년동요집』(신소년사, 1927.6), 정창원鄭昌元의 『동요집』(남해: 삼지사, 1928.9) 등이 더 먼저 발간되었기 때문이다.

일제강점기의 아동문학은 소년운동과 밀접한 관련을 맺고 있다. 방정환方定煥의 〈조선소년운동협회朝鮮少年運動協會〉(1923년 4월 조직)와 정홍교丁洪教의 경성소년연맹京城少年聯盟 〈오월회五月會〉(1925년 5월 창립)가 중심이 되어 그간의 대립을 끝내자고 1927년 7월 30일 시천교당侍天敎堂에서 〈조선소년연합회朝鮮少年聯合會〉 발기대회를 열었다. 이어 1927년 10월 16~17일 양일간에 걸쳐 천도교기념관에서 창립대회를 가졌다. 흩어져 있던 제반 단체가 중앙집권적인 통일기관으로 출발하게 된 것이었다. 이보다 앞서 1927년 7월 24일 〈조선소년문예연맹朝鮮少年文藝聯盟〉이 조직되었고, 1927년 9월 1일 〈조선동요연구협회朝鮮童謠硏究協會〉가 창립되었다.

〈조선동요연구협회〉는 정지용鄭芝溶, 한정동韓晶東, 윤극영尹克榮, 김태오金泰午, 신재항辛在恒, 유도순劉道順, 고장환高長煥 등 7인의 발기로 조직되었다. 기관지로 조선 초유의 순 동요 잡지 『동요童謠』를 연 4회 발행하기로 하였고 창간호는 1928년에 발간할 계획이었다. 첫 사업으로는 1927년 12월 초순에 소년문예가들의 소년문예대강연회를 개최하기로 하였다. 여기에 〈조선소년연합회〉, 〈조선소년문예연맹〉, 〈조선프롤레타리아예술동맹KAPF〉 등 3개 단체의 후원을 받는다고 하였으니 이들 단체의 연결 관계를 짐작할 수 있다.

그런데 기관지 『동요』는 한 호도 발간하지 못하였고, 첫 사업 역시 개최하지 못한 것으로 보인다. 그러나 동요운동의 신전개와 적극적인 보급을 위해 『조선동요선집』을 발간하고자 한 것은 성사되었다. 제1집(1928년판)을 발간한다는 소식이 처음 신문 지면에 나온 것이 1928년 6월경이었다. 편집간사는 위에서 말한 발기인 7인이 맡았고, 조선총독부의 검열도 거쳤으며, 박문서관博文書館과 교섭하여 8월 초순에 간행하기 위해 인쇄에 착수했다는 내용이었다. 그런데 다음과 같은 소식이 이어져 발간에 난관이 많았던 것으로 짐작이 된다.

동 협회에서는 동요즙을 더욱 충실히 맨들고자 일반의 원고를 더 어

더 약간의 추가를 가하려 하는대 이에 뜻잇는 분은 새로 창작한 것이나 발표한 것 중에서 금월 말일까지 시내 루상동樓上洞 십륙 번디로 보내 주기를 바란다더라.[1]

책이 나온 것은 인쇄에 착수했다는 소식이 나오고도 해를 넘긴 1929년 1월 31일이었다. 작가 91명의 작품 180편을 수록하였다. 목차에는 93명의 이름이 나오지만, 이름이 없는 「별이 삼형데」는 방정환方定煥의 작품이고, 홍난파洪蘭坡의 작품이라 한 「할미꼿」은 윤극영尹克榮의 작품이므로[2] 91명이 된다.(주요한朱耀翰의 「종소리」와 안병선安柄璇의 「파랑새」는 '전문 삭제'되어 작품이 수록되어 있지 않지만 산입하였다.) 간도間島의 윤극영과 교토京都의 정지용鄭芝溶, 신의주新義州의 장효섭張孝燮과 함경도 김전옥金全玉 등 북쪽에서부터 전라도 고흥高興의 목일신睦一信과 동래東萊 강중규姜仲圭 등 한반도의 남쪽까지 전국을 망라하였다.

가나다순에 따라 편집간사 7인의 작품 34편을 앞에다 배치하고, 이어서 전국의 소년 작가들의 작품 146편을 실었다. 목차에는 편집간사들뿐만 아니라 소년 작가들의 이름과 작품도 밝혀놓았으나, 본문에는 편집간사들 이름과 작품만 밝혀 놓고 소년 작가들의 경우 이름 없이 작품만 수록해 놓았다. 대체로 가나다순에 따라 편집하였다고 볼 수 있으나 뜯어보면 들쭉날쭉하다. 염근수廉根守, 유지영劉智榮, 이경손李慶孫, 이동찬李東贊, 이명식李明植, 이병윤李丙潤, 이석봉李錫鳳, 이석채李錫采, 이원규李源圭, 이정구李貞求, 임정희林貞姬는 동중선董重善과 마춘서馬春曙 사이에 배치한 것으로 보아 렴근수, 류지영, 림정희로 읽은

1 「조선동요연구협회의 연간동요선집 ─ 제1집 인쇄에 착수」, 『중외일보』, 1928.6.26.
2 〈할미꽃〉은 홍난파의 『조선동요백곡집(상편)』(연악회, 1930.4)에 '윤극영 원작, 홍난파 편곡'이라고 밝혀 놓았다.

것이 분명하다. 그런데 유지영柳志永은 우태형禹泰亨과 육민철陸敏哲 사이에 배치해 놓았다. 이런 예는 더 있다. 「별이 삼형데」는 작가 이름도 밝혀 놓지 않았을 뿐만 아니라, 방정환方定煥 항이 있음에도 불구하고 장효섭張孝燮과 정열모鄭烈模 사이에 따로 배치해 놓았다. 엄흥섭嚴興燮을 선우만년鮮于萬年과 송완순宋完淳 사이에 배치한 목차도 잘못이지만, 그의 작품 「산 밋혜 오막사리」는 책의 맨 끝에 배치하였고, 김기진金基鎭의 「홀어미 까치」는 목차에는 바로 되어 있으나 작품은 「산 밋혜 오막사리」 바로 앞면에다 실어 놓았다. 앞에서 말했지만 윤극영이 편집간사로 있으면서 자기 작품인 「할미꽃」을 홍난파의 작품이라고 밝혀 놓은 것도 이해하기 어렵다.

앤솔러지는 수많은 작품 중에서 편자가 기준을 갖고 선별한다고 했다. 그런데 『조선동요선집』이 이를 제대로 지켰는가는 여러모로 의문이 간다.

방정환(4), 유지영柳志永(1), 김기진金基鎭(1), 정열모鄭烈模(2), 주요한朱耀翰(2), 박팔양朴八陽(2), 박세영朴世永(1), 문병찬文秉讚(1) 등은 당시 이미 이름이 널리 알려진 문인들이었다. 그러나 이들의 작품을 우대한 흔적은 없다.

『조선동요선집』(1929)에는 한정동 7편, 고장환, 이정구 각 6편, 유도순, 윤극영, 윤복진 5편, 방정환, 신재항, 윤석중, 장효섭, 정지용, 지수룡池壽龍이 각 4편, 곽노엽郭蘆葉, 김상헌金尙憲, 김석영金奭泳, 김영일金永一, 김태오, 박을송, 서덕출, 선우만년鮮于萬年, 송완순, 우태형禹泰亨, 이동찬李東贊, 이명식李明植, 최신복崔信福, 崔泳柱, 허문일이 각 3편을 수록하고 있다. 한정동, 고장환, 유도순, 윤극영, 신재항, 정지용 등은 편집위원이기도 하지만 당대 문단의 평판으로 보아도 다수의 작품을 수록한 것에 이론의 여지가 없다. 다만 신재항의 경우 소년운동에 주력한 것은 분명하나 작품으로 이만한 평가를 받을 것인지는 의문이다. 김상헌, 김석영, 김영일金永一, 선우만년, 우태형 등은 활동에 비해 상대적으로 과중평가되었다.[3]

특히 언급하고 싶은 것은 신고송申孤松과 이원수李元壽가 빠졌다는 점이다. 비교 대상으로 삼을 수 있는 『조선신동요선집』(1932)에는 신고송이 6편, 이원수가 5편이 수록되어 있다. 당대나 지금의 평가로도 『조선동요선집』(1929)에서 신고송과 이원수를 뺀 것과 위의 인용문에서 과중평가되었다고 한 작가들 사이에 균형 잡힌 시각이 있었다고 보기 어렵다.

> 이것이 원래 조선에서 처음이고 처음 편집인만큼 뜻과 가티 원만히 못 되고 유감된 점이 만습니다. 내용에 대하야도 5분지 4는 드러온 원고이나 5분지 1은 동요선집을 위하야 어듸에 발표된 것을 그대로 실흔 것이 잇습니다. 동요의 신전개선상新展開線上을 위하야 일반은 이 점에 만흔 양해를 주실 바입니다.[4]

『조선동요선집』을 발간한다고 공지한 후 전국의 문인과 소년문사들이 작품을 자선自選하여 보낸 것이 80%를 차지한다는 말이다. 나머지 20%는 신문과 잡지에 발표된 것을 선별해 실은 것이다. '드러온 원고'는 선별하지 않고 그대로 실은 것으로 보이고, 매체에 발표된 작품은 선정기준이 무엇이었는지가 분명하지 않다. 편집과 작가 및 작품 선정

---

3 류덕제 편, 『김기주의 조선신동요선집』, 도서출판 역락, 2020, 32~33쪽.
4 고장환, 「편집 후 잡화雜話」, 『조선동요선집』, 박문서관, 1929, 232쪽.

에 문제가 있었다는 것을 자인하고 있다. '동요의 신전개선상을 위'한 다는 말은 그 뜻을 분명히 알기 어렵다. 다만 창가唱歌를 벗어나 동요 童謠 창작을 진작시킨다는 〈조선동요연구협회〉의 강령, "1. 우리는 조 선소년운동의 문화전선의 일부문에 입立함, 1. 우리는 동요의 연구와 실현을 기하고 그 보급을 도圖함"[5]과 연결될 것 같다. 향후 동요 창작을 통해 조선 소년운동의 문화전선에 복무하는 것을 '신전개선상'이라 한 것이 아닐까 싶다. '제1집'이라 한 것으로 보면, 당초 연감年鑑과 같이 해마다 편찬하려 했던 것으로 보인다. 김태오金泰午에 따르면, "경비 문제"[6]와 "간부 된 사람이 지방에 만히 재주在住하는 관계로 사업의 발 전이 여의치 못"[7]해 '제1집' 이후에 더 발간하지 못하고 중단되고 말았 다. 이즈음에 김기주金基柱가 동요선집을 발간하겠다며 두루 작품을 수집하는 것을 알게 된 김태오는 당시 다음과 같이 부정적인 반응을 보였다.

근간 평남 평원平原에서 몇 사람의 발기로 '조선동요선집'을 발행하 겠다고 원고를 청하며 그 수집에 노력한다고 한다. 그러나 나는 거긔에 찬의를 표할 수 없다 웨? 그것은 동요운동에 뜻 둔 신진작가들은 단연 히 한데 집중하여 운동을 통일적 —— 조직적으로 해 가지 않으면 아니 된다. 운동의 씩씩한 전개를 위하여는 고립 —— 소당분립小黨分立 이 것은 필연적으로 요구치 않기 때문이다. 적어도 '조선동요선집'이라면 조선을 대표한이만큼 —— 동요운동의 최고 본영인 동 협회의 통과 없 이는 안 될 것이다. 그럼으로 해회該會를 적극적으로 지지하는 동시에

5 김태오, 「소년문예운동의 당면에 임무(3)」, 『조선일보』, 1931.1.31.
6 위의 글.
7 김태오, 「동요예술의 이론과 실제(5)」, 『조선중앙일보』, 1934.7.6.

전 역량을 한데 집중되기를 기대하는 바이다.[8]

〈조선소년연합회〉가 〈조선소년총연맹〉으로 개편되어 중앙집권적인 소년운동을 꾀했지만 실상은 지속적인 분란의 연속이었다. '동요운동의 최고 본영'이라 했지만 〈조선동요연구협회〉 또한 아무런 통제권한이 없었다.

『조선동요선집』 간행에 자극이 되었을 것으로 보이는 것으로 일본의 『일본동요집日本童謠集』이 있다. 1918년 아동잡지 『빨간새赤い鳥』가 발행된 지 7년째인 1925년 5월 3일 〈동요시인회童謠詩人會〉를 발회하여 6월 17일에 첫 『일본동요집日本童謠集』(東京: 新潮社, 1925.6)을 발간하였고, 『일본동요집－1926년판』(東京: 新潮社, 1926.7)은 이듬해에 간행하였다. 『일본동요집』도 당시 이름이 높던 가와지 유코川路柳虹, 기타하라 하쿠슈北原白秋, 사이조 야소西條八十, 시로토리 세이고白鳥省吾, 다케히사 유메지竹久夢二, 노구치 우조野口雨情, 미키 로후三木羅風 등 7명이 심사편찬위원이 되어 간행한 것이었다. 『일본동요집』(1925년판)은 33명의 작품 127편을, 『일본동요집』(1926년판)은 38명의 작품 128편과 26명의 입선 작품 26편을 합해 도합 154편을 수록하였다. 심사편찬위원의 작품을 앞에다 배치한 것은 『조선동요선집』과 비슷하였다. 가장 큰 차이는 '동요연감童謠年鑑'이 실려 있다는 점이다. 『일본동요집』(1925년판)에는 메이지明治 31년(1898)부터 다이쇼大正 13년(1924)까지 매년 월별로 주요 작가의 작품과 발표 매체를 밝혔고, 『일본동요집』(1926년판)에는 '동요작품표: 다이쇼 14년도'라 하여 1925년 한 해

8 김태오, 「소년문예운동의 당면에 임무(3)」, 『조선일보』, 1931.1.31.

동안의 작가와 작품 그리고 매체를 월별로 기록하였다.

『조선동요선집』(1929)에서 가장 아쉬운 것을 꼽으라면 바로 '동요연감'을 작성하지 않은 점이다. 80%나 되는 '드러온 원고'를 그대로 싣고 말아, 『조선동요선집』에 수록한 작품은 물론이고 싣지 않은 작품이라 하더라도 누가, 언제, 어디에, 무슨 작품을 발표했는지를 기록하지 못한 것이다. 필자가 『조선동요선집』에 수록된 작품만이라도 발표 매체를 찾고자 하였으나 절반가량만 확인할 수 있었다.

비교적 체계적이었던 『일본동요집』도 두 권을 간행한 후, 대동단결을 표방하였음에도 불구하고 〈동요시인회〉가 보조를 맞추지 못해 더이상의 진전을 보지 못하고 소멸하고 말았다.[9] 『조선동요선집』은 한 권만 발행이 되었을 뿐이다. 일제강점기의 열악한 현실 때문이었다. 지방에 흩어져 있던 편찬위원들의 협업이 원활하지 못했던 것 같고, 재정문제도 큰 걸림돌이었던 것 같다. 편찬위원들의 체계적인 노력도 부족했던 것이 분명하다. 게다가 일제 당국의 검열도 직간접적인 영향을 미쳤을 것이다.

앤솔러지 편찬은 품이 많이 드는 작업이다. 몇 가지 아쉬운 점을 짚었지만, 여러 가지 난관에도 불구하고 이만한 책이나마 간행한 것은 문학사적으로도 그 공을 크게 인정해야 마땅할 것이다.

여담. 10여 년 전, 『조선동요선집』 소장자와 통화를 했다. 구입 의사를 밝혔다. 영인본도 간행이 되었고, 국립중앙도서관에서 원문을 출력할 수 있어, 내용은 이미 알고 있는 터였다. 하지만 원본이 갖고 있는 그 분위기, 질감, 활자와 인쇄 상태 등을 느껴보고 싶었다. 소장자는

---

9 「童謠詩人會」 大阪國際兒童文學館, 『日本兒童文學大事典(第二卷)』, 東京: 大日本圖書株式會社, 1993, 446쪽.

고서 수집상이었는데, 전화까지 하면서 구매 의사를 밝힌 필자에게 한 껏 책값을 높여 부르고 싶었던 모양이었는지, 주변적인 이야기만 하고 값을 밝히지 않았다. 오랜 고서 수집 경험상 거래가 성사되지 않을 것 임을 직감하고 포기하였다. 지금까지 아쉬운 대목이다.

일제강점기 동요 앤솔러지
『조선신동요선집』을 찾아서

15년쯤 되었지 싶다. 그때쯤 아동문학 공부에 본격적으로 뛰어든 것으로 기억한다. 주요 참고서적을 모으고 신문과 잡지의 관련 자료를 복사하거나 파일 형태로 간추려 정리하기 시작했다. 여러 갈래로 작업이 이루어졌다. 그 가운데 비평 자료를 모아 자료집으로 간행하는 것도 포함되어 있었다. 작업 도중 수많은 작가(비평가)를 만나게 되었다. 몇몇은 작가연보나 작품연보까지 밝혀져 있었다. 그러나 밝혀진 사람보다 더 많은 사람들은 신원조차 불분명했다. 어떤 사전에서도 그들에 관한 내용을 찾을 수 없었다. 막막했다. 남들이 왜 지금까지 손대지 않았는지 짐작이 갔다.

신문과 잡지를 샅샅이 훑기 시작했다. 하나씩 사실이 밝혀지면 뿌듯했다. 그러나 작업량이 너무 많아 버거웠다. 몇 번 그만둘까 하다가 가는 데까지 가보자는 심산으로 스스로를 다잡았다.

일제강점기의 신문 학예면(오늘날의 문화면)에 실린 동요(동시), 동화, 아동문학 비평을 모두 목록화하고 있을 때였다. 1930년대『동아일보』에 관한 작업을 할 때니까 시작한 지 한참 시간이 지났을 때로 기억된다. 이것저것 교차확인도 해 두었고, 인명이나 책에 관해 어느 정도 가늠할 수 있게 되었을 때쯤이다.

오른쪽과 같은 기사를 보게 되었다. 컬럼비아대학 조선도서관에 도서를 기증하려 했다는 것도 처음 알게 되었지만, 그토록 찾고 싶었던 책의 이름을 발견한 것이 무엇보다 반가웠다. 평안남도 평원군 김기주金

『동아일보』, 1932.8.7.

基柱란 사람이 발간한 『조선신동요선집朝鮮新童謠選集』 1권이 동아일보사 서무부에 접수되었다는 것이다.

◀ 시유엄한時維嚴寒에 귀사의 축일발전逐日發展하심을 앙축하오며 금반 여러 동지들의 열々하신 후원으로 하야금 『신진동요집』을 발행코저 하오나 밧부신데 미안하오니 이 사업을 살피시는 넓으신 마음으로서 귀사의 집필하시는 선생님과 밋 여러 투고자의 좌기 씨명의 현주소를 별지에 기입하야 속히 혜송하와 주심을 간절히 바라옵고 압흐로 더욱 만흔 원조를 비옵니다.

기記

유석운柳夕雲   한춘혜韓春惠   김상묵金尙默
허용심許龍心   소월小月   정동식鄭東植
엄창섭嚴昌燮   김병순金炳淳   김준홍金俊洪
박호연朴鎬淵   유희각柳熙恪   김춘강金春岡
1930년 12월   일 신진동요집준비회 김기주 백白[1]

106

김기주는 위와 같이 동요선집을 발간하기 위해 여러 차례 신문 지면을 통해 작품모집을 공지하였다. 동요집의 이름은 여러 번 바뀌었는데, 『신진동요집新進童謠集』, 『조선동요선집朝鮮童謠選集』, 『전조선동요집全朝鮮童謠集』 등이었다. 최종적으로 『조선신동요선집』이 되었는데, 1929년 1월에 이미 『조선동요선집朝鮮童謠選集』(박문서관)이 발간된 터라 '新' 자를 더한 것이었다.

그간 이 책이 국내 어느 도서관에 있는지를 확인하기 위해 꽤 많은 애를 썼다. 국립중앙도서관과 국회도서관은 물론이고, 장서량이 많은 연세대도서관과 고려대도서관 그리고 서강대도서관 등등을 두루 뒤졌지만 어느 곳도 소장하고 있지 않았다. 그러다 하동호河東鎬 선생의 『한국 근대문학의 서지 연구』(깊은샘, 1981)에서 이 책이 언급된 것을 볼 수 있었다. 하동호 선생의 장서가 그 양으로나 가치로나 매우 중요하다는 것은 국문학도들에게 새로운 사실도 아니었다. 그러나 하 선생은 작고하셨고 그 책이 어디로 갔는지 알 수 없었다. 대단한 장서가였던 백순재白淳在 선생의 책은 아단문고雅丹文庫(현 현담문고)에, 이기열李基烈 선생의 책은 연세대도서관에 보관되어 있어 연구자들이 접근할 수 있었다. 하지만 하동호 선생의 책은 소재를 몰라 지금까지 접근조차 할 수 없었다.(2018년 하 선생 유족이 국립한국문학관에 기증하기로 했다는 소식을 접할 수 있었다.)[2] 마음 한구석에 늘 『조선신동요선집』에 관한 생각을 품고 있었으나 이렇다 할 진전이 없었다.

그즈음 일제강점기에 다수의 동요와 비평문을 발표한 유재형柳在衡에 관한 논문을 준비하고 있었다. 신문과 잡지에 발표된 작품은 거의

---

1 일기자一記者, 「동무소식」, 『매일신보』, 1930.12.12.
2 최재봉, 「문학관을 생각하며 옛날 잡지를」, 『한겨레』, 2018.11.29.

수집하였는데 작가의 이력을 작성하는 데 어려움이 있었다. 충주고등학교에서 교사로 재직하였는데 제자 중에 시인 신경림申庚林이 있었다는 걸 알게 되었다. 연락을 취하려 할 즈음 대한민국예술원 회장을 지낸 유종호柳宗鎬 선생이 아들이란 걸 알게 되었다. 에둘러 갈 것 없이 바로 유 선생께 전화를 드렸다.

선생의 대답은 간단했다. 집에 남아 있는 게 없다는 것이다. 부친의 제적등본이라도 얻을 수 있으면 좋겠는데 말을 꺼낼 엄두가 나지 않았다. 그런데 반전이 있었다. 대화 중에 '김기주의『조선동요선집』에 아버지의 작품이 2편 들어 있다.'고 했다. '조선동요선집'은 잘못 말한 것이지만 편자編者인 김기주가 정확했으니 그토록 찾던『조선신동요선집』이 분명했다. 가슴이 쿵쾅거렸고 다른 대화는 별로 귀에 들어오지도 않았다. 그 책을 좀 봤으면 좋겠다고 했더니, '파본破本이어서 온전하지 않다.'는 것과 '지금 어디 뒀는지 모르겠다.'는 답변이 돌아왔고, '찾으면 복사해 주겠다.'고 했다. 완곡한 거절이 아닌가 싶기도 했지만, '복사해 주겠다.'는 말에 더 기대를 걸었다. 한 주 정도 지났을까, 깨끗하게 복사된 책이 배달되어 왔다.

'파본'이라 한 말이 생각나 책부터 살폈다. 184쪽까지 있었다. 목차를 보니 한정동韓晶東의 「반달」이 203쪽에 수록된 것으로 확인된다. 대충 20쪽 정도가 결락된 것이다.

책이 없을 때는 없어서 그렇더니 파본 상태의 책을 보니 더욱더 완전한 책을 확인하고 싶었다. 틈만 나면 국내도서관을 검색해도『조선신동요선집』은 찾을 길이 없었다. '북헌터', '화봉문고' 등 장서량이 많기로 이름난 고서점의 목록을 일일이 확인해도 마찬가지였다. '코베이'와 같은 경매사이트를 매일 확인해도 출품되지 않을 뿐만 아니라 이전에도 출품된 적이 없는 듯했다.

유일한 희망은 미국 컬럼비아대학 도서관 장서를 검색하는 것이었다. 1931년 컬럼비아대학은 조선도서관을 설치하기로 하였고, 이에 한인들을 중심으로 재미조선문화회를 결성하여 도서관 설립을 성사시키기 위해 노력하였다. 미국 내에서 구할 수 있는 장서로는 한계가 있자 당시 국내에서 도서 기증을 받기로 하였고, 『동아일보』가 여기에 호응한 것이었다.

컬럼비아대학 도서관에 이 책이 소장되어 있기를 간절히 바랐다. 도서관 웹사이트에 접속하여 여러 가지 방법으로 검색어를 입력해 보았다. '김기주', 'Kim kiju', 'Kim ki-ju', 'Kim giju' 등과 같은 식이었다. 미국에서 한국어 표기 방식으로 두루 쓰이는 매큔-라이샤워McCune-Reischauer 방식으로 'Chosŏnsintongyosŏnjip'과 같은 검색어를 활용하기도 해 보았다. 그러나 책이 찾아지지 않았다.

컬럼비아대학 도서관 한국학 관련 사서인 신희숙 선생에게 도움을 청했다. 빠른 답변이 왔다. 컬럼비아대학 도서관에는 그 책이 없고, 시카고대학 도서관에 있다는 것이다. 미국에는 'WorldCat'이라는 도서관 검색 시스템이 있는데, 이를 통해 검색한 듯했다. 시카고대학 도서관에 소장된 것을 확인하고는 그 대학 동아시아 언어문화학과East Asian Languages & Civilizations의 최경희 교수한테 부탁을 했다. 2018년 8월 22일이었다. 그런데 이런저런 일로 천연되어 결국 나머지 20여 쪽의 실물을 보지 못한 채 최대한의 고증을 거쳐 「김기주의 『조선신동요선집』 연구」(『아동청소년문학연구』 제23호, 2018.12)란 논문을 발표하여 학계에 알렸다. 그리곤 결락된 부분의 실물 확인을 포기하고 있었다.

1년이 더 지나 2019년 9월 20일에 최 교수로부터 메일이 왔다. 지금 한국에 와 있고, 『조선신동요선집』도 복사해 왔다는 것이었다. 최 교수가 『조선신동요선집』 복사본을 들고 대명동 나의 연구실에 온 것은 메일을 받은 지 나흘째 되는 24일 오후 2시경이었다. 최 교수는 영문학도로 학위 취득을 위해 미국으로 갔다가 시카고대학의 교수가 되었다고 했다. 연구 주제는 주로 일제강점기 한국문학에 나타난 검열檢閱 문제라 했다. 최 교수가 『조선신동요선집』에 나와 같이 애정을 보인 까닭이 조금 해명되었다. 연구 대상이 나와 겹친 것이다.

자료에 대한 실증주의적 연구를 하는 사람들에게는 몇 가지 공통점이 있다. 그중 하나가 자료 수집을 위해 몹시 애를 쓴다는 점이다. 나 자신도 필요하다 싶은 자료를 찾기 위해 발품을 파는데 이골이 나 있다. 성정이 가팔라 싫은 소리를 들으면 참지 못하나, 자료 수집을 위해서는 비굴(?)해지는 것도 곧잘 감내한다. 그뿐만 아니라 낡고 퀴퀴한 냄새가 나는 책을 여느 사람은 쉽사리 이해하지 못할 가격에 구입하는 것도 별로 주저하지 않는다.

2시부터 근 5시간여 동안 일제강점기 작가들에 대한 문답 형식의 대화가 이어졌다. 영문학도로 한국문학에 대한 배경지식이 많지 않았을 것이고, 이역만리 미국 땅에 있으면서 독학하다시피 하였을 것인데도, 공부가 예사 수준이 아니었다. 자료 수집을 위한 그간의 공력 또한 여간 아니었음을 알 수 있었다. '교수님, 접근할 수 없는 자료가 있으면 저한테 말씀해 주세요. 제가 찾아드릴게요.'라며 자신감을 내비치기도 하였다. 시카고대학에서 왔다고 하면 한국의 웬만한 소장처도 자료를 내놓는다는 것이다.

『조선신동요선집』으로 돌아와 보자. 이 책은 김기주가 단독으로 평양平壤에서 발간하였다. '단독'임을 강조하는 것은 이와 같은 앤솔러지를 발간하는 것이 혼자 힘으로는 무척 버거운 작업이라는 점 때문이다. 이보다 앞서 발간된 『조선동요선집』(박문서관, 1929.1.31)은 〈조선동요연구협회〉 이름으로 발간되었고, 편집위원은 당대의 내로라하는 한정동韓晶東, 정지용鄭芝鎔, 유도순劉道順, 윤극영尹克榮, 신재항辛在恒, 김태오金泰午, 고장환高長煥 등 7명이었다. 자신들의 작품 34편을 앞에 배치하고, 이어 그들의 안목으로 선정한 작가 84명의 작품 146편을 모은 것이었다.

『조선신동요선집』(동광서점, 1932.3)은 서울〔京城〕이 아닌 평양에서 발간했다는 것도 놀랍고, 김기주의 주소가 평안남도 평원군이라는 사실도 그렇다. 서울에 있어도 여러 작가의 작품을 수집하는 것이 수월한 일이 아니기 때문이다. 게다가 『조선동요선집』보다도 더 많은 123명의 작가를 찾아 203편의 작품을 실었다는 것은 그가 이 책의 발간을 위해 얼마나 애를 썼는지 짐작할 수 있게 하는 대목이다.

『조선동요선집』(박문서관)엔 신고송申孤松, 조종현趙宗泫, 이원수李元壽, 양우정梁雨庭, 김대봉金大鳳, 김유안金柳岸, 남궁랑南宮琅, 소용수蘇瑢叟, 유재형柳在衡 등이 빠져 있다. 이들은 당시 작품의 양과 수준으로 볼 때 놓치지 말아야 할 작가들이었다. 반면 김상헌金尙憲은 동요(동시) 방면에 별 활동이 없었음에도 불구하고 3편이나 수록하였는데, 김억金億의 아들인 점이 고려된 것으로 보인다. 『조선신동요선집』엔 위의 작가들이 망라되어 있다.

앤솔러지는 그저 작가와 작품을 끌어모아 놓기만 하면 되는 것이 아니다. 수집할 만한 가치가 있는 작가의 작품을 모아야 한다. 그러자면 작가와 작품을 보는 눈이 필요하다. 이른바 감식안connoisseurship이다. 안목 있는 편찬자가 정전canon을 고선考選할 수 있어야 하는 것이다. 미국의 'Norton Anthologies'(특히 『The Norton Anthology of English Literature』)는 우리에게 잘 알려져 있다. 김기주의 『조선신동요선집』이 여기에 버금갈 정도인지는 별론으로 하더라도, 작가와 작품 선정에 있어서 치우치지 않아 앞서 발간된 도서보다 진일보한 것은 분명하다.

필자가 2004년 럿거스대학Rutgers Univ.=The State Univ. of New Jersey
에 방문교수로 갔을 때 그 도서관에 소장되어 있는 그리피스Griffis,
William Elliot (1843~1928)의 한국 관련 자료를 많이 볼 수 있었다. 그리
피스는 1870년 일본의 초청으로 도쿄대학東京大學에 왔다가 일본 역사
에 중대한 영향을 끼친 한국을 알기 위해 내한하여 각종 문헌 탐색과
현지답사를 한 바 있다. 그 후 수집한 자료를 럿거스대학에 기증하였
기 때문에 150여 년 뒤 내가 그 자료들을 볼 수 있었던 것이다. 이처럼
도서관은 자료 보존을 통해 문화 전승의 기능을 담당하고 있는 것이다.

우리나라 도서관도 갖고 있지 못한 『조선신동요선집』은 어떤 경로
로 시카고대학교 도서관에 소장되었을까? 시카고대학 소장본 『조선신
동요선집』 겉표지에는 달필의 영문 서명이 보인다. 자세히 살펴보니
'Lanpa Hong Chicago−1932'라 되어 있다. 바로 작곡가 홍난파洪蘭坡
다. 책장을 넘기다 보면 군데군데 작곡을 위해 연필로 기록해 놓은 흔
적을 찾을 수 있다.

홍난파는 1929년 3월 도쿄고등음악학원東京高等音樂學院을 졸업하고
그해 9월 중앙보육학교 교유敎諭로 임명되었다. 그로부터 2년이 지
난 1931년 7월 말에 다시 미국으로 유학을 떠난다. 처음 신시내티
Cincinnati에 갔다가 1931년 9월 시카고의 셔우드Sherwood 음악학교 연
구과에 입학하여 1932년 5월 27일에 음악학사 학위를 취득하였다.

『조선신동요선집』에는 최청곡崔靑谷과 홍난파洪蘭坡, 그리고 편자
김기주의 서문(序)이 차례로 실려 있다. 말미에 모두 '一九三一年'이라
되어 있다. 책의 발행은 "昭和 七年 三月 十日 發行"(1932년 3월 10일 발
행)으로 되어 있다. 홍난파의 유학 시기와 책의 발행 시기를 보면, 홍난
파가 출간된 책을 들고 시카고로 간 것은 아니다. 출간된 책을 김기주
가 우편으로 부쳤거나, 누군가 들고 가 전했던 것으로 보인다. 홍난파

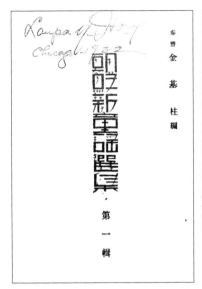

시카고대학도서관 소장본 겉표지   유재형 소장본 속표지

가 『조선신동요선집』을 받아 서명했을 때는 분명 '1932년'인 것으로도
확인된다. 홍난파는 1933년 2월 11일에 귀국하였다. 귀국하기 전 이
책을 시카고대학 도서관에 기증한 것으로 보인다.

　미국에 체류하면서 홍난파는 『조선동요백곡집(하편)』과 『조선가요
작곡집』을 발간하기 위해 꾸준히 작곡한 모양이다.[3] 홍난파가 시카고

3　「홍난파 씨-환영회 성황」(『동아일보』, 1933.2.21)에는 "(전략)그동안 음악에 대한 작곡과
　그 리론을 연구하는 한편으로 씨가 작곡 중에 잇든 조선동화백곡童話百曲의 그 전부를
　완성하고 쏘한 조선시조의 작곡과 합창곡 등의 수십편을 완성하얏다 한다."라 하였다.
　'동화백곡'은 '동요백곡'의 오식이다.
　「홍난파 씨 환영-악단樂壇 희유의 성황」(『조선일보』, 1933.2.22)에는 "(전략)나는 본업이
　바요린이지마는 이번 길에는 바요린은 한 주일에 한 시간만 배우고 음악 리론과 작곡을
　여덜 시간식 배왓습니다. 그 결과로 조선동요가곡집 한 권과 조선시조작곡집 한 권을

대학 도서관에 기증한 『조선신동
요선집』에는 숫자 음계音階로 작
곡한 것이 연필로 표기되어 있다.
도합 24편인데 이 가운데 『조선
동요백곡집(하편)』에 수록된 것은
20편이다. 56번 「우슴」(이원수),

전봉제의 「도적쥐」 작곡 예

61번 「봄바람」(석순봉), 62번 「무지개」(유희각), 63번 「봄비」(박노아), 64
번 「진달내」(신고송), 65번 「곷밧」(주요한), 67번 「녀름」(김영수), 70번 「가
을」(김사엽), 71번 「까막잡기」(박팔양), 79번 「형제」(김상호), 80번 「가을」
(장영실), 89번 「할머니 편지」(염근수), 90번 「도는 것」(윤복진), 91번 「잠
자는 방아」(신고송), 92번 「도적쥐」(전봉제), 93번 「눈 곳 새」(모령=모기
윤), 94번 「까치야」(김기진), 95번 「비누풍선」(이원수), 96번 「가을」(김여
수=박팔양), 97번 「영감님」(남궁랑) 등이다. 작곡을 하였으나 『조선동요
백곡집』에 수록하지 않은 것은 「버들피리」(이경로), 「가을밤」(유촌=유재
형), 「나의 노래」(남궁랑), 「까치생원」(한인택) 등 4편인데 「버들피리」와
「나의 노래」는 곡을 붙이다 말았다. 여기에다 나머지를 더 작곡하여
1933년 『조선동요백곡집(하편)』으로 발간하였고, 동시에 이은상李殷相
의 시조 15편에 곡을 붙인 『조선가요작곡집』(연악회)도 같은 해에 발
간하였다.

　창가唱歌와 같은 공리적功利的인 노래가 아닌 동요童謠를 짓자는 것
을 신흥동요운동新興童謠運動이라 하였다. 일본에서도 이렇게 명명하
였다. 메이지明治 시대 이와야 사자나미巖谷小波의 오토기바나시お伽噺

<hr>

수확으로 가지고 왓습니다.”라 하였다.

를 거쳐 다이쇼기大正期에 오가와 미메이小川未明, 기타하라 하쿠슈北原白秋 등이 앞장섰다. 3·1운동의 결과 우후죽순으로 신문과 잡지가 발간되었다. 필자난으로 기성작가뿐만 아니라 소년문사들의 투고를 독려하게 되었다. 메이지 20년(1887년)경 일본에서도 도쇼잣시投書雜誌라 하여 독자들로부터 투고된 작품으로 지면의 상당 부분을 채웠다. 우리도 비슷한 길을 걸었다. 1920년대 중후반부터 30년대 초반까지는 가히 동요의 시대라 할 만했다.

그 시절 최소한 누가 어떤 작품을 지었는지를 알아보는데 김기주의 『조선신동요선집』의 기여가 크다.

동요집, 동화집, 아동문학 책들

1927년 1월호 『신소년』(제5권 제1호)을 보면, 송완순宋完淳의 「조선의 천재여? 나오너라―『공功든 탑塔』을 읽고」란 시가 실려 있다. 길어서 일부만 옮겨 보겠다.

　　　　조선의 천재여! 어서 나오너라
　　　　구슬픈 그― 생활 속에서
　　　　넷날의 '나포레온'과 갓치 용맹스럽게
　　　　나오너라 조선의 천재여 ―
　　　　　　　　　(중략)
　　　　조선의 천재여! 어서 쌜니 나오너라
　　　　주린 자는 울기만 하고‥‥‥‥
　　　　불은 자는 느태만 하고 질알을 하니
　　　　이를 엇지할가 조선의 천재여 ―
　　　　　　　　　(중략)
　　　　오! 어서 나오너라 물ㅅ결갓치 나오너라
　　　　모―든 것을 새로 맨들고 차저내서
　　　　'프로'의 주린 자를 배불니 걱정업시 잘 살게 하여라

주린 조선의 천재여 —

　　　×　　　×

오! 조선의 천재여 '공든 탑이 문어지랴'를 알거든
'쏠즈와'의 질알을 금지하고
서로 난화 먹고 갓치 난화 배호게 힘써라
조선의 천재여! 웨 잠만 자느뇨!……

　　(하략)

　　조선의 천재가 나와 프롤레타리아와 부르주아 구분 없이 잘 먹고 잘 살게 하라는 내용의 시다. '쏠즈와의 질알(부르주아의 지랄)'을 금지하고 '서로 난화 먹고 갓치 난화 배호게 힘써라(서로 나눠 먹고 같이 배우게 힘써라)'라고 한 것은 송완순의 계급주의적 태도가 잘 드러난 표현이다. 그런데 시의 부제副題를 보면 『공든 탑』(신소년사, 1926.4)을 읽고서 이 시를 쓴 것임을 알 수 있다. 『공든 탑』은 어떤 책인가? 빠진 게 많아 정확하지는 않겠지만, 필자가 가진 『신소년』 중에서 『공든 탑』이란 책을 처음 소개(광고)한 것은 1926년 6월호이고, 1932년 8월호의 광고가 마지막이다.

　　스마일스Smiles, Samuel(1812~1904)의 『자조론自助論, Self-Help)』(1859)이 일본에 번역된 것은 나카무라 마사나오中村正直의 『서국입지편西國立志編－原名 自助論』(須原屋茂兵衛, 1870~71)이다. 메이지明治 왕의 어전 강의용 텍스트로 선정되었고 소학교의 수신 교과서로도 쓰였으며, 100만 부가량이나 팔린 베스트셀러였다. 『자조론』은 위인의 실생활에서 교훈이 될 만한 것을 찾아 스스로 성실한 삶을 살아야 한다는 내용을 담고 있다. 1918년 4월 조선에서도 최남선崔南善이 『자조론』(신문관)을 번역하여 간행하였다. 『공든 탑』도 이러한 류의 책이다. 부모 구몰俱沒하고 형을 보호자로 1927년 4월 휘문고보徽文高普에 입학하였던 송완

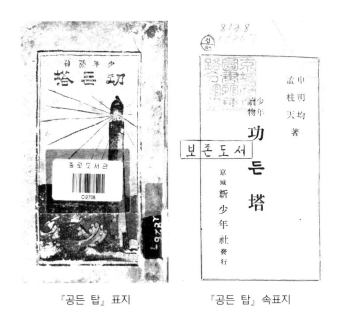

『공든 탑』 표지   『공든 탑』 속표지

순은 병 때문에 휴학하였으나 낫지 않아 1928년 4월 30일 자로 결국 퇴학하였던 터라 '입지'에 관한 책이 특히 감명 깊었던 것 같다.

그런데 이 책은 도서 광고란에서만 볼 수 있을 뿐 실물을 찾을 수 없었다. 1923년에 건립된 조선총독부도서관을 이어받아 일제강점기 도서를 많이 수록하고 있는 국립중앙도서관에도 이 책은 보이지 않는다. 오랜 추적 끝에 이 책의 소재를 확인했는데 서울특별시교육청 종로도서관(1922년 10월에 설립한 경성부립도서관의 종로분관)에 한 권이 소장되어 있었다. 그러나 도서목록에도 올라 있지 않고 검색도 되지 않았다. 어렵사리 책을 구해 보니, 「신문 팔던 소년」(토마스 에디슨), 「조선지도의 창조자」(김정호), 「슬기로운 훈장」(모스: Morse, Samuel Finley Breese), 「일급日給 8전으로 연봉 1만원」(스티븐슨: Stephenson, George), 「화초분花草盆으로 오륙층 집」(조지프 모니에: Monier, Joseph; 콘크리트 발명가), 「철갑

선 원조」(이순신), 「20세에 세계적 대발명가」(마르코니: Marconi, Guglielmo), 「용감한 소년」, 「16세의 미국 대통령」(링컨: Lincoln, Abraham), 「인류의 일대 은인」(제너: Jenner, Edward), 「대양의 정복자」(풀턴: Fulton, Robert), 「신대륙 발견자」(콜럼버스: Columbus, Christopher), 「철과 유황硫黃의 발견가」(이의립), 「이태리 용사」 등 14편의 이야기가 담겨 있다.

『공든 탑』과 함께 '소년총서'란 이름으로 소개된 책은 정열모鄭烈模의 『동요작법』, 『소년모범작문집』이 더 있다. 이들 책은 '발행소'가 이문당以文堂, 또는 '신소년사'(중앙인서관)로 되어 있다. 아동문학 잡지 『신소년』을 발행하던 곳과 같다. 이후 『세계일주동화집』, 『수양취미과외독물 동화집』, 『소년동요집』, 『로빈손표류기』, 『바이올린 천재』(뒤에 '애국자'), 『소년소녀동화집 이야기주머니』, 『천일야화』, 『홍길동』, 『동키호테전』 등이 더 발간되었다. 이 가운데 "오륙년 동안 소년소녀들의 지은 동요 중 가장 잘된 것만 뽑아 모은"[1] 동요집이라는 『소년동요집』, 『소년소녀동화집 이야기주머니』의 소재는 지금까지 확인되지 않았다. 일제강점기 아동문학의 대표적 갈래는 동화와 동요다. 1929년 『조선동요선집』(박문서관)과 1932년 『조선신동요선집』(평양: 동광서점)이 있으나 작품연보가 없어 당시에 누가 무슨 작품을 어디에 발표했는지 그 전모를 알기가 어렵다. 따라서 당시에 발간된 동화집이나 동요집을 하나라도 더 확인하면 당대 아동문학의 실상에 더 가까이 접근할 수 있는데 소재를 모르니 안타깝다.

이런 책이 한두 가지가 아니다. 추파秋波 문병찬文秉讚이 〈청구소년회〉에서 간행했다고 하는 『조선소년소녀동요집』도 가뭇없다. 이학인李學仁과 염근수廉根守 그리고 출판사 청조사靑鳥社의 박승택朴承澤 사

---

1 「소년동요집」, 『신소년』, 1927년 6월호 광고.

이에 한참 논란이 되었던 김여순金麗順의『새로 핀 무궁화』도 소장처를 모른다. 5년여에 걸쳐 조선의 전설과 동화를 모은 것이라 하니 심의린沈宜麟의 『조선동화대집』(한성도서주식회사, 1926.10)이나 한충韓冲의『조선동화 우리동무』(京城: 芸香書屋, 1927.1)와 어깨를 겨룰 만한 책으로 보이나 실물을 볼 수 없어 안타깝기는 마찬가지다. 정홍교丁洪敎의『은쌀애기』, 문학연구사 소년문예부가 편찬한『금쌀애기』(自省堂書店), 김태오金泰午가 편찬한『세계명작동화집』(제일서점)도 실물을 찾지 못하고 있다. 신문의 신간소개와 도서 발간 기사, 잡지의 서적 광고를 오랫동안 정리해 둔 자료를 확인하니 현재 실물을 찾을 수 없는 아동문학책이 한두 권이 아니다. 찾기 어려운 책을 다 열거하자면 한이 없을 것이다. 식민지와 해방기의 혼란, 전쟁을 겪으면서 책과 자료의 소중함을 미처 알지 못해 제대로 건사하지 못한 탓이 크다. 남아 있던 책들도 불쏘시개로 사라져 간 것이 한둘이 아니니 지금 생각하면 아쉽기 그지없다.

소재를 몰라 구하지 못한 책과 소장처를 알지만 구할 수 없었던 책 이야기를 하나 더 해 보자. 일제강점기는 민족모순과 계급모순이 중첩된 식민지 상황이었다. 민족의 해방과 계급의 해방은 아주 다른 개념이지만, 식민지 치하 조선 민중의 대다수는 프롤레타리아였던지라 우리 민족의 해방이 곧 프롤레타리아의 해방과 동일한 결과가 된다. 1917년 러시아혁명의 바람이 일본을 거쳐 조선에도 불어왔다. 1925년 조선공산당이 결성되고 이어 〈조선프롤레타리아예술동맹〉(카프)이 결성되면서 새로운 문학을 주창하는 사람들은 계급주의 사상을 서둘러 받아들였다. 계급사상은 정치운동에서뿐만 아니라 이른바 '정치운동의 보차적補次的 임무'를 수행한다는 관점에서 문학판을 장악하다시피 하였다. 이러한 바람은 아동문학에도 불어닥쳤고, 〈카프〉는 직간접적으로 아동문학 작가와 단체 및 매체들을 지도하였다. 일제강점기에 계급주의 사상을 문학적으로 형상화한 아동문학 단행본은 다섯 권 정도를 들 수 있다.

> 우리 동무들! 나이 어린 동무들 우리들에게 가져야 할 출판물은 이제 몇 가지나 잇나 보와라. 월간잡지月刊雜誌로『신소년』, 『별나라』가 잇고 단행본單行本으로『불별』, 『소년소설육인집少年小說六人集』, 『소년소설집少年小說集』, 『왜』 동화집, 『어린 페-터』가 잇슬 뿐이다. (이하 생략)[2]

『(푸로레타리아동요집)불별』(중앙인서관, 1931.3)과 『소년소설육인집』(신소년사, 1932.6)은 현재 누구나 볼 수 있다. 중앙인서관과 신소년사는 이름만 다를 뿐 다『신소년』을 발행하던 신명균申明均이 주재한 곳이다. 『불별』은 이름만 알려지다가 이주홍李周洪 선생의 유품에서 발견되어 널리 알려졌고, 『소년소설육인집』은 현담문고(옛 아단문고)와 국립중앙도서관에서 원문을 제공하고 있을 뿐만 아니라, 박태일 교수가 현대활자로 간행하여 누구나 볼 수 있게 하였다.

『어린 페터』와 『왜』는 뮤흐렌의 동화다. 『신소년』(1933년 2월호, 50쪽) '통신란'에 다음과 같은 질의응답이 있다.

> 무산 아동의 동화 중에 가장 조흔 책명과 발매서점을 알 수 잇슬가요?

제주도濟州島 정의면旌義面 오조리吾照里 홍형의 질문이다. 이에 대해 신소년사 기자는 다음과 같이 대답하고 있다.

---

2 정철鄭哲, 「출판물에 대한 몃 가지 이야기」, 『신소년』, 1933년 5월호, 24쪽.

아즉 조선에는 그런 책이 업고 『별나라』에서 파는 뮤흐렌의 『어린 페-터』와 『왜?』가 잇습니다. 그리로 즉접 무러보십시요. (괴)

무산 아동이 읽을 만한 동화책으로 추천한 것이 바로 『어린 페터』와 『왜』다. 『별나라』에는 이 두 책을 수시로 소개(광고)[3]하고 있다. 독자 유인 방법의 하나인 현상懸賞 문제를 맞히면 대체로 이 책들을 상품으로 제공하였고,[4] 지사支社 신설 기념 현상에서도 상품은 역시 『왜』와 『어린 페터』였다.[5] 이런 점으로 볼 때 『왜』와 『어린 페터』는 당시 퍽 인기가 있는 책이었음을 알 수 있다. 함흥咸興 이형수李亨洙는 『별나라』의 독자통신란인 '별님의 모임'에다 다음과 같이 『왜』 동화집을 읽은 감상을 알렸다.

오래간만에 『왜』 동화집을 밧고 단번에 다- 읽엇습니다. 참으로 놀나 울 만치 자미잇고 유익하엿습니다. 동화집 동화집 치고 이런 것이 업슬 줄 밋습니다. 저는 여러 독자들에게 이 『왜』 동화집을 권고합니다. 조선 의 소년으로 이것을 못 본대면 참 유감으로 생각합니다. 함흥 이형수[6]

『왜』 동화집의 표지와 목차 및 판권지를 보이면 다음과 같다.

---

3 『별나라』 1927년 5월호, 6월호에 동화집 『왜』를 광고하고 있지만 11월에 발간된다고 하였다. 『어린 페터』는 『별나라』 1931년 1-2월 합호, 3월호 등에 광고하고 있다.

4 『별나라』 1930년 8월호 현상문제에 대한 당선자 발표를 1930년 10월호에 하였는데 1등 당선자의 상품이 바로 동화집 『왜』이다. 11월호 현상 당선자인 홍천洪川 김복동金福童(=金春岡)도 『왜』를 상품으로 받았다.

5 『별나라』, 1931년 1-2월 합호, 58쪽.

6 「별님의 모임」, 『별나라』, 1929년 5월호, 61쪽.

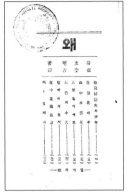

『왜』 겉표지　　　　　『왜』 목차　　　　　　『왜』 판권지

　속표지에는 '뮤흐렌 저 최규선 역'으로 되어 있어 원작이 뮤흐렌의
것임을 알 수 있다. 뮤흐렌Zur Mühlen, Hermynia (1883~1951)은 누구인
가? 오스트리아 비엔나Vienna 출생의 작가로, 사회주의 대의에 자신의
삶을 바치기로 하여 오스트리아-헝가리제국의 귀족 신분을 거부하였
다. 뮤흐렌은 많은 작품을 발표했는데 1920년대에 인기를 끈 사회주의
우화와 요정담으로 악명을 얻었다. 『진리의 성城 (Das Schloß der Wahrheit)』
(1924), 『붉은 깃발Die rote Fahne』(1930) 등은 우화와 판타지를 통해 사
회주의적 가치의 본보기를 추구하고, 노동자계급 어린이 독자들의 혁
명 정신을 기르기 위해 저술한 책이었다. 널리 알려진 뮤흐렌의 작품
『어린 피터 친구들의 이야기Was Peterchen's Freunde erzählen』(Berlin: Der
Malik-Verlag, 1921)에서는 일상생활에서 사용하는 물건들을 소재로 하
였는데 그 까닭은 그것을 만들어내는 노동계급의 고통을 말하고 드러
내기 위한 것이었다. 뮤흐렌의 우화는 주인공들이 자기주도적 그리고
협력적 행동을 통해 자본주의 체제의 경제적 착취를 극복하는 비교적
일관된 모형을 고수하고 있다. 1925년 뮤흐렌의 작품 4편이 영어로

Ida Dailes 번역
『Fairy Tales For
Workers' Children』 표지
(Harvard University Library 제공)

목차

Gibson의 삽화
'The Little Grey Dog'

번역되어 『노동 소년을 위한 요정담Fairy Tales for Workers' Children』 (Chicago: Daily Workers Pub. Co., 1925)이란 제목으로 미국에서 출판되었다.[7] 이 책에는 『왜』에 수록된 「장미화 나무The Rose-bush」, 「한 마리의 참새The Sparrow」, 「회색의 소견The Little Grey Dog」, 「왜Why?」 등 4편의 작품이 수록되어 있다. 최규선崔奎善이 번역한 『왜』의 표지가 깁슨Gibson, Lydia이 「The Little Grey Dog」의 삽화로 그렸던 작품인 것도 이 책을 보면 알 수 있다.

일제강점기에 뮤흐렌의 작품들은 여러 차례 번역되었다. 박영희朴英熙가 「웨?」(뮤흐른 원작, 박영희 역; 『개벽』 통권 제67호, 1926년 3월호)를, 최청곡崔靑谷이 「모포毛布 이약이—속續 어린 페-터-(전5회)」(『중외일보』,

---

7 Kristiana Willsey, 「Zur Mühlen, Hermynia(1883~1951)」, Donald Hasse(ed.), 『The Greenwood Encyclopedia of Folktales and Fairy Tales(3)』, CT: Greenwood Press, 2008, 1054~5쪽.

1928.1.16~20), 「설할초雪割草 이약이(전3회)」(『중외일보』, 1928.1.26~28),
「석탄石炭 이야기」(『별나라』 제60호, 1932년 7월호), 「설할초雪割草 이야기」
(『소년조선』, 1929년 4-5월 합호) 등을, 금철琴澈이 「진리의 성(전35회)」(『중
외일보』, 1928.5.6~6.20)을, 승효탄昇曉灘이 「만족의 마귀(일명 「왕의 편」)」
(『별나라』 제6권 제9호, 1931년 12월호) 등을 번역하였다. 고장환高長煥의 「세
계 소년문학 작가 소전小傳」(고장환 편, 『세계소년문학집』, 박문서관, 1927.12)
에서 뮤흐렌을 '독일의 사회운동가, 무산 동화작가'로 소개하고 있고,
송남헌宋南憲의 「예술동화의 본질과 그 정신-동화작가에의 제언(1)」
(『동아일보』, 1939.12.2)에 서구의 여러 동화작가와 함께 뮤흐렌을 소개하
고 있다. 이 외에도 일제강점기의 여러 작가 및 평자評者들은 뮤흐렌을
자주 언급하고 있다.[8]

　『왜』 동화집을 번역한 최규선은 〈조선소년연합회〉의 재정부 부장과
〈조선소년총연맹〉의 상임서기를 맡아 소년운동과 아동문학에 많은 노
력을 기울였고, 1926년에 창간된 『별나라』에 동인同人으로 참여하였
다. 최규선이 독일어나 영어 원문을 보고 번역하지 않은 것은 분명하
다. 일본책을 찾아보니 똑같은 표지의 책이 있다. 아라하타 간손荒畑寒
村이 번역한 『なぜなの』(東京: 無産社, 1926)란 책이다. 이 책에는 「薔薇
の木」(장미 나무), 「一羽の雀」(한 마리의 참새), 「灰色の小犬」(회색 강아지),
「なぜなの」(왜 어째서) 등 4편의 작품이 실려 있다. 최청곡이 번역한 『왜』
에는 「연통 소제부의 소년煙筒掃除夫의 少年」, 「장미화薔薇花 나무」, 「산
중목운화山中木雲花」, 「인형人形은 어대로」, 「회색의 소견灰色의 小犬」,
「한 마리의 참새」, 「야중성계고화夜中星鷄孤話」, 「왜? 엇재서」 등 8편
의 작품을 싣고 있다. 『Fairy Tales For Workers' Children』과 아라하

8 류덕제, 「뮤흐렌」, 『한국아동문학비평사를 위하여』, 보고사, 2021, 299~300쪽 참조.

타 간손의 책에 없는 「연통 소제부의 소년」, 「산중 목운화」, 「인형은 어대로」, 「야중성계고화」 등 4편이 더 실려 있다. 이 작품들은 어디서 가져와 번역한 것인지 확인하지 못했다.

『어린 페터』도 뮤흐렌의 작품이다. 『어린 페터』의 표지를 보면 '최청곡崔青谷 역 안석영安夕影 장裝'이라 해 놓았고, 속표지에는 '뮤흐렌 저, 최청곡 역'이라 되어 있다. 1930년 10월에 유성사서점流星社書店에서 초판이 간행되었다. 최청곡은 최규선의 필명이다. 안석영은 본명이 안석주安碩柱인데 삽화가로 활동하였고 〈조선프롤레타리아예술동맹〉(카프) 맹원이었다.

최청곡 번역,
『어린 페-터-』

『어린 페-터-』의 목차

林房雄 번역,
『어린 페터(小さいペ―ター)』

이 책도 독자들의 호응이 컸던 것 같다. 『왜』 동화집과 함께 현상품懸賞品으로 지급되었고, 할인 판매도 하였으며, '쌀르 동화의 절대 타파'라며 『별나라』 지상에서 자주 소개(광고)되었다. 1931년 7-8월 합호 『별나라』의 현상문제는 "당신이 가장 애독하는 동요집과 동화집을(조선문에 한함) 각 한 가지 이상을 말하십시요."이다. 9월호에 응답자 통계가 나왔는데, 동요집으로는『불별』이 3,764점을 얻어 단연 1위였고, 동화집으로는『어린 페터』와『왜』가 똑같이 764점이었다.[9] 방정환의 『사랑의 선물』은 단 1점에 그쳤다.『별나라』독자들을 대상으로 한 것 이었음을 감안해야 하겠지만 무산계급 아동들에게『왜』와『어린 페터』 가 얼마나 인기 있는 책이었는지 짐작할 수 있다.

『어린 페터』는「석탄石炭이약이」,「성냥갑이약이」,「물병이약이」, 「모포毛布이약이」,「철병鐵瓶이약이」,「설할초雪割草이약이」등 6편 의 작품을 수록하였다. 최청곡 자신의「뮤흐렌 동화『어린 페터』를 내 노으며」와 이효석李孝石의 서문〔序〕이 앞머리에 실려 있고 권두에 4편 의 삽화가 실려 있다.『어린 페터』는 뮤흐렌의 책을 하야시 후사오林房 雄가 번역한『小さいペーター』(東京: 曉星閣, 1927)를 중역한 것이다. 하 야시 후사오의 책에는「石炭のお話」,「マツチ箱のお話」,「水瓶のお話」, 「毛布のお話」,「鐵瓶のお話」,「雪割草のお話」등이 수록되어 있는데 최청곡이 번역한『어린 페터』의 수록 작품과 똑같다.

하야시 후사오는 원본『Was Peterchens Freunde erzälen』을 그대 로 번역하였고, 최청곡은 하야시 후사오를 그대로 번역하였다. 목차와 삽화를 보면 일치한다. 다만 "피避치 못할 사정에 수처數處에다가 상처 를 내게 된 것",[10] "불행히 수개소數箇所 싹거 낸 곳이 잇는 것은 애석한 터이나 피할래야 피할 수 업는 객관뎍 정세의 소위所爲이니 독자는 이 것을 도리혀 명예의 상처로 알"[11]라고 한 내용으로 보아 일제 당국의 검열로 전문을 그대로 번역하지 못했음을 알 수 있다.

---

9 「7-8월호 현상투표 당선발표」,『별나라』, 1931년 9월호.

10 최청곡,「서序 뮤흐렌 동화『어린 페터』를 내노으며」, 뮤흐렌(최청곡 역),『어린 페터』, 유성사서점, 1930.10.30.

11 이효석,「서序」, 뮤흐렌(최청곡 역),『어린 페터』, 유성사서점, 1930.10.30.

『Was Peterchens Freunde erzälen』(1921) 겉표지와 목차
(The University of Iowa Library 제공)

『Was Peterchens Freunde erzälen』(1921)	『어린 페터』(1930)
Was die Kohle erzählt (3)	석탄이약이 (1)
Was die Streichholzschachtel erzählt (7)	성냥갑이약이 (14)
Was die Flasche erzählt (12)	물병이약이 (26)
Was die Bettdecke erzählt (18)	모포(毛布)이약이 (39)
Was der Eisentopf erzählt (23)	철병(鐵瓶)이약이 (55)
Was das Schneeglöckchen erzählt (30)	설할초(雪割草)이약이 (70)

『어린 페터』의 소장처는 알고 있다. 여승구呂丞九의 화봉책박물관 (화봉문고)이다. 1982년 고서 수집가 윤석창이 김소월의 『진달래꽃』, 한 용운의 『님의 침묵』, 백석의 『사슴』 등 초판본 200여 권을 경매에 내 놓자 이를 구입한 이후 고서 수집에 몰두하기 시작하여 2004년 화봉책 박물관을 설립하였다. 빌딩 두 채를 팔아가면서까지 13만 권이 넘는

책을 수집하여 보관하고 있다고 한다. 화봉장서는 연번을 매겨 책을 소개하고 있는데 123번에 바로 『어린 페터』를 소개하고 있다. 가로 10.4cm 세로 14.8cm 크기의 책이다.

몇 년 전에 『한국아동문학비평사 자료집』(보고사)을 출간하려고 자료를 모으고 전사하던 때였다. 서문과 발문도 이른바 서발비평序跋批評에 해당하므로 두루 수집하다가 『어린 페터』가 화봉문고에 있다는 것을 알고 구입할 수 있는가 여부를 물었다. 판매한다고 해도 나의 경제적 능력으로 감당할 수 없는 값을 요구했을 것으로 짐작한다. 판매하지 않는다는 답이 돌아와, 전후 사정을 이야기하고 서문만이라도 보기를 간청했다. 전화를 받은 여직원은 혼자 결정할 수 없으니 물어보고 답하겠다고 했다. 하루가 지나 돌아온 답은 그것도 '불가'라는 것이었다. 하기야 당초 거리를 핑계 삼아 전화 한 통화로 무례하게 부탁할 일이 아니었다. 버선발로 쫓아가 간곡하게 사정해도 될동말동한 일이었다. 결국 『한국아동문학비평사 자료집』에는 『어린 페터』의 서문을 싣지 못했다.[12]

문학을 연구하다 보면 자료난에 부닥치게 마련이다. 비평이 가치판단을 하는 글이라면 논문은 사실판단을 목적으로 한다. 최근 일부 연구자들이 이를 등한히 하는 경우가 많다. 기본적인 자료 확인조차 하지 않고 글을 쓰고 평가를 하니 사실도 맞지 않고 평가는 엉뚱하게 된다.

일찍이 고서 수집에 눈을 뜬 수집가들이 있어 연구에 도움을 준다. 이기열李基烈 문고는 연세대 학술문화처 도서관에, 백순재白淳在 선생

---

12 이 글을 잡지에 발표한 뒤 염희경(박진영) 선생의 후의로 『왜』와 『어린 페터』의 서문을 얻었고 책의 대강을 살필 수 있었다.

의 자료는 현담문고(옛 아단문고)에 소장되어 있다. 하동호河東鎬 선생의 고서는 국립현대문학관에 기증되었다고 한다. 〈근대서지학회〉의 오영식吳榮植 회장도 이름난 소장자인데 어렵사리 구한 자료를 선뜻 내주어 연구자들을 돕고 있다.

연구자들이 모든 자료를 구입할 수는 없다. 희구본稀覯本을 구하자면 적잖은 돈이 든다. 돈이 있다고 필요한 자료를 입맛대로 구입할 수도 없다. 현대문학 연구자들은 오랫동안 서지 연구를 수행해 왔다. 그러나 아직도 비정批正을 요구하는 일들이 적지 않다. 아동문학은 제대로 된 서지 연구가 충분히 이루어지지 못했다. 지금부터라도 여러 사람이 이 일에 매달려야 한다. 아동문학 연구자들이라면 자료 소장자를 찾아 사실을 확인하는 일에 게을러서는 안 된다. 어렵게 구해 본 자료는 그에 걸맞은 연구 성과를 내놓음으로써 자료 제공자의 후의에 보답해야 할 것이다.

일제강점기의
계급주의 아동문학과 리얼리즘

1. 일제강점기의 계급주의 아동문학

　해방 직후 일제강점기의 아동문학을 돌아보고 향후 아동문학이 나아갈 방향을 모색한 송완순은 일제강점기를 두고, "어린이의 지위에 심한 경제적 등차等差를 재래齋來해서, 극소수의 어린이는 지상낙원의 천사로 화하고, 반대로 극대다수의 어린이는 실낙원의 아귀餓鬼"[1]로 만드는 자본주의 사회로 보았는데, 당시 계급주의자들의 공통된 인식이었다고 할 것이다. 사정이 이러함에도 불구하고 방정환方定煥 등은 당대 현실을 제대로 인식하지 못했다고 보았다. 즉 방정환이 노동계급의 어린이들을 무시하지는 않았으나 "다분히 로맨티크한 센티멘탈리즘"(28쪽)에 빠져 '천사주의적 아동관'을 가진 것으로 규정하였다. 방정환의 '애제자'인 윤석중尹石重은 방정환의 센티멘탈은 벗어났으나, "민

---

1 송완순, 「아동문학의 천사주의－과거의 사적 일면에 관한 비망초」, 『아동문화』 제1집, 동지사아동원, 1948년 11월호, 25쪽.

족적 사회현실을 통히 무시하고, 덮어놓고 어린이는 즐거운 인생이며, 또 즐거워하지 않으면 안 될 인물"(30쪽)이라고 본 '낙천주의'였으며, 이는 천사주의보다 더 나쁜 것이었다고 비판하였다. 윤석중 외에도 노양근盧良根, 양미림楊美林, 최병화崔秉和, 임원호任元鎬, 윤복진尹福鎭, 강소천姜小泉, 박영종朴泳鍾 등에게도 동일하게 적용된다고 하였다.

계급주의 아동문학이 활발하던 1930년대 초반 계급주의 아동문학가들은 어떤 생각을 갖고 있었을까?

> 결국 우리들 푸로레타리아트의 승리를 위하야 '아지·푸로'의 역할을 연演하면 그만이다. 물론 예술성도 겸비하면 더욱 효과가 잇겟지만 다소 예술성을 결하엿다 하드라도 소년의 교화적 사명을 향하고 내용주의적으로 발달하면 그만이다. 우리들은 예술성을 중요 안목으로 하고 내용을 가벼히 취급해서는 안 된다. 째에 의해서는 문학적 기술을 부정하고라도 그 내용에 계급의식 주입하기를 주저해서는 안 된다. 제일에 내용문제며 제이에 예술성(문학적 기술) 문제라고 본다. 쌀아서 예술성이 다소 결缺하엿다 하드라도 내용이 우리 대중의 벗이 될 만한 것이라면 완전한 것으로서 우리들은 그것을 적극적으로 지지하여야 할 것이다.[2]

모두가 같은 생각은 아니었다 할지라도 계급주의 아동문학론자들의 생각이 대체로 이러했던 것은 분명하다. 그래서 그들은 "계급적 아동문학의 봉화를 놉히 들고 방方 씨 일파가 고심 조성해 노흔 천사의 화원을 거치른 발길로 무자비하게"[3] 짓밟았다.

----

2 안덕근, 「푸로레타리아 소년문학론(8)」, 『조선일보』, 1930.11.4.
3 송완순, 「조선 아동문학 시론—특히 아동의 단순성 문제를 중심으로」, 『신세대』 제1권 제2호, 1946년 5월호, 84쪽.

그러나 분마奔馬와 갓튼 젊은이들의 기승氣勝을 스스로도 몰르는 동
안에 중대한 오류를 범하게 하였스니, 그것은 즉 <u>천사적 아동을 인간적</u>
<u>아동으로 환원</u>시킨 데까지는 조왓스나 거기서 다시 일보一步를 내디디
어 청년적 아동을 맨들어 버린 것이다. 그리하야 방方 씨 등의 아동이
실체 일흔 유령이엇다면 <u>30년대의 계급적 아동은 수염 난 총각이엇다</u>
고 할 수 잇는 구실을 남겨 노앗다.[4] (밑줄 필자)

방정환의 '천사주의'와 윤석중의 '신천사주의'를 비판하면서, 그 자
신 계급주의자의 선봉에 섰던 송완순은 계급주의 아동을 '수염 난 총
각'에다 비유하였다. '천사적 아동을 인간적 아동으로 환원'시킨 것이
빛바랜 공이 되고 만 오류를 정확히 지적한 것이다.
　일제강점기 계급주의 문학의 중심 조직은 〈조선프롤레타리아예술동
맹KAPF〉이다. 〈카프〉엔 공식적으로 아동문학부가 없었으나 계급주의
아동문학은 〈카프〉의 지도하에 있었다.

2. 마르크스주의 문학론

　마르크스주의 문학이론의 근본 개념은 '형상적 사유'로 집약된다.
'형상形象'은 문학의 특수성으로서 언어적 측면을 말한 것이지만, '사
유思惟'는 무엇인가. '현실의 계급적 인식'이란 뜻이다. 여기서 '형상'보
다 '사유'가 우위에 서게 되고, 그 결과 사회적 정론성政論性을 띠게 된
다. 1920년대 회월懷月과 팔봉八峰의 '내용–형식 논쟁'에서 보았듯이

---

[4] 위의 글.

'소설이란 한 개의 건축'이라고 한 팔봉의 타당한 입론이 결국 '자설철회自說撤回'로 이어진 것은 '사유' 우위의 입장이 당대의 대세적 견해였음을 입증하고 있는 것이다.

마르크스주의 문학관은 문학을 사회 역사와의 총체적 관계로 이해한다. 마르크스는 상부구조가 하부구조에 의해 조건 지워진다고 하였다. 이를 하부구조가 예술과 같은 상부구조를 결정한다고 해석하는 기계적 결정론은 오해다. 마르크스는 그리스 비극을 예로 들어 문학적 발전의 한 정점이라고 하면서, '물질적 생산의 발전과 예술적 발전 사이에 불균등한 관계(불일치)'가 존재한다고 했다. 이는 문학의 자율성 또는 반半자율성을 어느 정도 인정한 것으로 해석해야 할 것이다.

귀족이자 왕당파였던 발자크Balzac, Honoré de가 19세기 프랑스 귀족 계급의 몰락과 근대 시민사회가 도래할 수밖에 없는 필연성을 성공적으로 묘사한 것을 두고 엥겔스Engels, Friedrich는 '리얼리즘의 위대한 승리'라고 했다. 이 말은 논란이 되었는데, 리얼리즘이 세계관이 아니라 창작방법이며 잘못된 세계관을 가진 작가도 훌륭한 리얼리즘 작가가 될 수 있다고 받아들여졌기 때문이다. 그러나 이 말은 사회주의적 내용을 전달하는 데만 급급하여 예술 형식의 중요성을 간과한 당대의 작가들에게 경각심을 환기한 것이라고 해석하는 것이 옳을 것이다. 이것이 1930년대 소비에트 문학이론의 쟁점 가운데 하나인 '세계관과 창작방법' 문제였다. 식민지 조선에서도 백철白鐵, 추백萩白(=안막), 임화林和, 김남천金南天, 이기영李箕永, 권환權煥, 김두용金斗鎔, H생, 오메가 등 여러 사람이 이 문제를 둘러싸고 논쟁을 이어간 바 있다.

루카치Lukács, György는 리얼리즘을 '객관적 현실의 미적(예술적) 반영'으로 규정한다. 보편성과 특수성, 추상성과 구체성, 집단성과 개별성을 변증법적·총체적으로 결합한 것을 객관적 현실이라 하였다. 자본주의는 이들 양자 사이의 관계를 파편화하고 소외시켰다. 졸라Zola, Émile의 자연주의가 카메라의 눈처럼 현실의 세부묘사에 성공하였지만, 역사적 운동법칙을 읽어내지 못했다는 점에서 역시 루카치의 비판을 피하지 못했고, 모더니즘 또한 객관적 현실을 간과하고 '병적인 내면세계'에 침잠했다는 이유로 비판되었다.

마르크스주의 문학론의 요점은, 문학은 문학이 생산된 사회와 불가분의 관계를 맺고 있다는 것이다. 이를 두고 문학은 곧 정치적 도구라고 하는 기계적 결정론류의 이른바 속류 마르크스주의Vulgärmarxismus로 경사하는 것은 경계해야 할 것이다. 1905년 레닌Lenin, Vladimir Ilich Ul·ya·nov이 '문학은 프롤레타리아 공동 대의의 일부분으로, 단일한 사회민주주의적 기제의 톱니바퀴와 나사가 되어야 한다.'(「당 조직과 당 문학」)고 한 언명 또한 '당은 무오류'라는 성립불가능한 전제로 인해 재생산되지 못했던 것을 기억할 필요가 있다. 골드만Goldman, Lucien의 '구조적 상동성structural homology' 개념도 문학텍스트와 같은 '작은 구조'와 사회집단의 세계관과 같은 '더 큰 구조'를 기계적으로 연결시킨다는 점에서 상부·하부구조 결정론과 같다는 비판을 받기도 하였다.

마르크스주의 문학론의 차별성은 총체성totality 개념에 있다. 문학의 독립성은 고립된 체계를 인정하는 개념이 아니다. 문학은 세계와의 총체적 연관 속에서 이해해야 한다. '총체적 연관'은 문학과 세계 사이의 무게중심을 잘 유지할 것을 요구한다.[5]

----

5 레이몬드 윌리엄즈(이일환 역)의 『이념과 문학』(문학과지성사, 1982), 루시앙 골드만(조경숙 역)의 『소설사회학을 위하여』(청하, 1982), 루카치 외(홍승용 역)의 『문제는 리얼리즘이다』(실천문학사, 1986), 루카치 외(황석천 역)의 『현대 리얼리즘론』(열음사, 1986), 최유찬의 『리얼리즘 이론과 실제비평』(두리, 1992), 오민석의 『현대문학이론의 길잡이』(시

3. 계급주의 아동문학의 실제

일제강점기 계급주의 아동문학은 〈카프〉에 소속된 조직은 아닌데도 그 지도하에 있었다. 아마도 공적 조직이 직접적인 검열 대상인 상황을 피하고자 한 고육책의 일환이었던 것으로 보인다. 〈카프〉 문학은 독자 대중을 '아지·프로'(agi-pro, 선동을 목적으로 한 선전)하려는 목적이 있었다. 〈카프〉라는 조직이 펴낸 책자로 조선프롤레타리아예술동맹 문학부 편의 『카프시인집』(집단사, 1931.11.27)과 『캅프작가칠인집』(집단사, 1932.3.20)을 들 수 있다. 『카프시인집』은 편집 겸 발행인이 『신소년』을 발행하던 신명균申明均이고, 인쇄인은 이병화李炳華, 인쇄소는 신소년사인쇄부이며 신소년사와 같은 출판사인 중앙인서관中央印書館이 발매소로 되어 있다. 『농민소설집』(별나라사, 1933.10.28)은 편집 겸 발행인을 안준식安俊植으로 하고 있지만 이기영李箕永, 권환權煥, 송영宋影 등 〈카프〉 맹원들의 작품집이다. 이 시기의 대표적인 계급주의 아동문학 매체는 『신소년』과 『별나라』였는데 이들 매체와 〈카프〉의 연결고리를 엿볼 수 있다.

앞서거니 뒤서거니 하면서 계급주의 아동문학 쪽에서도 동요집 『불별』과 소년소설집 『소년소설육인집』을 발간하였다.

『불별』의 판권지를 보면 발행인과 인쇄인, 그리고 인쇄소와 발매소가 『카프시인집』과 같다는 것을 알 수 있다. 신명균의 주소지인 '경성부 수표정 42번지'는 〈조선교육협회〉 회관 건물 소재지로 〈조선교육협회〉, 신소년사, 〈조선어학회〉가 모두 이 건물에 들어 있었다. 출판사 중앙인서관中央印書館과 신소년사를 설립한 사람은 경상남도 함안咸安

인동네, 2017) 참조.

『불별』 겉표지   『불별』 판권지

출신의 백헌 이중건白軒 李重乾(1890~1937)인데 〈조선교육협회〉에도 관
여하였다. 이중건은 중앙인서관의 실제 경영을 신명균에게 맡겼다. 신
명균의 주소지와 신소년사의 주소지가 같은 연유가 여기에 있다.

처음 민족주의적 성향을 띤 잡지로 출발한 『신소년』은 1920년 말경
부터 『별나라』와 더불어 계급주의 아동문학의 선봉에 선다. 이런 연줄
로 『카프시인집』뿐만 아니라 『(푸로레타리아동요집)불별』을 간행한 것으
로 보인다.

목차에서 보다시피 김병호金炳昊, 양창준梁昌俊, 이석봉李錫鳳, 이주
홍李周洪, 박세영朴世永, 손재봉孫在奉, 신말찬申末贊, 엄흥섭嚴興燮 등
8명의 시 43편을 싣고 있다. 탄彈 김병호(1906~1961)는 경남 진주晉州
출신으로 경남공립사범학교(현 진주교육대학교)를 졸업하고 경남 일대에

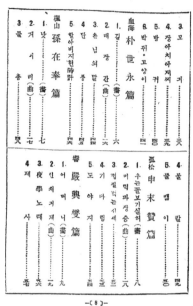

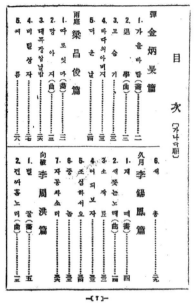

『불별』 목차

서 보통학교 교편을 잡았다. 우정雨庭 양창준(1907~1975)은 경남 함안咸安 출신으로 〈카프〉의 중앙위원을 지냈다. 구월久月 이석봉(1904~?)은 경남 마산馬山 출신으로 통영統營에서 주로 거주하였고, 진주에서 발간한 『신시단新詩壇』(1928년 8월 창간) 등을 통해 활동하였다. 향파向破 이주홍(1906~1987)은 경남 합천陜川 출신으로 『신소년』 편집을 맡았다. 풍산楓山 손재봉(1907~1973)은 경남 합천 출신으로 경남공립사범학교를 졸업하고 잠시 교편을 잡았다. 고송孤松 신말찬(1907~?)은 잘 알려졌다시피 경남 언양彦陽 출신으로 대구사범학교를 졸업하였다. 향響 엄흥섭(1906~?)은 충남 논산論山 출신이지만, 1926년 경남공립사범학교를 졸업하였다. 혈해血海 박세영(1902~1989)은 경기도 고양高陽 출신으로 배재고등보통학교를 졸업하여 경남 지역과는 아무런 연고가

140

없었다.

『불별』의 발간 예고를 보면 당초 책의 제목이 '신흥동요칠인집'이었다.[6] 여기에는 박세영이 빠져 있었으나 『불별』에는 포함되어 있다. 『불별』에 참여한 작가들의 연고를 짐작하게 해 주는 것으로 「여름방학 지상 좌담회」(『신소년』, 1930년 8월호)를 들 수 있다. 좌담회에 참석한 이를 보면, 엄흥섭, 손풍산, 김병호, 신고송, 이구월, 늘샘, 양창준, 이주홍 등 8명이다. 늘샘 탁상수卓相銖는 경남 통영 출신의 시조시인으로 알려져 있지만 『신소년』에다 다수의 동시(소년시)를 발표하기도 하였다. 늘샘을 제하면 모두 『불별』에 이름을 올린 이들이다. 그리고 그들의 공통점은 지역적으로는 진주의 경남공립사범학교 또는 경남 지역이고 문학적 경향으로는 계급주의였다.

> 이 책을 만드러 낸 것은 아모 다른 뜻은 업다. 이 책을 파러서 돈을 버을랴는 것은 아니다. 이것은 너의들에게 읽히랴는 것이다. 다 가치 가난과 설음 속에서 사는 정다운 우리 가난한 동무들에게 읽히자는 것이다. (중략)
> 우리가 우리끼리가 아니면 어느 놈이 우리를 이롭게 하겟나. 우리 가난한 사람들을 이롭게 하는 이는 오즉 우리 가난한 동무들박게는 업는 것이다.[7] (밑줄 필자)

책을 출간하는 이유는 가난과 설움 속에 살고 있는 가난한 동무들에게 읽히자는 것이다. 그리고 그 이유는 가난한 사람들을 이롭게 할 사람은 가난한 동무들밖에 없기 때문이다. 그래서 '밤낮 아름답고 사치한

---

6 「신흥동요칠인집 근간」, 『신소년』 제8권 제8호, 1930년 8월호.
7 이 책을 꾸며 낸 여들 사람, 「동생들아! 누이들아」, 『불별』, 중앙인서관, 1931, 5쪽.

것만 조와하는 부자들의 자식들이 안 사 보면 엇대?'(5쪽)라며 가난한
동무들과 부자들의 자식들을 계급적으로 구분하고 은근히 적대감을
부추기고 있다. 수록된 동요를 보면 더 잘 드러난다.

가을바람
김병호(金炳昊)

(전략)
퉁뎅탕 바람불면
　　　영감아들놈
코훌록 코훌록
　　　감긔가들어
소작료 만히바다
　　　새쌀밥못먹고
코에서 피터지고
　　　물똥만싸게.

벌꿀
이향파(李向破)

벌들아 동무야 이러나라
꿀고방에 범놈이 또드러왓다
　놀고서 먹는놈 미운놈이다
침주자! 침주자! 침주자!
　　　(하략)

142

낫

손풍산(孫楓山)

논두렁에
  혼자안저
    꼴을베다가
개고리를
  한마리
    찔너보고는
미운놈의 목아지를
      생각하얏다.
    (하략)

우는꼴 보기 실허

신고송(申孤松)

미운놈 아들놈이
      조흔옷입고
지개진 나를보고
      욕하고가네
    (중략)
엣다그놈 가다가
      소똥을밟아
밋그러저 개똥에
      코나다쳐라

가난한 소작인들한테 소작료를 많이 받아 새 쌀밥을 먹는 지주 영감이 감기가 들어 밥도 못 먹고 코에서 피 터지고 물똥만 싸라고 저주한다. 벌들이 단합해 놀고먹는 범에게 침을 주자는 것도 가진 자들에 대한 계급적 적대감에 다름 아니다. 꼴을 베다가 미운 놈의 모가지를 생각하였다는 데 이르면 단순한 반감이 아니라 섬뜩한 느낌마저 든다. 「우는 꼴 보기 실허」 역시 부르주아와 프롤레타리아를 계급적으로 대립시키기는 마찬가지다.

지주(마름)와 소작인, 노동으로 꿀을 모은 벌과 놀고먹는 범, 미운 놈과 꼴 베는 나, 좋은 옷 입은 아이와 지게 진 나와 같이 가진 자와 갖지 못한 자를 대비시키는 '계급적 현실 인식' 곧 '사유'는 뚜렷하다. 그러나 7·5조의 형식률에 맞추려는 노력은 보이나, 사물이나 현상을 비유와 새로운 표현으로 '형상화'한 예를 찾기는 어렵다.

절구질
박고경(朴古京)

쿵당쿵당 절구질
햇님보고 주먹질

－『중외일보』, 1930.3.18.

절구질은 곡식을 찧거나 빻는 일이어서 절굿공이에 눈을 맞추는 것이 자연스럽다. 1연은 '절구질'의 관습적 시각을 보여준다. 그런데 2연에서는 이 '관습적 시각'을 전복시켰다. 절굿공이는 찧거나 빻는 기능을 높이기 위해 절구에 들어가는 부분만큼 손잡이 윗부분이 길쭉하다. '절구질'을 할 때 그 윗부분은 하늘(해님)을 보고 올라갔다 내려왔다 하게 마련이다. 시인은 전복적 사고顚覆的思考로 절굿공이의 윗부분에 주목하였다. 하루하루 절구질을 해 호구糊口를 이어가는 팍팍한 삶에 대한 원망과 저항심을 '주먹질'로 표현한 것이다.

　문학의 회통會通을 이야기할 때 우리가 지향하는 바는, 리얼리즘적 시각과 형식주의적 표현의 조화다. 「절구질」은 그 좋은 예가 될 것이다. 지은이 박고경은 이 작품이 발표되기 한 해 전 19세의 나이로 〈진남포청년동맹鎭南浦靑年同盟〉에서 활동했고 조봉암曺奉岩의 조선공산당 재건운동에도 동참해 옥고를 치르기도 하였다. 그의 활동으로 미루어 보면 누구보다 계급적 현실인식이 분명했다. 그러나 박고경의 전 작품을 두루 살펴보아도 적대적 분노를 노골적으로 표현한 작품은 없다.

『소년소설육인집』 걸표지

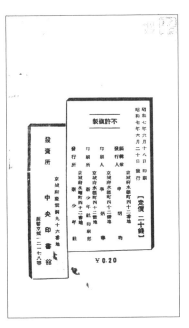

『소년소설육인집』 판권지

(현담문고 제공)

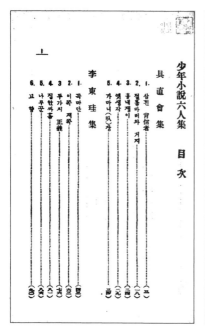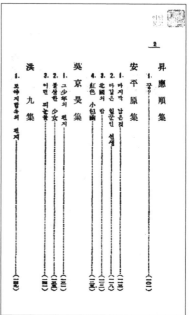

『소년소설육인집』 목차

　　『소년소설육인집』은 구직회具直會, 이동규李東珪, 승응순昇應順, 안
평원安平原, 오경호吳慶鎬, 홍구洪九 등 6인의 소년소설 20편을 담고
있다. 작가들은 모두 계급주의 아동문학 창작에 매진하던 이들이다.
홍구를 빼면 모두 〈조선소년문예협회〉 회원이고, 『신소년』과 『별나
라』에 집필진으로 참여하고 있다는 공통점이 있다. 「이 적은 책을 조
선의 수백만 근로소년 대중에게 보내면서」란 서문은 '여러 작가를 대
신하야 이동규'가 썼다. 『소년소설육인집』이 발간될 당시 신소년사의
기자로 재직하고 있었기 때문이다. 정청산鄭青山이 "『별나라』, 『신소
년』을 통하야 다 읽고 드른 것"[8]이라고 한 것처럼 모두 두 잡지에 발표
되었던 작품들이다.

내용은 무산 소년이 가족의 생계를 떠맡은 상황, 무산 소년이 겪고 있는 차별적인 사회현실, 민족적·계급적 모순이 중첩된 부조리한 현실을 극복하기 위한 투쟁 등이다.

동시대의 작가나 평자들은 이들 작품을 어떻게 평가했을까?

① 우리들이 1932년도에 잇서 크다란 수확이라 할 동지 구직회具直會의 「가마니장」을 읽을 째 작자의 실천생활이 작품상에 얼마나 생생하게 반영되는가를 — 거짓 업는 실천경험에서 짜낸 박진력이 얼마나 굿세던가를.[9]

② 그러한 의미에 잇서서 우리들 사이에 호평을 바든 구직회의 「가마以장」 김우철의 「방학날」 안평원의 「물대기」 등등 작품은 푸로아동문학 작품이 아니라 농민아동문학 작품이엿든 것을 기억한다.

그 밧게도 이동규의 「고향」, 홍구의 「콩나물죽과 이밥」, 김우철의 「등피알 사건」과 「아편쟁이」 안평원의 「첫녀름」과 「머리를 어루만저도」 —— 등등 작품은 농민아동문학이라 불으는 것이 정확하겟다.

이상의 농민아동문학 작품을 제외하고 엄밀한 의미로 푸로아동문학 작품의 '렛델'이 부틀 만한 작품의 우수한 것은 —— 홍구의 「도야지밥 속의 편지」, 정청산의 「이동음악대」, 김우철의 「동정메―달」, 성경린의 「악몽」, 이동규의 「반班」, 윤성주尹晟宙의 「벤또」 —— 등등에 불과하얏다. 물론 그 뒤에도 조흔 작품이 만히 나왓지만 —— 일일히 열거하지 못한다.[10]

---

8 정철, 「소년소설육인집을 보고」, 『별나라』 제60호, 1932년 7월호, 47쪽.
정철鄭哲은 정청산鄭靑山의 필명이다. 현재 두 잡지의 산일로 수록 여부가 확인되지 않은 작품은 「절룸바리와 거지」, 「마지막 남은 것」, 「다 같은 일꾼인 선생」 등 세 편이다.
9 한철염, 「최근 프로 소년소설평―그의 창작방법에 대하야」, 『신소년』, 1932년 10월호, 29쪽.

③ 일지기 구직회 씨의 「가마장」 같은 우수작품도 문단에서 아모런 평가를 내리지 안는 것도 그 예의 하나일 것이다.[11]

①은 구직회의 「가마니叺장」에 대해 경성의 『별나라』 중앙지사장으로 있던 한철염韓哲焰이 내린 평가다. 실천 생활을 생생하게 반영한 점을 높이 샀다. ②는 신의주新義州에서 안용만安龍灣, 이원우李園友 등과 함께 〈프롤레타리아아동문학연구회〉를 조직하여 활동하던 김우철金友哲의 평가다. 〈카프〉 맹원이었던 만큼 계급적인 관점에서 아동문학 문제를 논한 평론을 다수 발표하였다. 구직회의 「가마니叺장」, 이동규의 「고향」, 홍구의 「도야지밥 속의 편지」를 높이 평가하였다. ③은 1946년 2월 8일과 9일 양일간 개최된 〈조선문학가동맹〉의 '조선문학자대회'에서 박세영朴世永이 보고한 「조선 아동문학의 현상과 금후 방향」에서 한 말이다. 아동문학을 도외시한 문단 풍토를 탓하는 것이지만, 「가마니장」이 훌륭한 작품이라는 평가를 포함하고 있다.

문학은 사회와 시대 나아가 역사를 떠나 존재할 수 없다. 일제강점기의 아동(소년)이 처한 현실을 반영하고자 한 점에서 계급주의 아동문학은 동심주의 아동문학보다 더 역사적 정당성을 갖는다고 해도 좋을 것이다. 그러나 '형상화'에 대한 고민은 최소화한 채 지나치게 '현실'만을 강조할 경우 자칫 구호에 가까운 논설이 될 수 있다. 오늘날 리얼리즘 아동문학이 돌아보아야 할 과제다.

10　김우철, 「아동문학의 문제―특히 창작동화에 대하야(3)」, 『조선중앙일보』, 1934. 5. 17.
11　박세영, 「조선 아동문학의 현상과 금후 방향」, 조선문학가동맹중앙집행위원회서기국 편, 『건설기의 조선문학』, 1946. 6, 107쪽.

선교사와 아동문학

　서양인들의 조선 선교 역사는 지금으로부터 거의 140년 전으로 거슬러 올라간다. 1884년 미국 북장로교 의료선교사로 첫발을 디딘 알렌安連: Allen, Horace Newton, 1885년 북장로교의 언더우드元杜尤: Underwood, Horace Grant와 감리교의 아펜젤러亞扁薛羅: Appenzeller, Henry Gerhard가 제물포항濟物浦港을 통해 조선 땅을 밟은 때로부터 기산한 것이다.

　그러나 종교도 일종의 문화인지라 전파에는 저항이 있게 마련이다. 저항이 사라지거나 완화되려면 특별한 계기가 있어야 한다. 1907년 평양대부흥회는 기독교가 조선에 확산되는 데에 결정적인 역할을 하였다. 기독교의 초기 정착에 북선北鮮 지방이 더 먼저 호응한 것도 이와 무관하지 않다. 기독교 선교단체는 '전략적 요충지의 선교기지'로 7군데를 꼽았는데,[1] 경성, 부산, 대구를 제하면 나머지 4군데가 평양, 함경남도 원산元山, 평안북도 선천宣川, 황해도 재령載寧 등으로 모두 '북선'이다.

---

[1]　Harry Andrew Rhodes(최재건 역), 『미국 북장로교 한국선교회사』, 연세대학교출판부, 2009, 103～237쪽 참조.

평양은 북장로교회 본산지로서 선교사들이 대거 주둔하여 선교활동을 벌였고 교육기관으로 말해도, 소학교에 숭덕崇德학교와 숭현여학교崇賢女學校가 있었고 중학교에 숭실학교崇實學校를 비롯하여 숭의여학교崇義女學校와 숭인상업학교崇仁商業學校가 있었으며, 전문학교에 숭전崇專과 평양신학교平壤神學校와 남녀 성경학교가 있어서 한국 미션교육의 중심지를 이루고 있었다. 그뿐 아니라 문서선교 활동으로 말해도『유년신보』,『등대燈臺』,『아이동무』,『농민생활農民生活』을 다달이 발간했고, 한국인 개인지인『신앙생활信仰生活』이 발행되어 전국으로 퍼져나갔다. 그러므로 평양을 가리켜 한국의 예루살렘이라고 할 만큼 교회 세력이 강했던 것이 결코 우연한 일이 아님을 알 수 있다.[2]

선교사들은 포교와 더불어 병원과 학교를 세워 조선인들을 치료하고 가르쳤다. 경성京城의 경신학교儆新學校, 배재학당培材學堂, 이화학당梨花學堂, 평양平壤의 숭실학교崇實學校, 숭덕학교崇德學校, 숭의여학교崇義女學校와 진남포의 삼숭학교三崇學校, 원산의 영생학교永生學校, 선천宣川의 신성학교信聖學校, 재령載寧의 명신학교明新學校, 대구의 계성학교啓聖學校 등은 모두 선교사들이 세운 학교다.

이들 서양 선교사들은 한국 아동문학에 적지 않은 영향을 끼쳤다. 우선 그들이 학교를 세워 글을 깨칠 수 있게 해 준 아이들이 신문 학예면이나 아동문학 잡지의 독자가 되었다. 동시에 그들은 그 매체의 투고자 곧 작가이기도 했다. 문학과 예술의 사회적 관련성을 살핀 아르놀트 하우저Hauser, Arnold가 말했듯이 근대 이후 문학의 파트롱patron은 곧 독자다. 소수의 유한계급만이 향유할 수 있었던 문학이 대중화

2 윤춘병,『한국 기독교 신문 잡지 백년사: 1885-1945』, 대한기독교출판사, 1984, 183~184쪽.

되자 작가들은 특정 소수가 아니라 불특정 다수의 대중을 상대로 창작 활동을 이어가야 했다. 우리나라 아동문학 초창기에 문해력을 갖춘 독자층 형성이야말로 아동문학의 강력한 파트롱이었다고 할 것이고, 그 상당 부분을 선교사들이 세운 학교가 감당했다고 해도 지나친 말은 아닐 것이다.

그리고 선교사들은 포교의 일환으로 서적과 잡지를 발간하였는데, 그 가운데는 아동문학 잡지와 서적의 발간이 포함되어 있었다. 따라서 조선朝鮮에 아동문학의 씨를 뿌리는 것이 그들의 당초 목적은 아니었다 할지라도, 결과적으로 아동문학 발전에 일정한 기틀을 마련한 것은 분명한 사실이다. 잡지와 서적 순으로 살펴보자.

1. 『아이생활』과 선교사

선교사들의 영향이 큰 아동문학 잡지로 가장 먼저 떠오르는 매체는 단연 『아이생활』(창간 당시 제호는 『아희생활』)이다. 1926년 3월에 창간하여 1944년 1월호를 마지막으로 17년 7개월 동안 발간된 일제강점기 우리나라 최장수 아동문학 잡지이기 때문이다.

이 잡지는 1925년 10월 21일부터 28일까지 경성에서 개최된 제2회 조선주일학교대회에 참여했던 조선인 목사들의 발기로 창간되었다. 정인과鄭仁果, 한석원韓錫源, 장홍범張弘範, 강병주姜炳周, 김우석金禹錫, 석근옥石根玉 등이 창립 발기회를 연 주역들이었다. 여기에 선교사 허대전許大殿: Holdcroft, James Gordon, 곽안련郭安連: Clark, Charles Allen과 조선인 목사 이순기李舜基, 이석락李晳洛 등이 참여해 『아희생활』을 창간하게 되었다.[3]

잡지 발간은 필자 확보와 재정적 뒷받침이 골간이다. 『아이생활』 발기인들은 분담 활동하여 사우社友 모집을 통해 재정적 토대를 마련하였다. 사우社友들은 주금株金을 납입해야 했는데, 1926년 3월 말까지 233명의 사우들이 559주를 약정하였다.[4] 이후에도 사우 모집을 위해 지속적으로 노력했고, 나의수羅宜壽: Nash, William L., 안대선安大善: Andersen, Wallace Jay, 도마련都瑪連: Stokes, Marion Boyd, 원한경元漢慶: Underwood, Horace Horton 등 선교사들도 참여했다. 『아이생활』 발간은 조선인 목사들이 창립 발기한 것이 분명하지만, 그 계기는 선교사들의 노력으로 이루어진 주일학교대회가 거멀못 역할을 했다. 사우 모집에도 선교사들이 일정한 범위에서 참여를 하였다.

창간 후 1년이 지나자 부채가 쌓이고 재정 형편이 나빠지게 되어, 1927년 10월 〈조선주일학교연합회〉(이하 '연합회') 제6회 총회에서 『아이생활』을 〈연합회〉에 인계하기로 하였고, 이어서 1929년 10월 〈연합회〉 제8회 총회에서는 〈조선야소교서회〉 총무 반우거班禹巨: Bonwick, Gerald William와도 교섭하였다. 두 단체는 1936년 10월경까지 『아이생활』의 발간에 지원을 아끼지 않았다.

『아이생활』에 가장 많은 글을 남긴 선교사는 단연 반우거다. 〈조선야소교서회〉 총무이면서 『아이생활』 발간에 깊이 관여했던 까닭에 70회가 넘게 과학, 동화, 기독교 관련 글을 발표하였다. 다른 선교사의 경우 대개 한두 번 기념축사를 썼는데 그 범위는 전국을 망라하였다.

미국 북장로회 선교사로 「(본지 창간 만7주년 기념축사)진심으로 축

---

3 최봉칙崔鳳則, 「『아희생활』 10주년 연감」, 『아희생활』, 1936년 3월호, 부록 5쪽.
4 「아희생활 사우 방명」, 『아희생활』, 1926년 4월호, 48~50쪽.

하하오」(1933.3)를 쓴 경신학교장 군예빈君芮彬: Koons, Edwin Wade, 「지상동물원(전10회)」(1933.3~1934.1)을 집필한 미 남장로교의 김아각金雅各: Cumming, Daniel James, 영국의 어린이신문을 주문하여 기부한 캐나다 장로회의 마구례馬具禮 선교사 부인McRae, Edith Frances Sutherland, 호주 선교사로「(본지 창간 만7주년 기념축사)억천만년토록」(1933.3)을 쓴 동래 일신여학교장 미희郿喜: McPhee, Ida, 「(창간 10주년 기념 축사)'굴'과 같은 굳은 마음」(1936.3)을 쓴 대영성서공회大英聖書公會 총무 민휴閔休: Miller, Hugh, 「최초의 조선 부인 선교사」(1932.2)를 쓴 반우거의 부인Bonwick, C. Amy Jones, 이화유치원장으로「(본지 창간 6주년기념축사)영원한 발전을」(1932.3)과『동화세계 1, 2』(조선야소교서회, 1925, 1928),『어린이 낙원』(종교교육협의회, 1928; 이화보육학교, 1934),『유희 창가집』(이화유치원, 1930) 등을 쓴 미국 감리회의 부래운富來雲: Brownlee, Charlotte Georgia, 「(절제란)나는 알골의 왕이다」(1934.5)를 쓴 미국 감리회의 부우락扶宇樂: Block, Berneta, 미 감리회 선교사로「(아가차지)백년을 살랴면－색조이 그림이아기책」(1932.10~12; 1933.1) 등 '아가차지'란에 자주 글을 쓴 평양 숭덕崇德학교장 사월史越: Sauer, Charles August, 「(동화)방향을 아지 못하는 작은 톡기」(1933.1)를 쓴 미 북장로회 선교사 소안론蘇安論: Swallen, William L.과 그의 딸로「(동화)서리 선녀들의 왕 은관銀冠」(1933.9) 등을 쓴 평양 숭의崇義여학교장 소안엽蘇安燁: Swallen, Olivette R., 「(본지 창간 만7주년 기념축사)일곱살 아이처럼 귀염성있게」(1933.3) 등 여러 편의 축사를 남긴 미 감리회 선교사이자 이전梨專 교장 아편설라亞扁薛羅: Appenzeller, Alice Rebecca, 「(창간 10주년 기념축사)꾸준한 사랑」(1936.3)을 쓴 배재培材고보 교장 아편설라亞扁薛羅: Appenzeller, Henry Dodge, 「(본지 창간 만7주년 기념축사)찬란한 광채가 되소서」(1933.3)를 쓴 미 남감리회 선교사이자 개성開城 호수돈好壽敦여고보 교장 예길수〔芮吉秀 혹은 만길수萬吉秀〕(Lillian E. Nichols), 「(각계 선진으로부터 의미 깊은 축하 말씀)남의 말 안 듣다가 범 보고 사흘 앓았소」(1936.3)를 쓴 스웨덴 구세군 참령 옥거흠玉居欽: Akerholm, Natilda (Bonkvist)) 여사, 미 남감리회 여선교사로「크리쓰마쓰 전날밤」(1932.12)

을 쓴 호수돈여고보 교장 왕래王來: Wagner, Ellasue Canter), 미 장로회 선교사로 「(창간 10주년 기념 축사)이런 골란 저런 고생」(1936.3)을 쓴 연희전문 교장 원한경, 미 북장로회의 선교사로 「(9주년기념 축사)진리의 샘, 생명의 샘」(1935.3) 등을 쓰고 『아이동무』의 발행인이자 평양 숭실학교崇實學校 교장이었던 윤산온, 미 장로회 선교사로 「(각계 선진 선생으로부터 의미 깊은 축하 말씀)많이 컸구나」(1936.3)를 쓴 전주全州 신흥新興학교장 인돈印敦: Linton, William Alderman, 미 감리회 선교사로 「(본지 창간 만7주년 기념축사)풍부한 내용을」(1933.3)을 쓴 이화여고보 교장 최치崔峙: Church, Marie, 캐나다 선교사로 「만왕의 왕을 찬송하자」(1929.3)를 쓴 『기독신보』 사장 하리영河鯉泳: Hardie, Robert A., 미 감리회 여선교사로 〈조선여자기독교절제회연합회〉 활동을 하고 관련 동화를 여러 편 쓴 허길래許吉來: Howard, Clara, 미 북장로회 선교사로 「(본지 창간 만7주년 기념 축사)창간 7주년을 축하하면서」(1933.3)를 쓴 대구 계성학교장 현거선玄居善: Henderson, Harold H. 등이 있다. 이 외에도 미국 북장로회의 곽안련과 나부열, 미 감리회 선교사로 〈연합회〉의 총무를 맡아 『아이생활』 발간에 공헌한 예시약한禮是約翰: Lacy, John Veer 등이 『아이생활』 지면에서 볼 수 있는 선교사들의 면면이다.[5]

신고송申孤松은 『아이생활』을 두고 "기독교에 톡톡히 물들린 잡지"[6]라 하였고, 과목동인果木洞人(=연성흠)은 "야소교耶蘇敎 냄새?가 나는 것 같다."[7]고 하였으며, 궁정동인宮井洞人(=홍은성)은 "야소교 아동 기관지인 만큼 넘우나 종교취宗敎臭가 나서 못 쓰겟다."[8]고 하였다. 적아赤兒는 "『아희생활』은 우리 쯧에 어글어진 잡지"[9]라고 아예 도외시하기

---

5 류덕제, 「한국 근대 아동문학과 『아이생활』」, 『근대서지』 제24호, 2021, 589~591쪽.
6 신고송申孤松, 「9월호 소년잡지 독후감(5)」, 『조선일보』, 1927.10.6.
7 과목동인, 「10월의 소년잡지(4)」, 『조선일보』, 1927.11.6.
8 궁정동인, 「11월 소년잡지(3)」, 『조선일보』, 1927.11.29.

까지 하였다. 이들은 모두 계급적 관점에서 아동문학에 참여하고 있던 작가나 논자들이어서 기독교 포교적 성격을 지닌『아이생활』에 대한 반감이 적지 않았던 모습을 엿볼 수 있다. 이 시기쯤 반기독교운동이 일어났는데 공산주의자 박헌영朴憲永은 선교사들의 포교를 두고 "영토 확장의 제국주의의 수족이 되고 자본주의적 국가옹호의 무기"라면서, 조선의 경우 "남조선보다는 북선北鮮에 기독교 세력이 근거가 깁흔 현상"[10]이라 한 바 있다. 신고송, 연성흠, 홍은성, 적아와 같은 계급적 아동문학가들도 이러한 생각을 공유하고 있었던 것이다.

일제강점기 최장수 아동문학 잡지『아이생활』은 그간 연구가 일천했는데 잡지의 전모를 확인하지 못한 까닭이었다. 현담문고(전 아단문고) 소장본과 이재철 소장본(경희대학교 한국아동문학센터)은 전부 개방되었다. 연세대 학술문화처 도서관 소장본과 서강대 도서관의 1936년 치 등이 개방되면 거의 전모를 확인할 수 있을 것이다.(1936년 분은 최근 이화여대도서관에서 전문 PDF로 제공하고 있다.)

2. 『아이동무』의 창간과 윤산온

1933년 6월 3일 자로 평양平壤에서『아이동무』가 창간되었다. 편집 겸 발행인 윤산온尹山溫: McCune, George Shannon이 평안남도 평양부平壤府 신양리新陽里 39번지(아이동무사 주소)에서 발간하였다.

----

9 적아赤兒,「11월호 소년잡지 총평(3)」,『중외일보』, 1927.12.5.
10 박헌영,「(반기독교운동에 관하야)역사상으로 본 기독교의 내면」,『개벽』제63호, 1925년 11월호, 67쪽과 70쪽.

윤산온은 1905년 9월 미국 북장로교 교육선교사로 조선에 들어왔고, 105인 사건[11]에 연루되어 고초를 겪었다. 1928년 5월 재차 입국하여 숭실전문학교와 숭실학교의 교장에 취임하였다. 1935년 11월 14일 평안남도 중등학교장 회의에서 도지사 야스타케 다다오安武直夫가 평양신사 참배를 제안하였다. 이후 교장뿐만 아니라 학생들도 신사참배를 하도록 서면 답변을 요구하고 거부할 경우 교장직 파면뿐만 아니라 학교 폐교도 불사하겠다고 위협하였다. 윤산온은 북장로회 선교부 실행위원장이었던 허대전에게 도움을 요청하였다. 허대전은 도지사에게 서면 답변을 연기해 줄 것을 요청하고, 경성에 올라와 북장로회 조선선교부 실행위원회 명의로 조선 총독 우가키 가즈시게宇垣一成에게 진정서를 제출하였다. 허대전, 노해리魯解理: Rhodes, Harry Andrew, 소열도蘇悅道: Soltau, Theodore Stanley 등과 함께 백방으로 노력했으나 야스타케와 총독부의 압력은 가중되었다. 최종적으로 윤산온은 1936년 1월 18일 자로 "나는 내 자신이 개인으로서 신사에 참배할 수 없기 때문에 나의 학생들에게도 그것을 하도록 할 수 없"[12]다고 서면 답변을 하였다. 그 결과 당일로 숭실학교 교장직과 이틀 뒤 20일 자로 숭실전문학교 교장직까지 인가를 취소당하였다.[13] 3월 21일 귀국길에 하와이에 들러 조선인들의 환영을 받고 일제의 신사참배 강요를 비판하였다. 본토에 귀국해서도 비판 강연과 기고를 계속하였다.[14]

---

11 1911년 조선총독부 데라우치 마사타케寺内正毅 총독 암살 모의사건을 조작하여 최종 105명의 애국지사를 투옥한 사건을 가리킨다.

12 김승태, 『한말 일제강점기 선교사 연구』, 한국기독교역사연구소, 2006, 341쪽.

13 「윤산온 박사의 교장 인가를 취소」, 『신한민보』, 1936.2.20. ; 「데2차 교회 핍박-윤산온 박사의 거룩한 모범」, 『신한민보』, 1936.2.20.

14 「윤산온 박사 동 부인 호놀눌루에 도착」, 『신한민보』, 1936.4.16. ; 「윤산온 박사의 한국 사정 션견」, 『신한민보』, 1937.3.11.

이상에서 보듯이, 1933년『아이동무』가 창간되어 폐간될 때까지 윤산온은 평양숭실전문학교 교장으로 재직하고 있었다. 이보다 앞서 윤산온은 1929년 6월호를 창간호로『농민생활農民生活』도 발간하고 있었다. 그러나 1936년 귀국하게 되자 모의리牟義理: Mowry, Eli M.가 이어서『농민생활』의 발행을 맡았다. 널리 알려진 강신명姜信明의『아동가요곡선삼백곡(집)〔兒童歌謠曲撰三百曲(集)〕』(1936년 초판, 1938년 재판, 1940년 증보 정정판)의 발행처도『농민생활』을 발행한 '농민생활사'이다.

『아이동무』가 언제 폐간되었는지는 정확히 알 수 없으나 현재 1936년 2월호까지 발행된 것은 확인할 수 있다. 1936년 3월 21일 귀국한 것 때문에『아이동무』가 폐간된 것으로 보인다. 현재 남아 있는『아이동무』는 연세대 학술문화처 도서관에 6권, 현담문고에 2권이 전하는데, 제3권 제3호(1935년 3월호)는 중복이라 7권을 확인할 수 있다. 개인 소장본이 발굴되어 전모를 볼 수 있으면 퍽 다행이겠다.

서울올림픽을 준비하면서 그간 사용하던 문교부 한글 로마자표기법(MOE)은 서구에서 많이 사용하는 매큔-라이샤워McCune-Reishauer(MR)식으로 변경되었다. 1939년 이 MR식 표기법을 만든 사람이 윤산온의 아들 매큔McCune, Goerge McAfee과 하버드대학의 라이샤워Reischauer, Edwin Oldfather 교수이다.

3.『가톨릭소년』과 독일 신부들

『가톨릭소년』은 1936년 3월호를 창간호로 발행하여 1938년 8월호를 마지막으로 폐간하였다. 편집인은 독일인 백화동白化東: Breher, Theodore(1889~1950)이고 발행인은 독일인 배광피裵光被: Appelmann,

Balduin, 주간은 덕원신학교德源神學校 신학생 출신인 황덕영黃德泳(1938년 1월호까지)이 맡았다.[15] 만주국滿洲國 간도성間島省 옌지시延吉市 천주당天主堂이 가톨릭소년사의 주소였다. 창간호부터 제9호(1936년 12월호)까지는 서울에 있는 기독교 출판사 창문사彰文社에서 인쇄를 하느라 용정龍井에서 편집을 하고 서울에서 인쇄를 하는 번거로운 과정을 거쳤다. 제10호부터는 연길延吉에 새로 연길천주교인쇄소를 마련해 폐간 때까지 이어졌다.

『가톨릭소년』 창간호 표지
(현담문고 제공)

  그간 『가톨릭소년』은 국내에 자료가 거의 남아 있지 않아 전모를 알 수 없었다. 성베네딕도회에서 한국 진출 100주년 기념을 맞이하여 독일 오틸리엔Ottilien Congregation of Missionary Benedictines 본원에 소장된 『가톨릭소년』의 원본을 빌려와 공개하게 되자 이제 제23호(1938년 3월호)와 제25호(1938년 5월호)를 제하고 전부를 확인할 수 있게 되었다. 『한국민족문화대백과사전』은 1934년 창간하여 1940년에 폐간하였다고 하였고, 이석현李錫鉉은 1936년 2월에 창간하여 1938년 9월호를 마지막으로 폐간되었다고 하였는데, 이 둘을 살펴본 후 최덕교는 1936년 창간, 1940년 폐간이 맞겠다고 결론 내렸다.[16] 백과사전도 이석현도 최

---

15 최기영, 「1930년대 『가톨릭소년』의 발간과 운영」, 『교회사연구』 제33호, 한국교회사연구소, 2009, 332쪽.

덕교까지 모두 틀렸다. 『가톨릭소년』은 1936년 4월호를 창간호로 하여 1938년 8월호(통권28호)를 마지막으로 폐간되었다.

> 이러한 일이 없기를 애哀를 썼고 진력盡力을 해 왔으나 그러나 대세大勢에는 부득이不得已 하는 수 없엇읍니다.
> 길게 말슴드리지 않겠읍니다. 길게 말슴드릴 힘과 용기가 없읍니다.
> 사랑하는 여러분, 이번 8월호八月號로써 본지本誌 『가톨릭소년少年』은 끝을 매잣습니다.
> 어떠한 이유理由로 폐간廢刊을 한다는 것도 말슴드리지 않겠읍니다.
> 말슴드리지 않아도 여러분께서는 잘 아시겠음으로.
> 오직 여러분께서는 잘 아시겠음으로.
> (중략)
> 강덕康德 5년 8월 19일
> 가톨릭소년사 사장　배광피裵光被[17]

필자 중 익숙한 이름들로는 간도間島에 살았던 윤극영尹克榮, 안수길安壽吉(=安祥), 윤동주尹東柱(=尹童舟) 등과 경성京城에서 발간된 여러 잡지와 신문에서 볼 수 있었던 김상덕金相德, 김영일金英一(=金玉粉), 송창일宋昌一, 박영하朴永夏(=朴晩鄕), 김우철金友哲, 이호성李湖星, 박경종朴京鍾, 강승한康承翰, 노양근盧良根, 고장환高長煥, 한정동韓晶東, 이구조李龜祚, 김태오金泰午, 최인화崔仁化, 최병화崔秉和, 목일신睦一

16　이석현, 「『가톨릭소년』과 『빛』의 두 잡지」, 『사상계』 제15권 제1호, 1967년 1월호, 199쪽. ; 최덕교, 「만주 용정서 나온 가톨릭소년」, 『한국 잡지 백년 2』, 현암사, 2004, 269쪽.

17　사장 배광피裵光被, 「본지 폐간사」, 『가톨릭소년』, 1938년 8월호. 강덕康德은 만주국의 연호로 '강덕 5년'은 1938년이다.

信, 강소천姜小泉, 박영종朴泳鍾, 권오순權五順 등이 있다. '송알송알
싸리잎에 은구슬'로 시작하는 권오순의 「구슬비」(『가톨릭소년』 제21호,
1938년 1-2월 합호)는 〈우리의 소원〉을 작곡했던 안병원(安丙元: 안석주安
碩柱의 아들)이 1948년 곡을 붙여 널리 애창되었다. 화가로 장발張勃,
구본웅具本雄, 이상李箱(=金海卿) 등이 번갈아 표지화를 그렸다. 이상
은 '해경'이란 이름으로 동요 「목장」(『가톨릭소년』 제2호, 1936년 5월호)을
발표하기도 하였다. 『가톨릭소년』에서만 볼 수 있는 새로운 이름으로
는 현지 학교의 학생들 다수와 평론과 동요 작품을 발표한 강영달康永
達(=牧羊兒), 천청송千靑松 등을 볼 수 있다.

선교 잡지답게 가톨릭 관련 그림, 행사, 논설이 다수 실렸고, 간도
지방뿐만 아니라 전국의 천주교회와 사제들이 다투어 후원성 광고를
실었다. 사장 배광피는 발두인, 압펠만 등의 이름으로 훈화, 동화, 과
학란을 종횡무진하면서 글을 발표하였다.

4. 선교사들이 발간한 아동문학 도서들

선교사들이 번역하거나 편집한 도서 가운데 아동문학과 관련된 것
으로는 다음과 같은 것을 들 수 있다.

배위량裵緯良: Baird, William Martyn(1862~1931)은 미국 북장로교 소속
선교사로 1891년에 내한하여 부산에서 선교 사업을 하다가 1895년 대
구, 1897년 평양 지구 선교회로 이전하여 선교활동을 하였다. 평양 지
구에서 선교활동을 하던 시기에 『이솝우언Aesop's Fables』(조선야소교서
회, 1921.5.15)을 번역하였다.

『천로역정The Pilgrim's Progress』은 여러 사람에 의해 여러 차례 번역

되었다. 기일奇一: Gale, James Scarth(1863~1937)은 『텬로력뎡』(삼문출판사, 1895년 초판; 대한장로교회, 1910년 재판; 조선야소교서회, 1919.8.18; 조선야소교서회, 1926.11.27)을 번역하여 거듭 발간하였다. 초판은 원산元山에서 선교활동을 하던 중 번역하여 이듬해 목판본으로 간행한 것이다. 이는 원작의 제1부에 해당한다. 제2부는 원두우元杜尤 부인Underwood, Lillias Horton(1851~1921)에 의해 이루어진다. 그녀는 1888년 조선에 들어와서 원두우元杜尤: Underwood, Horace Grant(1859~1916)와 결혼하였는데, 1920년에 『텬로력뎡(뎨이권, 긔독도부인려힝록)』(조선야소교서회, 1920. 8.10)을 번역하였다.

기일은 이원모李源謨와 더불어 『쇼영웅Little Lord Fauntleroy』(조선야소교서회, 1925.4.15)과 『그루쇼 표류긔Robinson Crusoe』를 번역하기도 하였다. 『쇼영웅』은 버넷Burnett, Frances Hodgson의 『소공자』란 제목으로 널리 알려진 작품이고, 『그루쇼 표류긔』는 디포Defoe, Daniel의 『로빈

『쇼영웅』의 겉표지와 속표지
(현담문고 제공)

슨 크루소』(또는 로빈슨표류기)로 널리 알려진 작품이다.

부래운富來雲: Brownlee, Charlotte George은 미국 켄터키주 출신의 미 감리회 해외 여선교회 소속 선교사로 내한한 우리나라 유치원 교육의 창시자이다. 1913년 신시내티 보육학교를 졸업한 해에 한국에 도착하여 이듬해인 1914년에 이화학당 내에 유치원을 설립하였고 이어서 아현교회 내에 아현유치원(1915년), 중앙교회 내에 중앙유치원(1916)을 설립하였다. 또한 이화학당 내에 유치원 사범과를 설치하여 유치원 교사 양성에 크게 기여하였다. 부래운이 번역한 아동문학 관련 도서로는『동화세계The Children's World of Stories』(부래운·정성룡鄭聖龍 공역: 제1집, 조선야소교서회, 1925.12.31; 제2집, 1928), 『어린이 락원』(종교교육협회회, 1928; 이화보육학교, 1934.5.23), 『유희 창가집』(이화유치원, 1930.11.25), 동화집『어린이 동산A Child's Story Garden』(1934.3.31) 등이 있다. 이 외에 아동교육에 관한 책으로 프뢰벨Fröbel, Friedrich Wilhelm August의 『Education of Man』을 노병선과 함께『인지교육人之教育』(조선야소교서회, 1923.7.20)이란 제목으로 공역하였고, 힐Hill, Patty Smith의『A Conduct Curriculum for the Kindergarten and First Grade』(1923)를『활동의 기초한 아동교육법』(이화보육학교, 1932.12.22)으로 번역하기도 하였다. 1940년 강제 송환되어 한국을 떠났다.

노돈魯敦: Norton, Arthur Holmes은 1907년 미 감리회 의료선교사로 내한하여 황해도 해주海州 지방에서 개척 선교 의사로 활동하였다. 1917년 세브란스의학전문학교 이사로 피택되었고, 1922년 세브란스의전의 안과학 교수로 활약하였다. 노돈의 부인Mrs. Norton, A. H.은 어린이들이 읽으면 좋을 이야기 14편을 모아『The Child's Wonder Book, Volume One』을 준비하였다. 「거짓말 됴하ㅎᄂ 오히」(거짓말 좋아하는 아이), 「졍직ᄒ 나무군」(정직한 나무꾼)과 같은 이솝우화, 「세 마리

곰」, 「세 마리 도야지 삭기」(세 마리 돼지 새끼)와 같은 영국 요정이야기 fairy tale, 「적고 노란 암닭」과 같은 미국 우화 등을 두루 모은 것이었다. 이것을 최두현崔斗顯이 번역한 것이 『유몽긔담牖蒙奇談』(조선야소교 서회, 1924.6.9)이다.

『유몽기담』의 겉표지, 영문 표지, 판권지
(현담문고 제공)

피득彼得: Pieters, Alexander Albert(1871~1958)은 러시아에서 유태인으로 출생하였으나 유태인 박해를 피해 일본 나가사키長崎로 갔다가 그곳에서 기독교로 개종하였다. 1895년 미국 성서공회가 파송한 권서勸書(각처로 돌아다니면서 전도하고 성경책을 파는 사람) 자격으로 한국에 들어왔다. 1898년 3년간 한국어를 배워 '시편詩篇'을 번역한 『시편촬요』를 발간했는데 이는 우리말로 번역한 최초의 구약성경이다. 1902년 미국에서 목사 안수를 받고 1904년 9월 미국 북장로교 선교사로 조선에 돌아와 1913년 황해도 재령載寧, 1921년 평안북도 선천宣川에서 선교 임

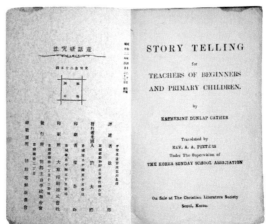

『동화연구법』의 겉표지와 판권지 (코베이 제공)

무를 수행하였다. 이 시기에 『동화연구법Story Telling for Teacher of Beginners and Primary Children』(조선주일학교연합회, 1927.4.23; 1934.8.8)을 번역하였다.

이 책은 '케이터 부인 져술, 피득 목사 번역'인데 케이터Cather, Katherine Dunlap는 아동문학 관련 도서를 여러 권 편찬하였다. 『동화구연으로 교육하기Educating By Story-Telling』(New York: World Publishing Company, 1918), 『Educating By Story-Telling: Showing The Value Of Story-Telling As An Educational Tool For The Use Of All Workers With Children』(London: George G. Harrap & Company, 1919), 『유명인의 소년시절 이야기Boyhood Stories Of Famous Men』(London: George G. Harrap & Company, 1924), 『초심자와 초등학교 교사를 위한 동화구연 Story Telling For Teachers Of Beginners And Primary Children』(New York: Caxton, 1921), 『유명인의 소녀시절 이야기Girlhood Stories Of Famous

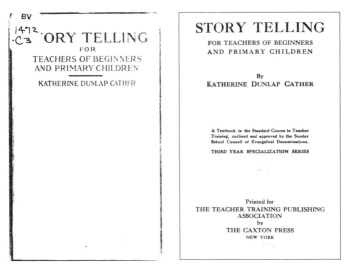

『Storytelling For Teachers of Beginners and Primary Children』(1921)의
겉표지와 속표지 (Library of Congress 제공)

Women』(New York: The Century Company, 1924) 등이 그것이다. 『동화연
구법』을 초판 발행할 때 〈조선주일학교연합회〉는 허대전許大殿이 맡
고 있어 그가 발행인이었고, 7년.뒤 재판이 발행될 때 발행인은 도마련
都瑪連이었다.

　시웰Sewell, Anna(1820~1878)의 소설 『Black Beauty』(1877.11.24)는 작
가 자신은 어른을 대상으로 쓴 소설이었지만 어린이 소설로 10대 베스
트셀러 중 하나가 되었다. 힐만欽萬: Hillman, Mary R.(1870~1928)은 이
책을 『흑준마』(조선야소교서회, 1927.11.5)란 제목으로 번역하였다. 힐만
은 1900년 미 감리회 선교사로 내한하여 제물포 선교부에서 15년 동안
여성 선교사업에 종사하였고, 1916년 원주原州 선교부로 전임하여 원
주, 강릉 지역 선교사업에 헌신하였으며, 1925년 서울로 옮겨 〈조선야
소교서회〉의 번역 업무를 도왔다. 이 시기에『흑준마』를 번역하였다.

『흑준마』 겉표지　　　『흑준마』 속표지　　　『흑준마』 판권지
　　　　　　　　　　(현담문고 제공)

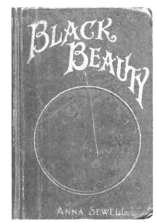

『Black Beauty』(1877)의 겉표지와 속표지
(University of Illinois at Urbana-Champaign 도서관 제공)

'탐손 강술講述 강병주 필기筆記'의 『신선동화법新撰童話法』(조선야소
교장로회총회종교교육부, 1934.5.16; 1939.5.25; 1954.10.16)이 있다. 탐손이

말한 것을 강병주가 받아써 펴낸 책이란 뜻이다. 탐손은 선교사로 보이는데 누군지 신원을 밝히지 못했다. 강병주姜炳周는 경상북도 영주榮州 출신의 목사로 백남白南, 옥파玉波, 구슬결 등의 필명으로『별나라』,『아이생활』등의 아동문학 잡지에 다수 투고하였고, 1938년 3월부터는『아이생활』의 편집인으로 활동하였다. 『아동가요곡선삼백곡(집)』을 편찬한 강신명姜信明의 아버지다.

『신선동화법』, 1939년판 겉표지   『신선동화법』, 1954년판 겉표지

구미歐美의 기독교 국가에서 비기독교 세계에 기독교를 전파하기 위해 파견한 사람을 선교사라 한다. 사회·문화적 전통이 다른 지역에서 활동을 해야 해 갈등을 빚기도 하고 건강이 악화되는 경우도 있었다. 선교사에 대한 평가도 극단적이다. 근대화의 원동력이 되었다는 긍정적인 평가에서부터 제국주의 침략의 앞잡이 구실을 하였다는 비판적 시각이 그것이다.

한국에 온 선교사들도 마찬가지다. 학교교육과 의료사업 등에서 지대한 공헌을 하기도 하였지만, 일제의 조선 통치에 지지를 표명하여 조선인들의 원성의 대상이 되기도 하였다. 일부 선교사들은 광산 채굴, 철도 건설, 벌목 등에 사업가적 수완을 발휘해 큰 이득을 챙기기도 하였다. 1925년 7월에 있었던 허시모許時模: Haysmer, C. A. 사건과 같은 일도 있었다. 허시모는 안식교 병원의 의료선교사로 내한하였는데, 12세 어린이 김명섭金明燮 군이 자신 소유의 과수원에서 사과를 따 먹었다는 이유로 두 뺨에다 염산으로 '됴덕'(도적)이란 글자를 새겨 지울 수 없는 상처를 남기는 만행을 저질렀다.[18] 반면 고종高宗의 친서를 받아 외교적 노력을 통해 한국을 지원하고자 했던 헐버트Hulbert, Homer Bezaleel나 1911년 백오인사건百五人事件과 신사참배 반대운동을 벌였던 선교사들이 있었던 것도 엄연한 사실이었다.

『아이생활』, 『아이동무』, 『가톨릭소년』 등의 잡지를 발간하고 다수의 책을 번역하여 식민지 조선의 어린이들을 깨우친 것 역시 선교사들이 보여 준 모습이다. 『아이동무』와 『가톨릭소년』은 일제의 압박에 선교사가 귀국해야 하는 사정 때문에 과감히 잡지를 폐간한 경우다. 그러나 『아이생활』은 초기와 달리 일제 말기에 이르면 선교의 임무는 수행했을지 모르지만 친일의 모습을 적나라하게 보여 줌으로써 식민지 피지배 국가와 그 국민들의 소망을 외면하거나 왜곡하였다.

---

18 「12세 조선 소년에게 비인도적 사형私刑을 감행」, 『조선일보』, 1926.6.28. ; 「소년의 면상에 '도적'이라 각자刻字」, 『동아일보』, 1926.6.30. ; 「(논설) 허시모 사형私刑사건에 취就하야─우리 소감의 일이─二」, 『매일신보』, 1926.7.8.

평양의 동요 문예지
『동요시인』

일제강점기 아동문학의 지형을 살피려고 신문을 전량 훑은 적이 있다. 검색엔진을 통해 1차로 확인했지만 그것만 믿을 수 없었기 때문이다. 연재된 글임에도 더러 검색엔진에서 찾아지지 않는 것을 보고 이래서는 안 되겠다 싶어 시도한 것이다. '전량을 훑는다'는 것은 실로 품이 많이 드는 일이 아닐 수 없다. 신문만 해도『조선일보』,『동아일보』,『시대일보』(중외일보, 중앙일보, 조선중앙일보)뿐만 아니라 조선총독부 기관지『매일신보』까지 살펴야 하니 말이다. 처음 이 일을 시작하고 대강 살펴보는 것을 마칠 때까지 거의 10여 년이 걸린 듯하다. 문제는 무지하게 시간을 잡아먹는 일이라는 것과 모든 신문 지면에 쉽게 접근할 수 없다는 것이다.

시간이 많이 걸린다는 것은 어려운 일이기는 하지만 연구자가 시간을 쪼개고 아껴서 스스로 하기 나름이니 각오를 다지고 매진하면 된다. 그런데 자료 접근의 문제는 소장처(소장자)의 협조가 없으면 원천적으로 불가능한 일이라 종종 커다란 벽에 부딪치는 느낌이 들 때가 많았다. 지금은 '네이버'에서『동아일보』와『조선일보』를 다 볼 수 있지만,

처음 일제강점기 아동문학 작가와 작품, 비평문을 찾기 위한 길에 나섰을 때에는 『조선일보』 자료가 제공되지 않았다. 마이크로필름으로 제작된 것이 있었는데 판독기까지 갖추려면 큰돈이 필요해 내가 재직하고 있는 대학에는 이를 갖추고 있지 못했다. 그래서 이웃의 종합대학으로 가서 외부인의 번거로운 도서관 자료 이용 절차를 거치고서야 겨우 마이크로필름을 볼 수 있었다. 어렵사리 자료를 찾아도 필름의 해상도가 좋지 않았을 뿐 아니라 장당 출력 비용도 만만찮았고, 무엇보다 검색 방법과 출력을 위한 제반 과정이 어려워 일의 진척이 매우 더뎠다.

〈한국언론진흥재단〉에서 고신문을 볼 수 있도록 구축한 'BigKinds'는 『중외일보』(중앙일보, 조선중앙일보)와 『매일신보』 자료를 찾는 데 요긴한 웹사이트였을 뿐만 아니라 해상도까지 뛰어나 큰 도움이 되었다. 『중외일보』 자료는 '한국사데이터베이스'에서 이미 제공하고 있었지만 해상도가 너무 나빠 거의 읽을 수조차 없는 지경이었는데 그 고충을 단번에 해결해 주었다. 그렇다고 모든 문제가 해결된 것은 아니었다. 『중외일보』(중앙일보, 조선중앙일보)는 결락 부분이 많아 전모를 알 수 없다는 것이 큰 문제였다. 또한 '한국사데이터베이스'와 'BigKinds'는 소장 지면이 달라 '한국사데이터베이스'에만 소장된 부분은 여전히 그 내용을 파악하기 어려웠다.

자료 찾기 과정에서 알게 된 정보는 여러 경로를 통해 실물 확인에 들어갔다. 그러나 확인할 수 있었던 것도 적지 않았지만 그렇지 못한 것이 더 많았다. 굴곡 많은 우리 현대사를 돌아보면 신문과 잡지 자료를 보존하는 데 신경을 쓰지 못한 것이 오히려 자연스럽다고 할 것이다.

『동요시인』의 창간

서두가 조금 길었다. 자료 찾기 과정에서 알게 된 것으로 평양平壤에서 발간된 『동요시인童謠詩人』이란 잡지가 있었다. 평양에서 발간된 만큼 이 잡지를 찾는다면 일제강점기 평양을 중심으로 한 아동문단의 실상을 재구하는 데 큰 도움이 될 것이 분명하다. 그러나 이런저런 노력을 다해도 실물을 확보할 수 없어 아쉬운 마음이 컸다. 이 글은 자투리 자료라도 최대한 확보해 『동요시인』의 실체를 확인해 보려고 한다. 『동요시인』에 대해 가장 먼저 보도한 신문 자료는 『조선일보』의 아래와 같은 기사다.

> 【평양】 평양부 내의 시인들의 집합으로 금번에 동요시인사를 창립하야 사월에 창간호를 발행하기로 되여 목하 원고를 모집 중에 잇다 한다. 물론 편즙에 대하야서는 동요에 대한 조지가 깁흔 이들노 할 것이며 편즙방침은 순아동문예 작품에 치중하리라는데 동사의 부서와 사무소는 다음과 갓다 한다.
>
> 편집 겸 발행인　　양춘석梁春夕
> 집필자　　　　　　남궁인南宮人, 황순원黃順元, 김조규金朝奎, 고택구高宅龜, 김동선金東鮮, 김봉남金鳳楠, 이승억李承億, 박태순朴台淳, 손정봉孫正鳳
> ◀ 투고 기일　　　　2월 말일까지
> ◀ 투서 장소　　　　평양부 경창리 20번지 동요시인사平壤府景昌里二〇番地 童謠詩人社[1]

---

1 「평양에서 『동요시인』 발간－투고를 환영한다고」, 『조선일보』, 1932.2.11.

평양 시내의 시인들이 〈동요시인사〉를 창립하여 4월에 창간호를 발간하려고 하며, 동요에 조예가 깊은 이들의 순아동문예 작품에 치중하여 편집을 할 것이라는 요지다. '조지'는 '조예造詣'를 잘못 읽은 것이고, 일제강점기 동요 작가 중 '김봉남金鳳楠'이란 사람은 없어 교차 확인해 보았다.

【평양】 평양에서 동요, 아동문예 등에 만흔 연구를 하여 왓고 또는 이 방면에 조예 깁흔 이들이 협력하야 『동요시인』이라는 잡지 (독해불가) 원고를 모집하는 중에 잇다. 순 아동문예 작품이며 <u>신진, 긔성을 불문</u>하고 찬성한다 하며 뜻잇는 이는 투고를 바란다는데 집필자, 편집장소 등은 다음과 갓다.
　편집 겸 발행인　양춘석
　집필자　남궁인, 황순원, 김조규, 고택구, 김동선, <u>전봉남全鳳楠</u>, 이
　　　　승억, 박태순, 손정봉
　편집장소　평양부 경창리 20 동요시인사[2] (밑줄 필자)

위 기사를 통해 '김봉남'은 전봉남全鳳楠의 오식인 것이 밝혀졌고 다른 내용은 거의 같다. 다만 작품 모집에 있어 '신진 기성을 불문'한다는 말이 새로운 정보다. 이는 다른 잡지들과 다소 다른 점이다. 대체로 다른 잡지들은 기성 문인들의 글을 위주로 하되, 독자투고란을 통해 '신진'들의 작품을 수록하였다. 그 '신진'들의 실력이 입증되면 자연스럽게 기성 문인으로 대우하였다. 그런데『동요시인』은 작품 수록에 있어 기성 문인들과 신진을 구분하지 않겠다는 것이니 새로운 시도임이 분명하다.

---

2 「평양에 동요 잡지」, 『중앙일보』, 1932. 2. 16.

【평양】금반 좌기 장소에서 부내의 멧々 유지가 집합하야 동요시인사를 창립하고 오는 4월 초순에 『동요시인』이란 창간호를 발행하기로 되어 수일 전부터 동요의 원고를 모집한다는 바 각 방면 유지 제씨는 만이 투고하여 주기를 바란다 하며 편집방침에 잇서서는 순아동문純兒童文의 작품에 치중한다고 한다.

동同 동요시인사에 편집 겸 발행인은 양춘석, 동 <u>기자는 황순원 외 9명으로</u>

투고기일은 금 2월말까지

투고자는 주소 급及 씨명을 명기

투고장소는 평양부 경창리 20 동요시인사[3] (밑줄 필자)

『매일신보』의 기사인데, '기자'의 숫자가 앞에서 본 것과 조금 다르다. 앞의 『조선일보』와 『중앙일보』에서 밝힌 기자 숫자는 황순원을 포함하여 9명이었다. 아래 『동아일보』 기사를 보면 '기자'를 '집필자'라 하면서 '남궁인 외 8인'이라 하였다.

【평양】평양 신진 문예청년들로 조직된 동요시인사가 창립되어 오는 사월부터 창간호가 나온다는대 편집 겸 발행인은 량춘석梁春夕 씨요 <u>집 필자는 남궁인 외 팔인</u>이라고 하며 사무소는 부내 경창리 20번지라고 한다.[4] (밑줄 필자)

이상의 기사를 통해 알 수 있었던 것을 종합해 보자. 먼저 평양의 시인들이 주도하여 〈동요시인사〉를 결성하였고, 1932년 4월에 『동요시인』이란 동인지를 발간하려고 하며, 순 아동문학 작품을 중심으로

3 「동요시인사 창립」, 『매일신보』, 1932.2.17.
4 「동요시인사 창립」, 『동아일보』, 1932.2.22.

기성문인과 신진을 구분하지 않는다는 것이다. 그리고 발행인은 양춘 석이고 사무소는 평양시 경창리 20번지이며, 기자는 9인인지 10인인지 엇갈린다. 먼저 사무소 주소 '경창리 20번지'가 어디인지부터 확인해 보자.

ⓐ 황순원! 벽지에 잇는 나는 처음 인사 올니오니 본란을 통하야 주소 알려 주시는 동시에 영원한 지도와 애호를 바랍니다. 저는 다음과 가튼 주소에 잇습니다. (함남 혜산진 477 화춘당和春堂 노익형盧翼炯)[5]

ⓑ 노익형盧翼炯 형님! 감사하나이다. 변々치 못한 사람의 주소까지 물어 주시니까. <u>제의 주소는 평남 평양부 경창리 20번지올시다.</u> 서로 주소만 알어두지 말고 씃임업시 통신이 잇기를 바랍니다. (황순원)[6] (밑줄 필자)

『매일신보』의 '동무소식' 난에 실린 것인데, ⓐ는 노익형이 황순원의 주소를 요구한 것이고, ⓑ는 황순원이 답한 것이다. 〈동요시인사〉의 주소가 바로 황순원의 주소와 동일하다. "황순원 군의 권유로 양춘석梁春錫 군이 새로 입사한 동시에 편집국의 책임"[7]을 맡았다고 하니 〈동요시인사〉를 조직함에 있어 주도적 역할을 한 사람은 황순원으로 보인다.

창간호는 4월이 아니라 1932년 5월에 발간되었다. 『동아일보』의 '신간소개'는 다음과 같다.

5 「동무소식」, 『매일신보』, 1931.5.30.

6 「동무소식」, 『매일신보』, 1931.6.11.

7 양가빈梁佳彬, 「『동요시인』 회고와 그 비판(1)」, 『조선중앙일보』, 1933.10.30)

◂『동요시인』 5월 창간호, 동요의 감상鑑賞(작법강화), 기타 동요, 동시 60여 편, 발행소 평양부 창전리倉田里 46-6 동요시인사, 총판매소 평양 신양리新陽里 85, 진체구좌 4295번, 정가 3전, 송료 2전.[8]

앞에서 보았던 사무소 주소가 달라진 듯하다. '경창리 20번지'가 아니라 '창전리 46-6번지'이고 총판매소는 '신양리 85번지'이다. 의아해서 더 찾아보았다. '창전리'는 확인이 불가하나 '신양리'는 새로운 정보를 알려준다. 『조선일보』의 '신간소개' 기사를 보자.

◂『동요시인』(5월 창간호) 동요의 감상(작법강화), 동요, 동화 60여 편 만재滿載, 발행소 평양부 창전리 46의 6번지 동요시인사, 총판매소 평양 신양리 85 <u>동광서점東光書店</u>, 진체 4295번, 정가 3전[9] (밑줄 필자)

『동아일보』와 『조선일보』의 기사는 정보가 동일하다. 『조선일보』의 '신간소개'에서 하나 주목할 것은 총판매소가 '동광서점'이다. '신양리 85번지'는 바로 동광서점의 주소다. 일제강점기 대표적인 동요선집은 〈조선동요연구협회〉가 편찬한 『조선동요선집』(경성: 박문서관, 1929. 1)과 김기주金基柱가 편찬한 『조선신동요선집朝鮮新童謠選集』이다. 그런데 『조선신동요선집』(평양: 동광서점, 1932.3)의 판권지를 확인해 보니 '발행소 동광서점' 주소가 '평양부 경창리 85'로 되어 있다. 번지가 같은 것으로 보아 '신양리'와 '경창리'는 구분하지 않아도 되는 것인지 궁금하다. '이북 5도 명예 읍면동장 위촉에 관한 규정'에 '신양동'이라는 행정동에 '경창리'와 '신양리'가 포함되어 있어 '경창리 85'와 '신양리

8 「(신간소개)동요시인(5월 창간호)」, 『동아일보』, 1932.4.6.
9 「(신간소개)동요시인(5월 창간호)」, 『조선일보』, 1932.4.8.

85'가 같은 곳을 가리키는 것인가 싶을 뿐 현재로서는 확인할 길이 달리 없다.

『동요시인』의 발간은 1932년 5월호를 창간호로 시작하여 6월호, 7-8월 합호를 발간한 것이 '신간소개'난을 통해 확인할 수 있는 전부다.[10] 그러나 "불과 1개년의 역사와 제4호까지의 잡지를 세상에 내노코 『동요시인』 활동도 종막"[11]을 내렸다고 한 것으로 보아 총 4호가 발간된 것이 확인된다.

『동요시인』의 동인들

앞에서 '기자'(동인)가 9명인지 10명인지 불분명했는데 다음의 비평문을 보면 의문이 풀린다. 양가빈梁佳彬의 「『동요시인』 회고와 그 비판(전2회)」(『조선중앙일보』, 1933.10.30~31)은 『동요시인』 발간에 관한 전말을 자세히 밝히고 있다. 양가빈에 따르면, 〈동요시인사〉는 "1931년 겨울"에 조직되었고, "처음 김대봉, 김조규, 남궁랑, 황순원 군 등이 발기"하였으며, "황순원 군의 권유로 양춘석梁春錫 군이 새로 입사한 동시에 편집국의 책임"(양가빈: 1933.10.30)을 맡게 되었다고 하였다. 그렇다면 '기자는 황순원 외 9인'이란 기술이 맞고, 남궁인, 황순원, 김조규, 고택구, 김동선, 전봉남, 이승억, 박태순, 손정봉 외에 김대봉金大鳳이 추가되어야 할 것이다. 『동요시인』 편집과 관련하여 갈등이 불거

---

10 「(신간소개)동요시인(6월호)」(『조선일보』, 1932.5.22), 「(신간소개)동요시인(7-8월 합호)」(『조선일보』, 1932.8.7.)
11 양가빈, 「『동요시인』 회고와 그 비판(2)」, 『조선중앙일보』, 1933.10.31.

졌을 때 "책임을 젓든 양춘석, 김대봉, 김조규 등 땀을 흘"(2회: 10.31)렸다고 한 것에서도 당초 '기자'(동인)에 김대봉이 포함되었다는 것을 알 수 있다.

김대봉(1908~1943)은 의사이면서 시인으로 활동하였는데, 포백抱白, 김대봉金大奉 등의 이름으로도 작품을 발표하였다. 경상남도 김해金海 출신인데 1929년 평양의학강습소(뒤에 평양의학전문학교)에 입학하여 1933년에 졸업하였다.[12] 김해 사람 김대봉이 『동요시인』에 가담한 것은 그가 평양에서 학교를 다닐 때 〈동요시인사〉가 결성되었기 때문이다. 『동요시인』의 편집자 양춘석의 「밀물」(『조선일보』, 1932.6.26)은 부제가 '대봉大鳳 형께 보내는'으로 되어 있다. 강물이 치밀어 들어와 우리들이 쌓아 놓은 모래성을 허물려고 하나, "억개 겻고 우리 성을 굿게 직히자"며 우의를 돈독히 표시하고 있다. 이형교李瀅敎도 김대봉의 「니어 가는 괴롬」(『매일신보』, 1932.7.18)에 대한 답가로 「니여 가는 목숨」(『매일신보』, 1932.7.24)을 썼는데 부제가 '대봉大鳳 형에게'다. 이형교가 『동요시인』에서 같이 활동을 했는가는 확인할 수 없지만 그도 평양 사람이고 주로 시를 썼지만 동시(동요)도 쓴 것으로 보아 함께 활동했을 것으로 짐작된다.

남궁인은 남궁랑南宮琅(=南宮浪)의 필명이다. 남궁요한南宮堯漢이란 필명도 썼다.[13] 평양 출생으로 광성고등보통학교光成高等普通學校를 나와 1931년 평양 숭실전문학교崇實專門學校 문학과(별과)에 입학하여 1935년에 졸업하였다. 평양에서 활동하던 양운한楊雲漢(=楊雲閒), 박승걸朴承杰, 그리고 김대봉金大鳳 등은 '본과'생으로 입학 동기생이었다.[14]

---

12 한정호, 「김대봉 해적이」, 『포백 김대봉 전집』, 세종출판사, 2005, 535~536쪽.
13 「제諸 선생의 아호」, 『동화』, 1936년 12월호.

남궁랑은 1931년 1월에 창립된 〈평양 새글회〉에서 한정동韓晶東과 함께 고문으로 활동하였다.[15]

발행인 양춘석梁春夕의 본명은 양춘석梁春錫이고 더러 춘석春夕으로 줄여 쓰기도 하였는데, 한글로 풀어 '봄저녁'이라 하기도 했다. 양가빈은 모르는 척 황순원의 권유로 양춘석이 새로 입사해 편집 책임을 맡았다고 했는데, 양춘석은 바로 양가빈이다. 양가빈은 양천梁天, 신철申哲 등의 필명도 사용했다. 「써클 이야기」(『별나라』, 1933년 4-5월 합호, 28~29쪽)의 필자는 양천이다. 그런데 정청산鄭靑山의 「소년문학 써클 이야기」(『신소년』, 1933년 8월호, 2쪽)에 보면 "평양에 있는 양가빈梁佳彬 동무가 『별나라』 4-5월 합호에 「써클 이야기」를 써 준 것을 감사히 생각한다."고 하여 양천이 양가빈임을 알 수 있게 하였다. 신철이란 이름은 "김원순金元淳(18), 신철申哲(=일명 梁佳彬) 등 문학청년을 검거하얏는데 이들은 수년 전 김찬金燦(=현재 복역)의 지도하에 모종의 문화적 크릅을 비밀히 조직"[16]하였다고 한 데서 확인할 수 있다. 이 사건은 "평양서 고등계에서 얼마 전부터 활동을 개시하야 박고경朴古京이라는 조봉암曹奉岩 사건으로 복역하다가 가출옥한 청년을 검거"한 후에 벌어진 일이다. 다시 말해 박고경, 김원순, 양가빈 등 문학청년이 같은 혐의로 검거된 것이다.

양가빈은 해방 후 북한에서 남궁만南宮滿이란 이름으로 활동한 모양

---

14 「(형설학창에서 사회전선에 금춘에 배출할 우리의 인재들-전조선 전문 정도 남녀 각교 졸업생)전문학교 합격자 - 4월 8일 발표분: 숭실전문학교 문학과」, 『동아일보』, 1931. 4.9.

15 「정초, 평양에 새글회 창립-소년소녀문예단체」, 『동아일보』, 1931.2.22.

16 「비밀리에 조직한 문화 '크립' 탄로로 평양서不壤署 문학청년 등 검거」, 『조선중앙일보』, 1934.7.30.

이다. 송영宋影이 쓴 『해방 전의 조선 아동문학』(평양: 교육도서출판사, 1956)에 '〈카프〉 아동문학 부원들'을 거명하면서 "남궁만(량가빈)"(28쪽)이라 하였고, "남궁만은 그때는 량가빈梁佳彬이다."(82쪽)라고 하였다. 남궁만은 "〈평양 서경문예사〉의 한 멤버로써 당시 그 그루빠의 지도적 지위에 있던 동요 시인 박고경朴古京에게서 많은 영향을 받았다."(82쪽)고 한 것으로 보아, 1934년경 같은 단체에서 활동하였던 것으로 보인다. 그런데 『두산백과』와 남북 공동 편찬으로 발간된 『조선향토대백과』를 보면 남궁만의 본명이 양춘석으로 되어 있다. 그렇다면 '양춘석=양가빈=양천=신철=남궁만'이 되는 셈이다. 일제강점기 문인들은 유행처럼 다수의 필명을 사용했다. 왜 그랬는지는 개인사로 사람마다 다르겠지만, 일제의 검열 특히 프롤레타리아 문학에 대한 검열이 까탈스러웠는데 이것도 하나의 이유가 되어 여러 필명으로 신분을 숨길 필요가 있었을 것으로 생각된다.

양가빈 등 『동요시인』 동인들을 지도한 박고경은 누구인지도 살펴보자. 박고경은 본명이 박순석朴順錫인데, '朴珣石, 朴苦京, 木古京, 朴春極, 각씨탈' 등의 필명으로 활동하였다.

> 부기附記 사사私事에서 미안하오나 여러분을 밋고 말해 두나이다. 일즉 부르던 춘극春極이는 이제로는 순석順錫이로 부르겟다는 말입니다. 그리 아라 주십시오.
>
> — 1월 6일 기(記) —
> 〔진남포부 후포리 박순석(鎭南浦府 後浦里 朴順錫)〕[17]

---

17 「자유논단」, 『아희생활』 제4권 제3호, 1929년 3월호, 93쪽.

'박순석'이 쓴 글인데, 이전까지 불렀던 '박춘극'을 이제부터 '박순석'으로 부르겠다고 하였다. '박춘극'이란 이름은 1930년경 〈조선공산당〉 사건 등을 둘러싸고 자주 신문 지면에 오르내린다. "피고인 박춘극朴春極은 진남포부 소재 사립 득신학교得信學校 재학 당시부터 잡지『星의 國』을 강독하야 소화昭和 4년 8월경 〈진남포청년동맹〉에 가입하자 그 도서부 비부備付의 '청년에게 호소함', '자본주의의 기구' 등이라고 제題한 '팜프레트'를 탐독하야 드디어 공산주의에 공명하기에 이르럿는 바 (1) 소화 6년 6월경 같은 피고인 김찬金燦과 함께 진남포 삼화공원三和公園"[18] 운운한 신문기사를 통해 몇 가지 사실을 확인할 수 있다. 박춘극은 공산주의 활동을 했는데 김찬과 함께 진남포에서 만났고 그보다 먼저 잡지『星의 國』을 읽었다는 내용이다. 김찬(1894~?)은 사회주의 운동가로 일제강점기 〈고려공산청년회〉 간부를 지낸 이다. 상하이, 만주, 블라디보스토크 등지에서 활동하였는데 1931년 5월경 국내에 잠입했다가 검거되었다. 잡지『星의 國』은『별나라』를 말한다. 「단일공산당 재건사건 예심결정서 전문(1)」(『동아일보』, 1933.6.3)에는 박춘극의 신원을 "본적 평남 평양부 신양리 168, 주거住居 동도부同道府 하수구리下水口里 23, 무직 박순석 즉 박춘극(23)〔朴順錫事朴春極(二三)〕"이라 하였다. '朴順錫事朴春極'의 '사事'는 일본말로 'こと'라 읽고 '두 체언 사이에 끼워서 동일하다는 뜻'을 나타내는데 '곧, 즉'이란 의미이므로, 박순석이 곧 박춘극이라는 말이 된다. 조금 더 살펴보자. "얼마 전 신의주 형무소를 나온 조봉암曹奉岩 사건의 관계자(하수구리 거주 박고경: 일명 춘극) 외 수명의 청년을 검거"[19]하였다고 하고, 연결되는 기사로 "적색로동운동

----

18 「단일공산당재건사건 예심결정서 전문(8)」, 『동아일보』, 1933.6.21.
19 「평양서 고등계-모某 단서를 잡고저 각 방면으로 맹활동하야 청년 수명을 검거」, 『조

에 리-다가 될 인물을 양성할 목적으로 동지(同地: 진남포를 가리킴, 필자)
공립상공학교 4, 5학년 학생 중심의 독서회를 조직하얏다. 송국자送局
者 (중략) 본적 평양 신양리 168 무직 박순석(23)(일명 박춘극)"[20] 또는 "박
순석이라는 박춘극(23)"[21]이라고 하였다. 새로운 내용인데, 박고경이
조봉암 사건의 관계자라는 사실이다. 간단히 요약하면 조봉암과 김찬
등이 주도하여 조선공산당 재건 활동에 진남포 출신의 박고경도 가담
했다는 말이다. 조봉암은 1932년 상하이上海에서 일제 경찰에 체포되
어 신의주형무소에서 7년간 옥살이를 하였다.

　이상으로 박순석이 곧 박춘극이라는 것을 확인하였다. '각씨탈'도 박
고경의 다른 이름이다. '남포 각씨탈'이란 이름으로 발표한 동요 「바다
가에서」(『중외일보』, 1928.6.25)는 '남포 박춘극'이란 이름으로 발표한 「바
다가」(『조선일보』, 1928.9.21)와 내용이 같다.

　　　동요 **바다가에서**
　　　　　　남포 각씨탈

　　아츰에 바닷가로
　　　　　거닐면은요
　　섬나라 동무집엔
　　　　　불이붓는가
　　황금빗 다리노콘

선중앙일보』, 1934.7.23.
20 「제일착으로 학생 적화 노력 — 진남포 상공학교 생도 중심 적색 독서회를 조직」, 『동아
일보』, 1933.3.8.
21 「출정 피고 주소 성명」, 『조선일보』, 1933.9.25.

불써달내요

저녁에 바닷가로
　　　거닐면은요
배사공 젓는노에
　　　은고기쮜고
등댓불 눈동자엔
　　　반듸불피네

어두운 바다가로
　　　거닐면은요
무엇이 물속에서
　　　쮜며놀까요
그째에 나에몸은
　　　숨나라가요
　　　－『중외일보』, 1928.6.25.

동요 **바다가**
　　　　　남포 박춘극

아참에 바다가로
　　　거닐면은요
섬나라 동무집엔
　　　불이붓는가
황금빗 다리노와
　　　불써달내요

저녁에 바다가로
　　　거닐면은요
배사공 젓는노에
　　　은고기쮜고
등대불 눈동자엔
　　　반듸불피네

어두운 바다가로
　　　거닐면은요
무엇이 물속에서
　　　쮜며놀까요
그째에 나에몸은
　　　숨나라가요
　　　－『조선일보』, 1928.9.21.

「바다가에서」를 「바다가」로 제목을 바꾸었고, 몇 군데 표기만 다를 뿐 같은 동요다. 그런데 지은이는 '남포 각씨탈'과 '남포 박춘극'으로 다르다. 당시에는 표절이 횡행했기 때문에 이것만으로 '각씨탈'이 곧 '박춘극'이라고 장담할 수 없다. '각씨탈'이 지은 다음 시를 보자.

동요 **파스되든 날**
　　　　각씨탈

아참도 설레설레 먹은아참은
시험친 성적보는 날이엿지요
잘된듯 그릇된듯 야릇한생각
소님에 배와갓치 들－먹들먹

한자와 두자석자 색이며늙곤
내일홈 한번두번 비워워보고
가슴은 쏙누루구 내려다보다
<u>썩머즌 그곳에는 박 순 석</u>

나는요 파스된날 깃벗섯지요
누구나 내얼골을 안보아주나
머리를 들다들다 하날을 보고
오를듯 나리갈듯 깃벗섯지요

　　　　　　— 3월 12일 작 —

　　　　–『중외일보』, 1929.3.21. (밑줄 필자)

　시험 패스 여부를 확인하기 위해 게시판을 보다가 자신의 이름(박순석)을 확인하는 장면이다. 이로써 각씨탈이 박춘극임을 알 수 있다. 동요「다시 살난 동생의 깃째」(『별나라』, 1930년 6월호)는 본문에는 지은이가 '목고경木古京'인데 목차에는 '박고경朴古京'으로 되어 있다. 이상을 종합해 보면, 각씨탈=박춘극=박순석=박고경=목고경이라는 것이 확인된다.

　박고경은 진남포鎭南浦 출신으로 진남포와 평양 등지에서 활동하였다. 〈남포 붓춤사〉(붓춤영), 〈평양 새글회〉 등의 문예단체를 결성해 활동하면서 후배들을 지도하기도 한 모양이다. 박고경이 1911년생이고 남궁만이 1915년생이라 그룹에서 박고경이 지도적 역할을 한 것으로 보인다. "양주동梁柱東, 김안서金岸曙, 황석우黃錫禹, 박고경朴古京, 이규천李揆天, 전춘호田春湖, 채송蔡松, 한태천韓泰泉 외 수 씨의 지도적인 논문도 호마다 실엇다."[22]고 한 데서 박고경의 역할을 엿볼 수 있다. 여성麗星의 「『동요시인』 총평—6월호를 닑고 나서(1)」(『매일신보』, 1932.

6.10)를 보면, "김억金億, 황석우, 양주동, 김대봉, 제씨의「조선동요의 결함과 그 구급책」의 제하에 쓰인 답론"이라고 하였다. 양가빈이 말한 '지도적인 논문'이라고 한 것은, '조선 동요의 결함과 그 구급책'과 같은 특집을 말한다.

양주동, 안서 김억, 황석우는 당시 널리 이름이 알려진 문인들이고, 낯선 이름으로 이규천, 전춘호, 채송, 한태천 등이 있다. 이규천은 신원이 불분명하고, 채송은 당시 숭실전문학교 학생이었던 것[23] 외에 따로 알려진 바가 없다. 한태천(1906~?)은 평안남도 진남포 출신의 작가이자 극작가이다. 1935년『동아일보』신춘문예에 희곡「토성낭(전10회)」(『동아일보』, 1935.1.11~23)이 당선되었고, 1938년에는 제1회 신인문학콩쿠르에 희곡「매화포」가 입선되었다. '현상 당선자 소개-희곡「토성낭」한태천'(『동아일보』, 1935.1.9)을 보면, 1906년 진남포에서 출생하여 곧 평양으로 이주하여 광성보통학교光成普通學校, 광성고등보통학교를 졸업하고 도쿄로 가 와세다대학早稻田大學 교외생으로 있다가 귀국하여 광성보통학교에서 교편을 잡았다. 1936년 도쿄에서 황순원, 주영섭朱永涉 등과 『창작創作』의 동인이 되었다.

전춘호는 창간호와 제2호에 실린「동요 감상鑑賞」(동요작법)의 필자였다. "전춘호 씨의「동요 감상」(작법 강화)도 습작기에 잇는 동요 작자로써는 필독할 만한 것"(여성: 1932.6.10)이라 한 것을 보면 알 수 있다.

---

22 양가빈, 「『동요시인』 회고와 그 비판(1)」, 『조선중앙일보』, 1933.10.30. (이하 이 글은 연재 일자만 밝힌다.)

23 「제1회 학생 브나로드 운동」(『동아일보』, 1931.8.23) 중 평안남도 '개천군价川郡 군우리軍隅里'의 강사로 강신명姜信明(숭전), 양동화楊凍華(평양고보), 채송蔡松(숭전), 이효신李孝信, 이호순李鎬淳, 이용옥李容玉, 박복순朴福順, 박영모朴榮慕, 궁리왕弓利王(이상 6인 여자) 등이 참여하였다.

전춘호는 1929년『조선일보』신춘문예에 단편소설 「자기의 길(전7회)」
(『조선일보』, 1929.1.8~15)이 2등 당선된 바 있다.(1등은 '박계화朴啓華'란 필
명으로 당선된 백신애白信愛였다.) '선후감'을 쓴 최독견崔獨鵑이 1등보다
"매우 세련된 문장을 가젓고 기교도 낫다"[24]고 할 정도로 문장력과 표현
기교를 인정받았다. 당시 주소가 '평양 관후리館後里'인 것으로 보아
『동요시인』을 발간할 당시 평양에서 문인으로 활동하고 있었음을 알
수 있다. 1929년 5월에 발간된『조선문예』창간호에는 전춘호의 약력
이 실려 있다. 그에 따르면, 1909년 1월 4일 평양에서 출생하였고,
1922년 3월 대동大同공립보통학교, 1926년 3월 광성고등보통학교를
졸업하고, 1929년 당시 숭실전문학교 문과에 재학 중이었다.[25]

　'기자' 곧 동인으로 참여했던 사람 중에 황순원, 김조규, 고택구, 김
동선, 이승억, 박태순, 손정봉이 남았다. 황순원은 널리 알려진 인물이
라 새삼 살펴보지 않아도 될 것이다. 하나 그가 소년문사 시절에 동시
(동요)를 많이 남겼다는 것을 아는 사람은 그리 많지 않다. 그리고 필명
도 여럿을 썼는데 만강晩岡(=晩崗), 광파狂波(=狂波生), 관조關鳥(=黃關
鳥) 등이 그것이다. 여성麗星의 「『동요시인』총평」에 따르면, 황순원은
「소낙비」(만강), 「동생아」(황순원), 「엄마 참말인가요」(광파), 「봄밤」(관조)
등 여러 필명으로 작품을 싣고 있음을 알 수 있다. 김조규金朝奎(1914~
1990)는 평안남도 덕천德天 출신으로 숭실중학교를 거쳐 1937년 숭실
전문학교 영문과를 졸업하였다.『단층斷層』동인으로 양운한, 황순원
등과 함께 활동하였다. 고택구高宅龜는 숭실중학을 다니며[26]『동요시인』

24　최독견, 「수법 기타(1)」, 『조선일보』, 1929.1.1.
25　「(신진작가 소개)『조선일보』학예란에 2등 당선된 '자기의 길'의 작자 전춘호 씨의 약력」,
　　『조선문예』창간호, 1929년 5월호, 73쪽.
26　「각지로 출동할 학생 기자대」, 『동아일보』, 1932.7.15.

이 발간되던 1930년대 초반 다수의 동요를 발표한 것으로 확인되나 자세한 신원은 알려지지 않았다. 김동선金東鮮은 황해도 겸이포兼二浦 출신으로 평양 숭실중학을 다녔으며,[27] 김동선金桐船이란 필명으로도 활동하였다. 이승억李承億은 평안남도 평양 출신으로 광성고등보통학교를 졸업하고, 1930년대 초반 다수의 동요 작품을 발표하였으나 자세한 신원은 밝히지 못했다. 손정봉孫正鳳은 진남포 출신으로 진남포외지유학생학우회 집행위원장, 검사위원장 등을 맡아 활동했고 1940년 3월 와세다대학 영문과를 졸업하였다.[28] 박태순은 자세한 신원을 확인할 수 없으나 평양에서 학교를 다니고 활동했을 것으로 짐작된다.

『동요시인』의 '기자' 곧 '동인'들의 면면을 살펴보았다. 『동요시인』이 발간된 시기를 전후하여 평양 일대에서 결성되었던 소년 문예단체를 보면 구성원들이 겹친다는 것을 알 수 있다. 〈평양 글탑사〉는 황순원(관조)이 동시를 발표하면서 이 '사우명社友名'을 사용하였다. 〈평양 새글회〉는 1927년경부터 활동하다가 1931년 2월경 정식 창립한 것으로 보인다. 강순겸姜順謙, 황순원黃順元, 박고경, 선우천복鮮于天福, 박봉팔朴鳳八, 고희순高義淳, 전정환全貞煥, 김효국金孝國, 최승덕崔承德, 칠석성七夕星, 신일웅申一雄, 황활석黃活石, 심예훈沈禮訓, 이인섭李仁涉, 김정환金鼎煥, 이신실李信實, 남재성南在晟, 고삼열高三悅, 강봉주姜奉周, 희봉希峰 등이 참여하였고 고문으로 한정동과 남궁랑이 있었다. 〈평양

---

27 「평양 숭실중학은 불량자의 양성소-일반 분개에 사과하고 락착, 겸이포공보 훈도의 폭언」(『동아일보』, 1928.3.30)과 동요 「할머니」(『동아일보』, 1932.5.26)의 작자가 '평양 김동선'인 점으로 보아 숭실중학을 다닌 것으로 보인다.
28 「진남포 유학생」, 『동아일보』, 1933.8.4.
「진남포 유학생 학술 강연회-27일에 개최」, 『동아일보』, 1935.8.23.
손정봉, 「(나의 졸업논문 주제 2)제임쓰 죠이쓰의 문학-그의 작가적 태도와 스타일(전3회)」, 『조선일보』, 1940.6.7~11.

솔잎사〉(평양 솔닙사) 이름으로 김유식金俞植이 동요를 발표한 바 있다.

『동요시인』의 성격과 투고자들

그렇다면 『동요시인』은 어떤 성격의 동인지였는지 살펴보자. 『동요
시인』의 창립 당시 선언은 다음과 같다.

> "무명작가의 등룡문이 될 것"
> "침체된 동요시의 진정한 발전을 위하야 노력할 것"
> "쩌날리스트의 상품주의를 배격할 것"(양가빈: 10.30)

편집방침을 엿볼 수 있는 대목이다. 무명 작가를 위해 문호를 개방
하고, 침체된 당시 동요 문단의 발전을 위해 노력하며, 상업주의적 매
문을 배격한다는 내용이다. 그 구체적인 방법으로 "일반 투고가들의
작품을 지면이 허하는 한까지는 안데판단적으로 실"(10.30)었다. '안데
판단'은 프랑스어 앵데팡당Indépendants으로 1884년경 프랑스에서 관
설官設 살롱에 대항하여 생겨난 미술가 단체인데, 무심사無審査·무상
無賞 전람회를 개최하고 있다. 『동요시인』은 '투고 작품을 심사 없이
수록'한다는 것이고, 그만큼 신진 무명 작가들에게 발표 기회를 주고자
했다는 말이다.

그런데 동인잡지인 만큼 편집회의를 하여야 했음에도 불구하고 형
식에 불과하다며 사적인 협의만 한 탓에 분란이 일어나게 되었다. 동
인들은 "호마다 멧 편식의 원고나 썻슬 뿐이고 멧멧 개인의 손으로『동
요시인』을 조종"하여 "암투와 갈등이 일어나기 시작"하였는데 이는 "편

집에의 '헤게모니'를 중심으로 한 략탈전"이었다는 것이다. 그 결과 "동인들의 소극적이요 개인주의적" 활동으로 인해 당초 내걸었던 "동요시의 정면적인 구조활동을 하지 못하"(이상 양가빈: 10.31)고 말았다.

『동요시인』 제2호(1932년 6월호)를 읽고 쓴 여성麗星의 「『동요시인』 총평」을 보면 잡지의 모습을 어느 정도 짐작할 수 있다. 다른 호도 잡지의 편집은 비슷했을 것으로 보이고, 투고자도 제2호를 통해 어느 정도 가늠해 볼 수 있을 것이기 때문이다.

우선 특집으로 「조선 동요의 결함과 그 구급책」에 김억, 황석우, 양주동, 김대봉 등이 응답해 침체된 조선 동요단의 현실을 타개하고자 하였다. 동시에 전춘호의 「동요 감상(작법 강화)」을 통해 습작기의 동요 작가들에게 도움을 주고자 하였다. '침체된 동요시의 진정한 발전'을 표방했던 『동요시인』은 매호 이와 유사한 특집을 마련하지 않았을까 싶다.

제2호에 작품을 낸 작가는 김대봉金大鳳(=金抱白), 김동선金東鮮(=桐船), 황순원黃順元(=晩崗=關鳥=狂波), 고택구, 민고영閔孤影, 최영희崔永羲, 현순봉玄順鳳, 종아宗兒, 황금악黃金岳, 전봉남, 임홍은林鴻恩, 양춘석梁春錫(=春夕), 양가빈梁佳彬, 김성도金聖道, 칠석성七夕星, 박약서아朴約書亞, 강용률姜龍律, 김창훈金昌薰, 김대창金大昌, 조중억趙重億, 유관주俞觀柱, 김대생, 최청룡崔靑龍, 향창파鄕蒼波, 고삼열高三悅, 전화호田花浩, 김전택金田澤, 한영석韓永錫, 정우채鄭瑀采, 김인金仁, 청죽靑竹, 박영선朴英善, 김정식金庭植, 봄바람, 국성國星, 나기수羅基洙, 고당高堂, 심동섭沈東燮, 조정창曹禎昌, 김고성金孤星 등이다.

김대봉, 김동선, 황순원, 고택구, 전봉남, 양춘석 등은 『동요시인』의 동인이다. 1927년부터 활동하였으나 1931년 2월경 정식으로 창립한 〈평양 새글회〉 멤버들도 다수 투고하였는데, 바로 황순원, 박고경,

칠석성, 고삼열 등이다. 강용률(강소천)(함남 고원군), 박약서아(함남 북청군), 김고성 등은 〈함흥 흰빛문예사〉 회원으로 당시 동요단에 자주 이름을 올리던 소년문사들이다. 심동섭은 평양의 소년 문예단체에 이름을 올리고 있지 않아 신원 확인이 불분명하나, 양가빈 등과 함께 동요를 묶음으로 발표한 것으로 보아 평양 인근 출신으로 보인다.[29] 황해도 재령 출신으로『아이생활』에서 활동하던 임홍은, 대구 계성학교와 경성 경신학교儆新學校를 거쳐 연희전문을 졸업하고 황해도 신천 경신학교와 함흥 영생학교 등에서 교편을 잡고 있던 김성도金聖道, 함경남도 고원군高原郡 출신의 강용률(강소천), 함경남도 북청군北靑郡 신창항新昌港 출신의 박약서아 등이 참여한 것으로 보아 주로 현재 북한 지역 소년문사들의 투고가 많았던 것으로 보인다. 나머지 언급하지 않은 사람들은 1920~30년대 동요 문단에서 그다지 이름이 오르내리지 않은 사람들인데 아마도 평양과 그 인근의 소년문사들이 아니었던가 싶다.

아쉬운 대로 1930년대 초반 평양에서 발간되었던 잡지『동요시인』에 대해 살펴보았다. 동인들의 면면을 통해 당시 평양 문단의 실상을 조금 엿볼 수 있었다. 『동요시인』이 발굴되어 더 자세한 사정이 밝혀지면 좋겠다.

---

29 「오우 이별곡五友離別曲」(『매일신보』, 1932.3.26)은 김성은金星隱의 「굴둑」, 양가빈梁佳彬의 「살구나무」, 백의인白衣人의 「봄」, 심동섭沈東燮의 「할미꽃」, 고안孤雁의 「샘붓」을 함께 실은 것이다. 그런데 "이것은 실상 이별곡이 아니라 정다운 다섯 동무가 서로 갈리면서 기념탑(?)으로 지은 것입니다."라고 한 것으로 보아, 심동섭은 양가빈 등과 가까운 사이이고 평양平壤 인근 출신으로 보인다. 「동요 5곡童謠五曲」(『매일신보』, 1931.10.8)도 양춘석의 작품과 함께 실려 있어 마찬가지로 생각된다.

『신소년』을 만든 사람들

『신소년』은 1923년 10월호를 창간호로 발간되어 1934년 4-5월 합호를 끝으로 폐간되었다. 『신소년』은 신명균申明均(1889~1940)이 발간한 것으로 알려져 있는데 자세한 사정이 밝혀진 바는 없다. 이 글은 『신소년』은 그저 신명균이 발간했다고 하면 안 된다는 점과 『신소년』을 만든 사람들, 곧 사주社主, 편집인(편집원) 등과 그들의 인적 관계 등에 대해 밝혀 보고자 한다. 잡지의 전부를 확보하고 있으면 저간의 사정을 밝히는 데 그나마 도움이 될 텐데 현재 남아 있

주산 신명균 〔서기(書記) 신명균〕
1927년 보성전문학교 졸업앨범

는 자료는 결락이 많아, 발행 여부와 휴간 상황도 분명하게 확인되지 않았다. 이런저런 경로로 연구자들이 확보하고 있는 『신소년』은 70권 남짓인 것으로 보인다. 현재 『신소년』을 가장 많이 소장하고 있는 곳은 이주홍문학관과 서울대학교 도서관 그리고 현담문고다. 이주홍문

학관은 『신소년』 편집을 5년여 담당했던 이주홍이 소장하고 있던 것이고, 서울대학교 도서관은 가람嘉藍 이병기李秉岐 선생 기증본이며, 현담문고는 백순재白淳在 선생 수집본이다. 이주홍문학관과 서울대학교 소장본은 연구자들이 모두 확보하고 있으나, 현담문고 소장본은 그렇지 못하다. 이것이 개방되면 궁금한 점이 더 정확히 밝혀질 것으로 생각되나 현담문고의 사정으로 아직 완전히 공개되지 못하고 있다.

『신소년』의 발행인과 편집인

『신소년』은 누가 창간하였는가? '창간'을 묻는 것은, 주도적으로 잡지 편집을 담당한 사람이 누구인가 하는 질문도 되지만, 어느 출판사에서 간행하였고 누가 발간 비용을 부담했는가에 대한 물음이 되기도 한다. 지금까지 『신소년』은 "신명균申明均의 주재主宰"[1]로 발간하였다고 알려져 있다. '주재'란 말이 '어떤 일을 중심이 되어 맡아 처리함'이란 뜻이니, 비용을 대고 필자를 구하는 일을 신명균이 중심이 되어 처리했다는 말로 들린다. 실제 그런지 가능한 범위 안에서 살펴보자. 단, 『신소년』을 전부 확인하지 못했고, 확인했다 하더라도 반드시 모든 정보가 소상히 밝혀질 것으로 볼 수 없어, 합리적 추론에 그치고 객관적 입증 자료를 제시하지 못한 경우도 더러 있음을 미리 밝혀 둔다.

『신소년』 창간호의 판권지를 보면, 발행일자가 '大正 十二年 十月 三日 發行'(1923년 10월 3일 발행)으로 되어 있다. 편집인은 김갑제金甲濟이고 주소는 '경성부 관훈동 130번지'이다. 발행인은 지금까지 알려진 다

---

1 이재철, 『한국현대아동문학사』, 일지사, 1978, 103쪽.

니구치 데이지로谷口貞次郎가 아니라 쓰지 슌지□(辻俊次□)[2]이고 '이문당 대표'라 하였으며, 주소는 김갑제와 동일하다. 김갑제의 주소는 곧 '이문당以文堂'의 주소를 말한 것이다. 발행소는 '신소년사'이고, 총 발매소는 '이문당'인데 모두 주소가 김갑제의 주소와 동일하다.

원본이 훼손된 상태라 이름을 정확히 알 수는 없지만, 『신소년』창간 당시 발행인은 '谷口貞次郎'이

『신소년』 창간호, 1923년 10월호
(현담문고 제공)

아닌 것은 분명하다. '辻俊次□'가 제2호까지 발행인을 맡았는지는 확인하지 못했다. 제3호의 발행인은 '谷口貞次郎'이라고 하니,[3] 길어야 2개 호의 발행인이었다. 1924년 3월호 판권지를 보면 발행인이 '谷口貞次郎'이고 주소는 이문당以文堂과 같이 '경성부 관훈동寬勳洞 130번지'이며 '이문당 대표'라 하였다. 다니구치 데이지로는 1925년 1월호까지 (2, 3월호는 부재로 확인 못함) 발행인을 맡았고, 이어 1926년 10월호까지는 다카하시 유타카高橋豊가 발행인(또는 편집 겸 발행인)이었다. 편집인은 창간호부터 1924년 8월호까지(9월호 확인 불가) 김갑제金甲濟가 맡았다. 쓰지는 물론이고 다니구치와 다카하시는 1년이 넘게 발행인을 맡았으나 그들이 『신소년』발행을 위해 실질적인 노력을 한 것으로 보이지는 않는다. 편집인 김갑제 또한 실질적인 역할을 하지 않기는 마찬

---

2 '쓰지 슌지로辻俊次郎'로 보이나 확인이 필요하다.
3 최덕교, 『한국잡지 백년 2』, 현암사, 2005, 253쪽.

가지다.

1924년 10월호부터는 신명균申明均이 편집인(1926년 11월호부터 편집 겸 발행인)이었을 것으로 추정한다. 1925년 1월호부터는 신명균이 편집인인 것이 분명하게 확인되는데, 1924년 10월호부터 신명균이 편집인을 맡았을 것으로 추정하는 이유는 이때부터 주소가 종전의 '관훈동 130번지'에서 '가회동嘉會洞 23번지'[4]로 바뀌었기 때문이다. 이후 폐간호로 알려진 1934년 4-5월 합호(제12권 제4호)까지 편집 겸 발행인은 변함없이 신명균이었다.

창간호의 편집인 김갑제(1892~?)는 어떤 인물인가? 본적이 충청남도 보령군保寧郡 웅천면熊川面 죽청리竹淸里 451번지에서 출생하여, 1913년 한성사범학교 부속보통학교를 졸업하고, 1914년 경성고등보통학교 임시 교원양성소를 졸업하였다. 이후 1914년부터 충남 비인庇仁보통학교, 1917년 광천廣川보통학교 훈도로 재직하다가 1917년 12월 의원면직하였다. 1919년 다시 대천大川보통학교 훈도가 되었다가 12월 사임하였다.(「직원록 자료」, 「한국근대인물자료」, 한국사데이터베이스 참조)

김갑제는 1921년 12월부터 경성부 관훈동 130번지에 '이문당以文堂'이란 출판사를 등록한다.[5] 이때 김갑제의 주소는 '경성부 권농동勸農洞 185의 3번지'이다. 1925년 3월 20일 김갑제는 '이문당'이라는 상호를 폐지하고, 1925년 3월 27일 자로 '경성부 관훈동 130번지'에 '주식회사 이문당'이란 상호를 등기하였다. 도서출판과 판매 및 관련 부대사업을 목적으로 한 것이었다.[6] 주식회사로 변경 등기한 것은 어떤 연유인지

---

4 1924년 10월호 『신소년』도 실물을 확인하지 못했지만, 「(신간소개) 신소년」(『조선일보』, 1924.10.18; 『동아일보』, 1924.10.19)에 '발행소 경성부 가회동 23번지 신소년사'라 한 데서 확인된다.

5 「상업 급 법인 등기」, 『조선총독부관보』 제2808호, 1921년 12월 21일.

불분명하나, 1925년 1월 19일 이문당에 불이 나 전소全燒한 것과 관련
이 있지 않나 싶다.[7] 1926년 1월 31일 이문당의 취체역 해임 및 신규
임용이 있는데 김갑제의 이름이 보이지 않는다.[8] 1928년 8월 25일 이
석구李錫九 등이 취체역에 취임하였고, 여러 차례 취체역의 변화가 있
고 난 뒤 1940년 6월 18일 이석구의 아들 이능우李能雨가 감사역에 취
임하였다. 최덕교가 "이문당의 설립자는 당대의 재력가인 이석구인 것
은 천하가 다 아는 일"[9]이라 한 것은 이문당의 초창기를 제대로 살피지
못한 탓으로 보인다.

　앞에서 1924년 10월경부터 『신소년』에도 변화가 있었던 것으로 추
정하였는데, 분명히 확인할 수 있는 1925년 1월호부터 발행소와 총발
매소가 종전 '이문당 내 신소년사'에서 그냥 '신소년사'로 바뀌고 그에
따라 주소도 '관훈동 130번지'에서 '가회동嘉會洞 23번지'로 달라졌다.
이때부터 신명균이 편집인이 되었고, 주소 역시 신소년사와 동일하다.
인쇄인 김칠성金七星과 인쇄소 동성사東星社의 주소도 '가회동 23번지'
로 동일하다. 이때부터 『신소년』에서 이문당과 김갑제의 이름은 사라
진다. 1925년 4월호부터 1933년 8월호까지 『신소년』이 발간된 대부분
의 기간은 이병화李炳華가 인쇄인을 맡는다.

　발행인은 사주가 맡는 게 통례다. 『신소년』의 초기 발행인이었던 일
본인들은 '이문당'의 사주가 아닌데도 발행인으로 이름을 올렸는데, 이

---

6 「상업 급 법인 등기」, 『조선총독부 관보』 제3814호, 1925년 5월 5일.
7 「관훈동에 화재-십구일 오후 열한시 오분, 관훈동 책사 이문당에서, 이문당 전소, 양복
　점 연소延燒」(『조선일보』, 1925.1.20), 「이문당以文堂 전소!-재작야 관훈동 대화大火, 우
　층에서 발화하야 이문당과 양복덤 하나를 불살나 바렷다」(『매일신보』, 1925.1.21) 참조.
8 「상업 급 법인 등기」, 『조선총독부관보』 제4086호, 1926년 4월 6일.
9 최덕교, 「『어린이』와 같은 해에 나온 『신소년』」, 『한국잡지백년 2』, 현암사, 2004,
　253쪽.

는 김갑제가 사업의 편의상 이름만 빌린 것으로 보인다. 대신 김갑제는 편집인에 이름을 올렸는데 그가 『신소년』에 어떤 글도 싣지 않았을 뿐만 아니라 편집과 관련해 노력한 흔적도 찾을 수 없어 마찬가지로 이름만 올린 것으로 추정된다. 그렇다면 실질적인 발행인(사주)과 편집인은 누구였을까?

『신소년』과 이중건 그리고 신명균

『신소년』은 창간부터 '신소년사' 명의로 발행했는데 실제로는 이문당에서 간행했다. 그러나 제3호의 인쇄소는 한성도서주식회사이고 그 사주인 노기정魯基禎이 인쇄자로 되어 있다. 이후 대동인쇄주식회사의 심우택, 동성사의 김칠성을 거쳐 1925년 4월호부터(2, 3월호 미확인) 신소년사인쇄부의 이병화가 인쇄인을 맡아 1933년 8월호까지 이어진다. 『신소년』이 발간된 대부분의 기간 인쇄인을 맡았을 뿐 아니라, 『신소년』에 과학, 사담史譚, 동화 등 다수의 글을 실은 이병화李炳華는 누구인가?

경남 함안군咸安郡 여항면艅航面 외암리外岩里에 있는 '백헌 리중건 선생 행적비'에는 이중건李重乾(1890~1937)이 "4256년 족질 병화炳華와 함께 『신소년新少年』을 간행"하였다는 구절이 있다. 4256년은 1923년인데 집안의 조카 이병화와 함께 『신소년』을 간행했다는 말이다. "인쇄인은 이병화로 되어 있는데, 그는 이 선생(이중건: 필자)의 조카로, 동경東京 유학도 함께 하였다."[10]고 한 기록도 있다. 이러한 진술은 『신소

---

10 이병선, 「백헌 이중건 선생의 행적」, 『지일은 극일의 길―일본을 바로 알자』, 아세아문

년』을 이중건이 창간했다는 뜻이어서, 김갑제의 이문당에서 『신소년』 창간호를 발간했다고 한 것과 충돌한다.

1926년 7월, 경성에 있는 〈함안학우회〉의 친목 동인지 『함안咸安』 이 발간되었다. 편집인은 이희석이고 편집 겸 발행인은 신명균이며 인쇄인은 이병화. 인쇄소가 신소년사이므로 신명균과 이병화의 이름이 들어간 것은 당연한데, 편집인 이희석李喜錫(1892~1950)은 누구인가? 〈함안학우회〉 명부에 "이중건李重乾(신소년사) 이병화李炳華(신소년사) 이희석李喜錫(신소년사) 이병석李炳奭(신소년사)"[11]이라 하여 이희석이 신소년사에 재직하고 있다고 하였다.

『신소년』에 이희석 명의로 쓴 글은 딱 두 개가 보인다. 그 글은 「본사 사원 이승구李昇九 씨를 곡哭함」(『신소년』, 1929년 1월호)과 「(자미잇는 이약이 두 가지)호랑이 잡는 법」(『신소년』, 1929년 7-8월 합호)이다. 전자는 『신소년』과 관련된 사정을 조금 더 알려 주므로 전문을 옮겨 보겠다.

우리 신소년사는 만흔 무명한 사람의 노력으로 지초돌을 싸흐고 그 우에 서 잇는 한 기관이올시다. 이승구李昇九 어른도 그중의 한 사람으로 물질 정신 양방兩方의 만흔 보탬을 해 주신 어른이올시다. 금년 봄부터 우리 노동교과총서를 발행하기 위하야 사社에 와서 여러 가지 일을 보시다가 여름에 와서 우연히 병을 어더 경향京鄕으로 단이시면서 치료하엿스나 약석藥石이 무효하야 마침내 거去 12월 5일에 환으로 돌라가시니 한참 유위有爲할 42세의 장년壯年이올시다. 어른은 어느 시골사람으로 어릴 째부터 재화才華 출중出衆하며 재동才童이란 칭호를 들어서 한문공부에 상당한 소양이 잇섯고 남 몬저 쮜어나와 머리를 싹고 신학

화사, 2003, 536쪽. (이하 이 책은 쪽수만 표시한다.)
11 최덕교, 「재경 함안학우회 발행 함안」, 『한국잡지백년 2』, 현암사, 2005, 431쪽.

을 배웟스니 신구 양방에 다 상당한 지식이 잇고 또 사람됨이 중후착실하고 근면 검박하여 어데를 가든지 장자長者로 일우고 존경을 바닷습니다. <u>일즉 공리公吏가 되어 일을 보앗스나 세상 일이 나날이 글너가매 딴연히 그것을 버리고 향리에 도라와 실업에 종사하면서 농촌계발에 만흔 힘을 썻스며 그 뒤 신소년사가 동지들의 손에서 성립되매 힘을 앗기지 안코 돌보아 주엇습니다.</u> 우리 사社는 바야흐로 하염이 만흐려 하는 이째에 이런 중견中堅을 일헛스니 엇지 애석하고 원통冤痛한 일이 안이겟습닛가. 어른의 신후身後에는 2남 2녀가 잇스니 장남 병두炳枓 군은 지금 9세의 유년으로 경성 재동공보에 재학 중인대 그 쏘록쏘록한 눈알과 영리한 재조는 그 아버지의 뒤를 잇고도 남음이 잇스리라 합니다.

(23~24쪽) (밑줄 필자)

'노동교과총서'는 1929년 중반 신소년사(중앙인서관)에서 발간한 '노동야학교과총서'로 『노동독본(1, 2, 3)』과 『노동산술(상, 하)』, 『한자초보』, 『이야기주머니』 등을 가리킨다. 전국 방방곡곡에서 발흥하는 노동야학의 교과서로 사용하고자 발행한 것인데, 이 업무를 돕기 위해 '어느 시골' 즉 함안으로부터 신소년사로 온 이가 이승구李昇九다. 이중건은 슬하에 혈육이 없어, "조카 병표炳杓(아우 승구昇九의 아들)를 양자로 삼았다."(이병선, 540쪽)고 하는 데서 그 이름을 확인할 수 있다. 이중건이 외아들이었으므로 이승구는 친동생이 아니라 집안 동생(6촌 아우)이었다.

이희석은 함안군 출생으로 1919년 3·1운동 당시 함안 장날을 이용해 독립만세운동을 주도한 독립운동가이다. 피신하였다가 검거되어, 1919년 12월 부산지방법원 마산지청에서 징역 6월형을 선고받았다. 이후 피신생활을 하면서 성명을 강상대姜相大로 고치고 애국활동을 이어갔으며, 야학교를 창설하여 민족교육에도 애를 썼다. 『신소년』이 창간 된 후 이중건, 신명균과 함께 신소년사에 참여하였다.[12] 이희석(본관 인천)은 이중건(본관 여흥)의 친구였는데, 이중건의 양자 병표의 부인은 이희석의 딸이었다.(이병선, 540~541쪽)

이병석李炳奭의 신원은 따로 밝힐 수 없는데, 인쇄인 이병화, 양자 이병표와 같은 항렬자를 쓴 것으로 보아 이중건의 집안 조카로 보인다. 『신소년』(1926년 10월호) 3주년 기념 세계동화 8편을 수록할 때 그중 아메리카의 동화로 「목숨내기의 경주競走」를 수록한 적이 있어 그 역시 신소년사에 재직하고 있던 함안 사람인 듯하다.

지금까지 이병화, 이승구, 이희석, 이병석 등이 이중건과 어떤 관계가 있는지와 『신소년』에서는 무슨 일을 했는지 살펴보았다. 이들은 이희석을 제외하고 모두 여주驪州(=驪興) 이씨李氏 함안파 사람들로 『신소년』 사주 이중건의 집안사람들이다. 역시 함안 사람인 이희석은 이중건의 친구다. 요컨대 『신소년』의 발행 및 신소년사의 실무는 사주 이중건과 그 주변 사람들이 맡았다고 볼 것이다. 『신소년』을 편집했던 이주홍李周洪의 회고를 통해 좀 더 알아보자.

혼자서 여러 다른 이름으로 작품을 메워 넣어야 하기도 했고 표지에서부터 컷 삽화까지 혼자 도맡아서 하는 일인다역을 했다. 그러나 이 가운데서 제일 나를 놀라게 했던 것은 이미 4년 전에 투고만 해 놓고

----

12 「이희석」(『한국민족문화대백과사전』). 함안군에서 펴낸 『아라의 얼과 향기』(1988, 84쪽)에는 징역 6년형을 언도받고 형무소로 호송되던 중 탈출하여 10년간 피신 생활을 했다고 하였다. 그러나 이 내용은 온전히 믿기는 어렵다. 1927년 3월경 이희석은 동아일보사 함안지국장을 맡고 있고(「사고」, 『동아일보』, 1927.3.3), 월남 이상재 선생 장의위원 중에 이희석의 이름이 보이며(「고 월남 선생 장의 휘보」, 『동아일보』, 1927.4.3), 〈조선교육협회〉의 이사 명단에도 이중건, 신명균, 정열모 등과 함께 이름을 올리고 있기 때문이다.(「조선교육협회에서 정기총회 개최」, 『동아일보』, 1928.6.18)

일본에 가서 있느라고 까맣게 잊고 있었던 내 동화 「뱀새끼의 무도舞蹈」
가 진작 1925년도 『신소년』에 나 있었던 사실을 처음으로 발견해 낸
일이었다. 발표를 한 것도 기성대우를 해 당당히 유명작가의 열列에 끼
워 놓은 것이었다. 만일에 이 작품을 발견 못했더라면 그만큼 내 작품연
보는 줄어졌을 것이었다. 내자신의 필요보다도 잡지의 필요에 쫓겨서
동요, 동화, 동극, 소년소설 등을 분주히 썼는데 한편으로는 아동문학
아닌 시, 소설 등을 쓰느라고도 적은 시간을 쪼개어 써야 했다. 편집담
당이라고는 했지만 월급 한 푼 없이 밥은 사주社主인 이중건李重乾 선생
댁에 가서 먹고 오고, 잠은 잡지의 편집실이자 제본실製本室인 삼척냉
돌에서 잤다. (중략)

그래도 그것이 불만이지는 않았다. 그중에서도 신소년사와 같이 쓰
고 있는 건물 안에는 〈조선교육협회朝鮮敎育協會〉, 〈조선어학회朝鮮語學
會〉가 있어서 바늘방석에 올라 있는 듯한 일제하日帝下였다 하더라도
뭔가 든든한 생각이 나서 나 한 사람의 고생쯤은 고통이라는 것이 느껴
지지 않았다.

(중략) 그때 『신소년』의 모체가 되는 중앙인서관中央印書館에서는 나
중에 잡지 『아등我等』, 『우리들』 등도 발간했지만, 그 당시의 사회적
조류에 따라 내용은 짙은 사회주의의 색채를 띠고 있었는데, 명실이 상
부할 만큼 농민의 문화적 계몽을 위한 『노동독본』을 출판하는 한편, 한
글학자인 주산珠汕 신명균申明均 선생 주재하에 펴낸 각종의 한글학 서
적과 고전문학의 정리 보급을 위한 신명균申明均, 김태준金台俊 교열校
閱의 '조선문학전집'을 계속 발간해 국문학에 이바지한 바도 컸다.

이 전집의 편집은 소설 쓰던 홍순열洪淳烈이 맡고 있었는데, 한 사社
에 있어 같이 문학의 길을 걷고 있었던 것이 인연이 되어서 1936년에
둘이가 창간해 낸 것이 순문예잡지 『풍림楓林』이었다.[13] (밑줄 필자)

---

13 이주홍, 『격랑을 타고』, 삼성출판사, 1976, 284~286쪽.

이 글의 시간적 배경은 1929년경부터 1936년경까지이다. '이미 4년 전에 투고'했다는 「배암색기의 무도」가 1925년에 이미 수록되어 있다는 말과,[14] 이 글 앞머리에서 『신소년』의 편집을 맡아본 계기가 1929년 『조선일보』 신춘문예에 「가난과 사랑」이 입선되었기 때문이라고 한 것에서 1929년경부터 이야기가 시작되는 것을 알 수 있다. 월급 한 푼 없이 '밥은 사주인 이중건 선생 댁'에서 먹었다는 대목에서 신소년사의 사주는 김갑제가 아니고, 쓰지, 다니구치, 다카하시, 나아가 신명균도 아니며 바로 이중건인 것을 알 수 있다. "이중건 씨 경영의 신소년사는 다수한 서적과 잡지를 간행하는 중 우리 어문에 더욱이 많은 공헌"[15]이 있었다고 회고한 이윤재李允宰의 기억과도 일치한다. 이중건은 부인으로 하여금 함안에서 부모를 모시게 하고 본인은 서울의 공동 숙사에서 기거하였다고 한다. "이 선생(이중건: 필자)은 한 숙사宿舍에서 여러 사람과 함께 기거하였다. 식모를 데려 두고 밥을 지어 먹었는데, 이 숙사에는 인서관(중앙인서관: 필자)에서 일하는 사람(직공 등)은 물론, 임시로 와서 밥을 먹고 있는 식객이 많"(이병선, 538쪽)았다고 한다. 이주홍이 밥을 먹으러 간 곳도 바로 이 숙사로 보인다.

신소년사가 〈조선교육협회〉, 〈조선어학회〉와 같이 있었다는 것은, 1928년 7월부터 수표정水標町 42번지 〈조선교육협회〉로 이전하여[16] 1933년 7월까지 그곳에 있었던 사정을 말한다. 수표정 42번지의 땅은 한규설韓圭卨이 〈조선교육협회〉에 기부하여 회관이 마련된 곳이었다.[17] 『신소

---

14 실제 「배암색기의 무도」가 수록된 것은 1928년 5월호이다.

15 이윤재, 「한글 운동의 회고(4)」, 『동아일보』, 1932. 11. 2.

16 「근고」(『신소년』, 1928년 7월호)에 "본사 위치를 경성부 수표정 42번지 〈조선교육협회〉 구내로 이전하엿사오니 차후 일체 통신을 우기右記 장소로 하여 주심을 경망敬望함. 신소년사 백"이라 하였다.

년』판권지에는 1928년 7월호(6월호는 발간 여부 확인되지 않음)부터 주소가 '수표정 42번지'로 바뀐다.

〈조선교육협회〉는 1920년 6월 한규설, 이상재李商在, 윤치소尹致昭 등이 〈조선교육회〉를 만들었다가, 1922년 1월 〈조선교육협회〉로 개칭한 것이다.[18] 1928년 〈조선교육협회〉의 정기총회가 열렸는데 농민·노동자 계급의 야학 또는 강습에 사용할 『노동독본』 등의 교과서를 출판하기로 하고 새로 임원을 선거하였다. 이때 이중건, 이희석, 신명균, 정열모 등 『신소년』과 관련이 깊은 인물들이 이사理事로 선임되었다.[19] 1929년 11월에 〈조선어사전편찬회〉가 발족될 때 발기인 명단을 보면 신명균, 정열모, 이중건 등 『신소년』 관련 인물들이 포함되어 있는 것을 알 수 있다.[20]

그리고 신소년사(중앙인서관)에서 발간한 잡지인 『아등我等』과 『우리들』[21]은 "그 당시의 사회적 조류에 따라 내용은 짙은 사회주의의 색채"[22]를 띠었다. 신명균은 사회주의자가 아니지만 1930년 초반부터 『신소년』이 『별나라』와 더불어 계급주의적 경향을 강하게 반영한 것도 이러한 시대적 분위기와 무관하지 않다고 하겠다.

1927년 2월 8일 자로 창간된 『한글』의 편집 겸 발행인은 신명균이고

---

17 유동한柳東漢, 「사설검사국 대탐사록, 조선교육협회는 무엇을 하는가?」, 『별건곤』 제45호, 1931년 11월호, 21쪽.

18 「교육협회 인가」, 『동아일보』, 1922.1.26.

19 「조선교육협회에서 정기총회 개최−지난 십오일 그 회관 안에서, 노농교과서도 발행」, 『동아일보』, 1928.6.18.

20 「사회 각계 유지 망라 조선어사전편찬회」, 『동아일보』, 1929.11.2.

21 『아등』은 1931년 4월호(창간호)부터 1932년 5월호까지 발간한 후 『우리들』로 개제하여 1934년 3월호까지 발간되었다.

22 이주홍, 『격랑을 타고』, 삼성출판사, 1976, 286쪽.

인쇄인은 이병화이다. 발행소는 '한글사'라 했지만 인쇄소와 발매소는 '신소년사'이다. 『한글』창간호에는 훈민정음訓民正音을 사진판으로 9쪽부터 40쪽에 걸쳐 싣고, 이중건의 「세종대왕과 훈민정음」, 권덕규의 「정음 이전의 조선글」, 이병기의 시 「한글 기림」, 최현배의 「우리 한글의 세계 문자상 지위」, 정열모의 「성음학상으로 본 정음」, 신명균의 「한글과 주시경 선생」 등이 실려 있다. 말미에 "우리 동인은 권덕규, 이병기, 최현배, 정열모, 신명균 제인諸人"임을 밝혔다. 1928년 10월(통권9호)까지 내고 종간하였다. 1932년 5월 1일 자로 다시 발간한 『한글』은 〈조선어학회〉의 기관지이다. 판권지를 보면 동인지 『한글』과 똑같고 다만 발행소만 '조선어학회'로 달라졌다. 두 잡지 『한글』의 발간은 신명균이 주선한 것인데 출판에 따른 제반 비용은 신소년사, 중앙인서관의 주인 이중건의 희생적인 도움으로 가능했던 것이다. 〈조선어학회〉 명의의 『한글』이 속간된 배경은 이윤재李允宰의 아들 리원주가 쓴 실화소설 『민족의 얼』(평양: 문학예술종합출판사, 2001, 144~145쪽)에 잘 드러나 있다.

신명균이 편찬하고 김태준이 교열을 본 『조선문학전집』을 편집한 이가 홍순열이라고 하였다. 홍순열은 본명이 홍장복洪長福(1908~?)인데 주로 홍구洪九란 필명으로 문필활동을 하였다. 홍구는 『신소년』과 『별나라』를 중심으로 한 계급주의 아동문학가들을 소개한 「아동문학 작가의 프로필」(『신소년』, 1932년 8월호)과 신명균을 추모한 수필 「주산珠汕 선생」(『신건설』 제2호, 1946년 12-1월 합호)을 쓴 바 있다. 이는 신소년사 (중앙인서관)에서 당대의 아동문학가들과 신명균을 항상 지켜보았기 때문에 가능한 것이었다. 「아동문학 작가의 프로필」은 송영宋影, 박세영朴世永, 오경호吳慶鎬, 구직회具直會, 정청산鄭靑山, 안평원安平原, 승응순昇應順, 이동규李東珪, 현동염玄東炎, 엄흥섭嚴興燮, 홍은표洪銀杓, 김우철金友哲, 한철염韓哲焰 등 1920～30년대 계급주의 경향의 아동문학가들에 관한 요긴한 정보를 많이 알려 준다. 「주산 선생」에는 신명균에 대한 새로운 정보가 다수 포함되어 있다.

나는 바로 하루 전날 선생이 나를 찾어 주신 일을 생각하였다. 다른 때와 다름없이 가계와 건강을 물으시며 독서에 대한 지시를 말슴하시고 조선어사전 편찬을 속히 해야겟다는 말슴 끝에 선생의 친우며 협조자인 그때 고인이 되신 백헌白軒 선생을 슬퍼하시고 나로서는 잘 알지는 못하나 선생이 친히 하시든 그때 지하서 활발한 운동을 하시든 지금 공산당 모씨某氏 같은 그분의 동지며 선생의 제자이든 모々 씨들이 한번 보고 싶다고 하시는 말슴 속에 어디인지 다른 때와 다른 쓸쓸하고 허젓해 하시는 선생을 직각直覺을 하고 그날은 헤여지는 것이 유난이 서운했었다. (중략)
선생이 관계하시든 중앙인서관이란 인쇄소 겸 서점은 우리들이 자라나든 온상이라고 해도 좋았다. 무슨 론의가 있을 때나 무슨 열락이 있을 때 그곧이 우리의 지정된 장소가 되는 수가 많다. 그 어둠컴컴한 습기찬 방에 선생이 우드머니 무엇을 명상을 하시다가도 우리가 가면 자리를 내 주시고 나가신다. 별다른 특별한 이야기가 없을 때는 나가시지 말내도 한사코 자리를 비여 주시고 집 주위를 한번 휘도라 보아 주시였다. 처음에는 그 리유를 몰랐으나 차츰 선생의 참뜻과 자세함과 주밀함을 알게 되었다.
선생은 우리와 주의나 사상이 같지는 않었다. 그러나 젊은 사람이 품은 사상에는 반대를 않 한다는 것보다도 당연히 갖어야 된다고 하시며 갖인 사람이 똑바른 사람이며 이 세대에 맞인 사람이며 그 사상을 버리고 무슨 사상을 갖을 것이 있겠느냐고까지 말슴하시는 것을 본 적이 있다. (중략)
새하얗게 개인 어느 가을날 선생은 백헌白軒 선생의 묘를 찾어 묘 앞에서 절통해 통곡하심을 보았다. 하소하실 곳이 없어 고인의 묘 앞에 눈물의 하소를 하실 때 지향 없는 눈물을 흘리며 목노아 나도 울어 보았다. (47~48쪽) (밑줄 필자)

백헌白軒은 이중건李重乾의 호다. 자결하기 하루 전 신명균은 '친우며 협조자'였던 백헌을 떠올리며 슬픔을 감추지 못했다. 그런데 지하활동을 하던 '공산당 모씨'는 누구인가? 신명균은 공산주의자였던 김태준金台俊과 더불어 '조선문학전집'을 간행했다. 신명균이 별세하기 전인 1940년 9월경 경성제국대학 강사이자 〈경성콤그룹〉에 가담하고 있던 김태준은 신명균과 다음과 같은 대화를 나누었다고 한다.

① 신명균은 원래 민족주의를 주장했고 나(김태준: 필자)도 신명균이 그런 색채를 띠고 있음을 알고 있었다. (중략) 1940년 9월경 신명균이 찾아왔을 때 나는 박헌영 등과 주의 운동을 함께 하고 있다고 말했다. 신명균이 말하기를 조선은 약소민족이며 독립을 해야 하므로 민족운동이 원칙이지만 오늘날 주변 사정으로 미루어볼 때 공산주의 운동도 적절하다고 볼 수 있다. 어쨌든 우리 조선인은 자유를 주장하고 이 방면의 운동을 맹렬하게 전개하지 않으면 안 된다고 나를 격려하였다.[23]
② 1940년 10월경 신명균이 나(김태준: 필자)를 찾아와 박헌영을 만나고 싶다고 하였다. 박헌영에게 그 뜻을 전했더니 신명균과 회견을 수락하므로 두 사람을 우리 집 서재에서 대면시켰다.[24] (이상 밑줄 필자)

---

23 京城鍾路警察署, 1941.12.14. 「被疑者訊問調書(金台俊 第1回)」『자료1 별책』, 689~691. 이애숙, 「일제 말기 반파시즘 인민전선론」, 『한국사연구』 제126호, 2002, 227쪽에서 재인용.
24 京城鍾路警察署, 1941.12.26. 「被疑者訊問調書(金台俊 第3回)」『자료1 별책』 8564. 이애숙, 227쪽에서 재인용.

신명균이 박헌영과 만난 것은 〈조선어학회〉와 같은 민족주의자들의 민족문화 운동이 위기에 처한 시기에 반제·반파시즘 투쟁을 천명했던 공산주의자들과 공동투쟁을 논의한 것으로 보인다. 신명균이 자결하기 전 그리워한 '공산주의자 모 씨'는 박헌영朴憲永으로 추정된다. 홍구는 신명균이 계급주의적 관점에 서 있던 자신들과 달랐지만 묵인을 넘어 동조하고 있는 모습을 전해 주고 있다. 『신소년』의 편집을 주관했던 신명균의 이러한 자세가 아니었다면 『신소년』이 계급적 관점을 견지하기가 어려웠을 것이다.

이주홍의 회고를 통해 『신소년』의 사주가 이중건임을 확인했지만, 창간 당시의 사정을 말한 게 아니다. 창간 당시 이중건은 어떠한 역할을 한 것일까? 익명의 'ㅈㄱ생'이 발표한 「소년의 기왕과 장래」(1929년 1월호)에서 몇 가지 사실을 찾아낼 수 있다.

우리 『신소년』도 벌서 일곱 살이란 나흘 맛게 되엇습니다. 7년이란 세월이 짤으다면 짤으지만 길다면 길다고도 할 수 잇습니다. 애독자 여러분 중에서도 창간호를 익던 13세의 어린 소년이 벌서 20세의 성년이 되엇슬 것이오 보통학교 6년생이던 이가 벌서 중등학교를 마치고 엇던 대학 전문학생이니 혹은 실사회에 나서 활동하는 일군이 되엇슬 이도 만흘 줄 생각합니다. (중략)

우리들의 발원은 이러하엿습니다. "<u>우리 조선 사람도 잘살랴면 모다 유식한 사람이 되어야 할 것이오 모다 유식한 사람이 되랴면 글을 배우고 글을 일글 줄 알어야 할 것이올시다. 그 글을 배우고 익는데 소용되는 책을 공급하자.</u>"는 것이올시다.(이상 52면)

이것이 우리들의 발원이엿습니다. 우리 『신소년』과 『소년총서』도 그 발원의 일단으로 생겨난 것이올시다. 귀여운 우리 소년소녀들의 독서열을 고취하자는 것이올시다. 그리고 무식덩어리로 되어 잇는 남녀 일

군들을 위하야 『노동교과총서』의 발행에 말과 힘을 오로지하엿고 우리 글을 사람사람이 쓰고 익는데 쉽고 편하며 규칙 잇는 글이 되게 하기 위하야 『한글』을 만드러 왔습니다. 세종대왕의 훈민정음 원본의 발행 가튼 것은 여간한 애와 힘을 쓴 것이 안입니다. (중략)

지금으로부터 6년 전 어느 가을인가 합니다. 지우志友 신申 선생과 쇠하고 조그만 활판기계 한 대와 활자 멋 만 자를 사드리고 '펜' 한 개 원고지 멋 장 가진 것이 우리들의 살림 미천이엇습니다.

그러나 그것을 가지고 엇더케 합닛가. 나제는 싸로 하는 일이 잇섯고 밤이면 글을 쓰고 여가에는 또 일을 하엿습니다. 오늘까지 그러합니다. "세상에 되는 일도 업고 안 되는 일도 업다"는 것이 우리들의 쓰라린 경험이엇습니다. 우리 신소년사를 중심하고 제 밥 제 옷을 먹고 입으면서 만흔 힘과 애를 태우신 이들이 부지 수십명이엇습니다. (중략)

우리들은 소거름으로 한 자국 한 자국 압흘 나가면서 소지소망所志所望을 실현하여 보겟습니다. 그중에도 강한 쑷과 든×한 미듬을 갓게 하는 것은 신명균申明均, 이희석李喜錫 두 선생이 게심이니 그네의 숭고한 인격과 부단한 성열誠熱은 나로 하여곰 완頑을 염廉케 하고 타懶를 입立케 할 쑨이올시다.[25]

나란 사람은 어느 시골 궁벽한 촌 빈한한 가정에서 생장한 일 무명소년이올시다. 나히는 소년을 지냇슬 망정 맘과 행동은 철업고 고집 센 소년이올시다.[26] (밑줄 필자)

글쓴이 'ㅈㄱ생'은 누구일까? 본문 중에서 실마리를 찾아보자. '6년 전 어느 가을'이면 이 글을 쓴 1929년 1월로부터 기산할 때 1923년 가을이 된다. 『신소년』이 창간된 1923년 10월과 부합한다. '지우志友'는

---

25 "頑을 廉케 하고 懶를 立케 할 쑨이올시다."는 미련하고 둔한 것을 예리하게 하고, 나태해 누운 것을 일으켜 세울 뿐이라는 뜻으로 보인다.

26 ㅈㄱ생, 「소년의 기왕旣往과 장래」, 『신소년』, 1929년 1월호, 52~54쪽.

'뜻이 굳은 친구'쯤으로 풀이되는데, '신申 선생'이라 했으니 신명균申明均이 분명하다. 글쓴이인 '나'와 '지우 신명균'이 『신소년』 발간을 '쇠하'였다는 것도 시기상 일치한다. 이것만으로는 불분명한데, 강한 뜻과 든든한 믿음을 갖게 하는 두 선생 '신명균과 이희석'에서 실마리를 풀어야 할 것 같다. 그리고 나는 '어느 시골 궁벽한 촌 빈한한 가정에서 생장'했다는 것도 단서가 될 것이다. 무엇보다 'ㅈㄱ'은 이름자와 관련이 있는 것이다. 앞에서 보았던 이주홍의 회고를 조금 더 보자.

> 그러나 그렇게 벽돌집이 많은 서울의 한복판에 위치를 하고 있었는
> 데도 신소년사는 허물어질 듯한 고가古家 한 간에 자리를 잡고 있는 인
> 쇄소를 겸한 빈약한 잡지사이던 것이었다. (중략) 편집담당이라고는 했
> 지만 월급 한 푼 없이 밥은 사주社主인 이중건李重乾 선생 댁에 가서 먹
> 고 오고, 잠은 잡지의 편집실이자 제본실製本室인 삼척냉돌에서 잤다.
> (밑줄 필자)

신소년사는 '인쇄소를 겸한 빈약한 잡지사'라고 한 것과 'ㅈㄱ생'이 말한 신소년사의 '살림미천'이 연결된다. '월급 한 푼 없'다는 것과 '제 밥 제 옷을 먹고 입'었다는 것도 사정이 일치한다.

「소년의 기왕과 장래」의 필자 'ㅈㄱ생'은 바로 이중건으로 보인다. 『신소년』의 창간과 신소년사의 활동 그리고 신명균과 이희석이 '나' 곧 사주 이중건에게 강한 뜻과 든든한 믿음을 준다고 한 것과, 'ㅈㄱ'이 '중건'의 머리글자로 보이기 때문이다. 이중건(1890~1937)은 경상남도 함안군咸安郡 여항면艅航面 출신이라 'ㅈㄱ생'이 말한 '어느 시골 궁벽한 촌'에 해당한다. '~올시다.' 식의 독특한 문투도 이중건임을 방증한다. 『신소년』에 '이중건'을 밝히고 쓴 글은 「첫재 몸덩이 건강부

터」이다.

　　　'건전한 정신은 건전한 몸덩이에 잇다.'는 격언格言과 가치 우리가 장
　　래에 훌륭한 사람이 되랴면 몬저 몸덩이 건강부터 크게 주의하여야 할
　　것이올시다. 그런데 우리 소년들은 대체로 얼골비치 창백하고 핏기가
　　적으며 활긔가 업는 것 갓습니다. 이것은 먹는 것과 운동이 부족하다던
　　가 그 박게 여러 가지 이유가 잇슬 것이올시다.(하략)[27] (밑줄 필자)

　이러한 글투는 글쓴이가 밝혀져 있지 않은 『신소년』 창간호의 권두
언에서도 발견된다.

　　　우리 조선은 3백만의 소년을 가젓습니다. 우리는 충심으로써 여러분
　　소년을 사랑하며 또 존경尊敬하나이다. 장래 새 조선의 주인이 될 사람
　　도 여러분 소년이요 이 조선을 마터서 다스려 갈 사람도 여러분 소년이
　　올시다. 우리 조선이 꼿답고 향기로운 조선이 되기도 여러분 소년에게
　　달렷고 빗나고 질거운 조선이 되기도 여러분 소년에게 달렷습니다. 여
　　러분 소년은 우리 조선의 목숨이요 인간의 빗치올시다.[28] (밑줄 필자)

　이상으로 볼 때, 『신소년』의 경영은 창간 당시부터 이중건이 맡은
것으로 보인다. 활판기계와 활자 몇 만 자를 사들인 것과 창간 당시
신소년사의 주소가 '관훈동 130번지' 김갑제의 이문당인 것은 현재로
서는 분명하게 밝힐 자료를 찾지 못했다. 이중건과 신명균이 『신소년』
을 발간하기로 하고, 인쇄 기계와 활자를 샀으나 그것만으로는 부족해

----

27 이중건, 「(소년에 대한 바람)첫재 몸덩이 건강부터」, 『신소년』, 1930년 1월호, 22~23쪽.
28 「『신소년』을 첨 내는 말슴」, 『신소년』, 1923년 10월호, 1쪽.

친분이 있던 김갑제의 이문당을 활용했을 것으로 추정된다.

『신소년』은 창간호부터 일정 기간 이문당에서 발간했으나 창간의
주역은 이중건과 신명균으로 보인다. 사주 이중건은 신소년사의 실무
인사들을 자신의 집안사람들로 대거 채웠으나, 전면에 내세운 사람은
신명균이었다. 당시 사정을 잘 아는 이주홍은 이중건이 "항상 자기는
뒤에 숨어 신명균을 발행인으로 앞세웠"(이병선, 536쪽)다고 증언한 바
있다.

『신소년』의 초기 사원(집필자)들

먼저 『신소년』 통권4호(1924년 1월호)에 실린 「현상 그리 맛쳐 내기」
를 보자.

賞 懸 大 別 特 年 新

이 그림의 인물은『신소년』사원 일동이요 돌아안진 사람은 본지 필자 김석진金錫振 선생이요 다음부터 차레로 이호성李浩盛 선생, 최병주崔炳周 선생, 김재희金載熙 선생, 진서림陳瑞林 선생, 신명균申明均 선생, 문징명文徵明 선생, 맹주천孟柱天 선생, 김갑제金甲濟 선생, 김세연金世涓 선생, 박승좌朴勝佐 선생이요. 그러나 이 차레는 김석진金錫振 선생의 오른편부턴지, 왼편부턴지, 분간할 수 업스니 '좌측부터' 혹은 '우측부터'라고 제군의 뜻대로 답을 쓰시오. (57쪽)

　밑줄 친 데서 보듯이 이들이 '『신소년』사원 일동'이다. '일동'은 '어떤 단체나 모임의 모든 사람'이란 말이니 이들 11명이 초기『신소년』의 '사원'들이다. '사원'은 곧 동인同人을 뜻하는 것으로 보인다. 초기의『신소년』을 보면 이들 중에서 표지와 삽화를 그리고 동요와 동화, 역사 이야기, 산술, 훈화, 과학 등 잡지를 채울 글들을 도맡다시피 쓰고 있는 것을 알 수 있다.

　김석진金錫振은 1914년 경성고등보통학교를 졸업하고, 1915년 10월 30일, 소학교 및 보통학교 교원시험에 합격하였으며, 1916년 경성고등보통학교 사범과를 졸업하였다. 1916년 4월부터 조선공립소학교 훈도로 임명되어, 1917년부터 경상북도 경주공립보통학교 훈도, 『신소년』이 창간된 시점인 1923년부터 경기도 수송공립보통학교 훈도를 거쳐 폐간될 즈음에는 경기도 수하동보통학교, 평양 종로보통학교 훈도로 재직하였다. 이호성李浩盛도 김석진과 같은 해 경성고등보통학교를 졸업하고 이어서 1916년 3월 경성고등보통학교 사범과를 졸업하였다. 1916년 4월 조선공립소학교 훈도로 임명되어 1917년 경기도 다동공립보통학교 훈도를 시작으로『신소년』창간 당시 수송보통학교 훈도를 거쳐, 폐간 즈음 경성상업실수학교 교유, 1936년부터는 경기도 학무과

시학視學 등을 지냈다. 맹주천孟柱天(1897~1973)은 김석진, 이호성보다 한해 뒤인 1916년 경성고등보통학교를 졸업하고, 1917년 4월부터 조선공립간이실업학교 훈도로 임명되어 1918년부터 1921년까지 독도纛島(뚝섬)공립보통학교 훈도를 지냈다. 1914년부터 1922년까지 8년간 독도공립보통학교 훈도로 재직했던 신명균申明均과 같은 직장에서 근무한 것이다. 『신소년』창간 당시인 1922년부터 1925년까지 재동공립보통학교 훈도, 1926년부터 1940년까지 경기상업학교 교유 등을 지냈다. 박승좌朴勝佐는 1915년 4월 경성고등보통학교 사범과를 졸업하고, 1915년부터 1919년까지 호도공립보통학교 훈도를 지냈다. 최병주崔炳周도 박승좌와 같은 해에 경성고등보통학교 사범과를 졸업하고, 1915년부터 1919년까지 춘천공립보통학교 훈도를 거쳐 『신소년』창간 당시 경기도 어의동於義洞공립보통학교와 청운공립보통학교, 교동보통학교 등의 훈도를 지냈다.

김재희金載熙는 1914년 4월 조선공립보통학교 훈도로 임명되어 1916년까지 강원도 고성공립보통학교 훈도를 시작으로 『신소년』창간 당시 경기도 어의동공립보통학교, 죽첨보통학교 훈도를 지냈다. 진서림陳瑞林은 1916년 경성고등보통학교 훈도를 시작으로 『신소년』창간 당시 경성사범학교, 개성 제이공립보통학교 등의 훈도로 재직하였다. 문징명文徵明은 1910년 경기도 안성공립보통학교 훈도를 시작으로 『신소년』창간 당시 경기도 어의동공립보통학교, 군자보통학교 훈도로 재직하였다. 김세연金世涓은 1913년 3월 조선공립소학교 훈도로 임명되어 1918년까지 경성여자공립보통학교, 1919년부터 1927년까지 매동공립보통학교 훈도로 재직하였다.[29] 이상과 같이 창간 당시 '사원'(집필자)들

---

29 이상의 학력과 경력은 '조선총독부관보'와 '직원록 자료'(한국사데이터베이스) 참조.

은 "십수년간 보통교육에 종사하야 실제적 경험이 풍부하고 연구가 심오하신 각 학교 선생님"[30] 곧 보통학교 교사가 중심이었다.

『신소년』 창간호를 보면, 김석진이 표지 그림과 「소년 야행군夜行軍기記」라는 만화와 영남 동요 「노-네」 그리고 '편집 가방'이라는 편집후기를 실어 가장 많은 활약을 하였다. 신명균은 사담 「김정호金正皡선생」, 모험소설 「어머니를 차저 삼만리」를 실었고, 진서림은 「황금의종鍾」, 「바보 사자獅子」 그리고 「수수썩기」를 실었다. 맹주천의 「반 병의 물」과 「불효의 효행」, 문징명의 「병甁 속의 알 사람」, 김세연의 「굿들암이 타령」, 이호성의 「포교捕校의 쇠」와 함께 김재희는 「내외 통신」을 맡았다. 보다시피 앞의 '사원'은 잡지의 집필자들과 일치함을알 수 있다. 사원 명단에 없는 사람으로는 백남규와 정열모가 있는데, 각각 「신소년의 압길을 비노라」와 「어린 동무들」을 실은 것이 전부다.

하지만 이들은 1924년 1월(진서림)에서 1926년 9월까지(박승좌) 글이나 삽화, 만화를 싣다가 그만두었다. 맹주천(1928.8-9월 합호)과 이호성(1929.1)은 그나마 5년 이상 계속하여 집필하였다. '사원'은 아니었지만정열모는 동요 고선[31]을 맡고, "일본 동경에 게신 정지용鄭芝鎔 씨가우리 잡지를 위하여 매월 동요를 쓰시게 되"기 전까지 "우리 잡지에 동요를 써 온 지가 만 2년"[32]이나 될 만큼 동요 창작의 모범을 보였고, 『동요작법』(신소년사, 1925.9)을 펴내 소년문사들의 동요 창작 능력을

---

30 「(광고)월간잡지 『신소년』」, 『조선일보』, 1923.10.16; 10.21.
31 승응순昇應順이 '작문과 동요는 어느 선생님이 쏜으십닛가'라고 묻자, '작문은 맹주천 선생님이 보시고, 동요는 정열모 선생님이 보십니다.'(「담화실」, 『신소년』, 1925년 12월호, 56쪽)라고 하였다.
32 정열모의 「고별」, 『신소년』, 1926년 12월호, 28쪽.

길러주기에 애를 썼다. 1921년부터 독도공
립보통학교 훈도를 지낸 신명균과 같은 학
교에서 근무한 인연이 작용한 것으로 보인
다.[33] "같은 학교에 다니는 관계상 또 나를
조선어강습회에 인도한 관계상 주산珠汕 신
명균申明均 씨가 제일 친근하"[34]다고 할 만
큼 정열모는 신명균과 가까운 관계라 일찌
감치 영입되어 중심적인 역할을 한 것이 아
닌가 싶다. 이후에도 취몽醉夢, 살별 등의
필명을 섞어 쓰며 동요, 여행기, 소년소설,

정열모의 『동요작법』,
신소년사, 1925

번역 동화 등을 실어, 1930년 4월호까지 붓을 놓지 않았다.

신명균과 이상대

『신소년』의 필자 가운데 '이상대李尙大'가 있다. 이상대는 '백천白泉'
이란 필명으로도 글을 발표하였다. 태천泰川의 선우만년鮮于萬年이 백
천이 누구냐고 묻자 "백천 님은 이상대 선생이올시다."[35]라고 답한 데
서 확인된다. 이상대(백천)는 현재 확인가능한 자료 중 1925년 4월호
「서경덕 선생」을 시작으로 주로 과학 분야의 글을 많이 썼고, 사담,
동화, 아동극, 「작크와 팟나무Jack and the Beanstalk」와 같은 세계동화,

33 한국사데이터베이스 직원록 자료 참조.
34 정열모, 「주朱 선생과 그 주위의 사람들」, 『신생新生』 제2권 제9호, 1929년 9월호, 9쪽.
35 「담화실」, 『신소년』, 1927년 1월호, 70쪽.

권학문, 산술 유희실, 한자 공부실 등 다방면에 걸쳐 60편에 가까운 글을 『신소년』에 싣고 있다. 그러나 여러 신문과 다른 잡지에는 '이상대李尙大'란 이름으로 작품을 발표한 예가 전혀 없다. 11명의 '『신소년』 사원 일동'에도 포함되지 않았을 뿐만 아니라, 다른 사원과 달리 '직원록 자료', '인물 자료', '조선총독부 관보' 등 어디에서도 찾을 수 없다.

1925년 8월호 「바다」의 필자가 이상대인데 목차에는 신명균으로 되어 있다. 이러한 사실과 문체의 유사성을 들어 최시한은 이상대가 신명균이라고 보았다.[36] 일제강점기에 문인들은 허다한 필명을 사용했는데 본문과 목차를 확인해 필명의 본명을 찾는 일은 유력한 방법 중의 하나다. 그러나 딱 한 번의 일로 확정하기는 조심스럽다. 그만큼 오식이 흔했기 때문이다. 1930년 '소년에 대한 바람'이란 특집에 신명균과 더불어 이상대의 글도 실려 있는 점 때문에 최시한도 이상대가 신명균과 다른 사람일 수 있다고 하면서도, 문체와 1889년생 신명균이 1930년 1월에 만 40세가 되는 점까지 논거로 들어 이상대는 신명균이라고 결론지었다. 문체는 여러 입증 자료 중에 최후에 생각해 볼 논거고, 당시는 세는나이가 일반적이라 1890년생 이중건이 이상대라 해도 무리가 없어, 문체와 나이로 입증이 분명하게 이루어졌다 하기는 어렵다.

1926년 2월호 「담화실」에는 김상회金相會가 "기자 선생님 중 이상대李尙大 씨의 주소가 알고 싶습니다."라고 하자, "본사 내에 게십니다."(55쪽)라고 답하였다. 1929년 7–8월 합호 편집과 관련하여, "신 선생님은 경북慶北 이재민 구제회 일로 눈코 뜰 사이 업시 도라단이시게 되고 이상대李尙大 선생님은 또 달은 일로 왔다갓다 하시어 누가 『신소년』

---

36 최시한·최배은·김선현, 『항일문화운동가 신명균』, 한국학중앙연구원출판부, 2021, 67~72쪽.

을 맨들 사람이 잇는가 말이야."[37]라고 한 것은 사내社內의 인물인 '덤벙이박사'였다. 사내의 사정을 잘 아는 '덤벙이박사'가 신명균과 이상대가 서로 다른 일로 바빠 『신소년』을 편집하지 못했다고 한 것은 두 사람이 동일 인물이 아니라는 것을 분명히 밝혀 준 것이라 하겠다.

1929년 12월호에는 「내용을 고치고 발행기일을 정확히 하기로」란 글이 있다. 1928년 1~3월호를 휴간하고 1929년에도 10~11월호를 휴간한 뒤에 각오를 다지면서 한 말이다. 그 내용은 다음과 같다.

> 우리 『신소년』이 여러분의 동무가 되어온 지 벌서 일곱 해올시다. 그러나 요지음 와서는 이거슬 맨들어낸 이들의 겨름과 잘못으로 하여 쪽쪽 다달이 내지도 못하는 데다가 내용까지 보잘것이 업서서 여러분의 바라심을 만분의 일이라도 맞춰들이지 못한 것은 새삼스러이 말할 것도 업습니다. (중략) <u>또 우리 일을 진력으로 보살퍼주시든 이상대 어른이 수년 동안 다른 길로 헤매시다가 지금부터 또다시 이 잡지를 맨드는 데 힘을 오로지 하기로 되섯습니다.</u> 우리들은 무엇보다 든든하고 깁버합니다.(3쪽) (밑줄 필자)

이상대가 '수년 동안 다른 길로 헤'맸다고 한다. 1930년 2월호 「독자담화실」의 '상尙'은 이상대로 보이는데, "참 오래간만에 뵈오니 반갑습니다. 여러분들을 위하여는 정성 잇는 대로 다해 밧치겟습니다.(상尙)"(52쪽)라 하여 이상대가 '오래간만'에 『신소년』 편집에 임하고 있음을

---

37 덤벙이박사, 「담화실」, 『신소년』, 1929년 7-8월 합호, 44쪽.
   1928년 대한재大旱災로 경북 일대에 16만 명의 이재민이 발생하자, 40여 명의 유지들이 〈조선교육협회〉에 모여 〈경북기근구제회〉를 조직하였다. 그중 이희석李喜錫, 신명균申明均, 유진태兪鎭泰 등의 이름이 있다.(「사회 각 방면 망라 경북기근구제회」, 『조선일보』, 1929.4.29)

보여준다. '수년 동안'을 최소한으로 잡아 1927년부터 1929년까지 신명균의 행적을 살펴보자. 『신소년』에 수록된 글만 14편이고 단행본으로 『천일야화(아라비얀나이트)』(신소년사, 1929.5)를 발간하였다. 이상대는 7편의 글을 발표하였는데, 1928년에 3편, 1929년에는 11월호까지 한 편의 글도 발표하지 않았다. 이 시기에 신명균은 「담화실」의 질문이나 요청에까지 답을 하고 있어,[38] 그가 『신소년』 편집을 방치하고 '수년 동안 다른 길로 헤'맬 수는 없는 일이다.

본문과 목차에 각각 '이상대'와 '신명균'으로 되어 있는 것은 두 사람이 동일인이라는 유력한 근거가 될 수 있다고 했다. 그러나 지금까지 살펴본 것처럼 두 사람이 서로 다른 사람이라는 근거는 더 많다. 그렇다면 '본사 내에 게'신다는 이상대는 누구인가? 추론하건대 가능성이 있는 사람은 사주 이중건을 상정해 볼 수 있다. 하지만 1930년 1월호 특집 '소년에 대한 바람'에 참여한 이가 이극로, 이중건, 신명균, 정열모, 신영철, 권경완 그리고 이상대라, 신명균이 이상대가 아닌 것처럼 이중건 또한 이상대가 아닐 가능성이 높다.

『신소년』에서 중요한 역할을 한 사람은 이중건과 신명균 그리고 이희석이다. 신명균과 이중건이 아니라면 이상대는 이희석일 가능성이 크다. 이병선은 이희석의 추모비가 함안초등학교 서편에 있다고 했다.(이병선, 541쪽) 추모비라면 이런저런 행적이 담겨 있을 테니 거기에서 단서를 찾을 수 있을 것으로 생각했다. 함안에 가서 확인해 보는 방법밖에 없다고 생각하고 날짜를 잡다가 이희석의 추모비 사진을 발견하게 되었다. '抗日志士 白泉 李喜錫 先生 追慕碑'라 새겨져 있다.

---

38 1928년 7월호 울산 서덕출徐德出의 요청에 정열모와 더불어 못 만나 아쉽다는 답을 하고 있다.(65쪽)

앞서 '백천'이 '이상대'라 했는데, 추모
비는 '백천白泉'이 '이희석'임을 알려준
다. '이상대'는 바로 '이희석'이었던 것
이다. 이중건의 호가 '백헌白軒'이니 '白
泉'은 절친한 친구끼리 '白' 자 돌림을
쓴 게 아닌가 싶고, 이희석이 피신 당
시 '강상대姜相大'로 변성명을 했다고
했는데 한자는 다르지만 '이상대李尚大'
와 닮은 점이 있다. 그래서 '이상대'가
'이희석'일 가능성이 있다는 심증을 굳
혔는데 물증을 통해 확인을 한 셈이다.

항일지사 백천 이희석 선생 추모비
함안면 함성咸城중학교 뒤편
비봉산 자락

『신소년』과 편집인들

『신소년』의 판권지에 따라 편집인(편집원)을 밝혀 보면 다음과 같다.
창간호부터 제2권 제7호(1924년 7월호)까지 편집인은 김갑제金甲濟이다.
앞에서 살폈듯이 초기 『신소년』을 발행한 이문당의 설립자가 김갑제였
는데 그가 편집인에 이름을 올리고 있다. 하지만 김갑제는 『신소년』에
어떤 글도 싣지 않았다. 『어린이』, 『별나라』, 『아이생활』과 달리 『신소
년』은 유달리 이문당에서 간행한 입학시험준비서 광고를 자주 다양하
게 실었다. 김갑제는 보통학교 훈도 경력을 갖고 있었고 상급학교 진학
을 돕는 수험서가 상업적 이익을 보장하는 것을 알고 있었다. 광고뿐만
아니라 본문에도 '입학시험 문제와 해답'을 실었다. 그 내용의 일부를
보면 경성제일고보, 대구고보, 경성제이고보, 경성사범 등의 조선어,

이과, 역사과, 지리과의 문제(일본어)를 싣고 해답을 알려주는 방식이었다. 일제강점기의 소년문예운동가들은 아동문학 잡지의 역할을 "소년의 취미증장, 학교교육의 보충교양(또는 보충교재)"[39]으로 보고 있었다. 김갑제도 이러한 인식의 범주에서 벗어나지 않았던 것이다.

앞에서 신소년사가 이문당에서 독립한 시점을 발행소의 주소가 바뀐 것을 근거로 1924년 10월부터라 보았다. 현재 확인 가능한 1925년 1월호부터 이문당의 서적 광고가 『신소년』 지면에서 사라지는 것을 보아 이즈음 독립한 것으로 보는 데 무리가 없을 듯하다. 입시문제집이나 학습서 등과 같은 서적 광고는 여전히 실리고 있으나 이문당이 아니라 '문우당', '신구서림' 등으로 대체되었다.

김갑제에 이어 1925년 4월호부터 1926년 10월호까지 '편집 겸 발행인' 명의로 다카하시 유타카高橋豊란 이름이 등장한다. 그러나 다카하시 유타카가 편집에 관여한 흔적은 찾을 수 없으며, 이후 폐간 때까지 편집인은 신명균이 맡았다.

신명균은 많은 양의 집필을 하고 독자들의 질문에 일일이 답도 하면서 실질적으로 『신소년』을 편집하였다. 그런데 편집의 실무를 맡은 사람 곧 '편집원'들은 지금까지 제대로 밝혀지지 않았다. 공적 기록이 없으므로 언제부터 언제까지 누가 편집 실무를 맡았는지를 정확히 밝히는 것은 쉽지 않다. 자투리 정보를 최대한 모아 재구해 보자.

먼저 독자들의 투고작품을 고선考選한 사람들은 편집 실무를 맡은 것으로 볼 수 있다. 이들로는 신영철申瑩澈, 맹주천孟柱天, 정열모鄭烈

39 홍은성, 「소년운동과 그의 문예운동의 이론 확립(3)」, 『중외일보』, 1927.12.14.
김태오, 「정묘 일년간 조선소년운동(1)—기분운동에서 조직운동에」, 『조선일보』, 1928.1.11.

模, 이주홍李周洪 등이 있다. 신영철은 이주홍과는 재외종의 동서同壻로 이주홍이 신소년사에 입사하는데 다리를 놔 준 사람이다.

신영철申瑩澈 형의 알뜰안 주선과 내가 오래전부터 투고를 해 나왔다는 연고가 주효해서 나는 신소년사에 입사해 잡지 편집을 맡게 되었다.[40]

신영철은 개벽사에도 몸을 붙여 한때 『어린이』를 편집하기도 하였다. 그때 『어린이』가 표나게 계급주의적 경향을 보여주었는데 1931년 10월호부터 1932년 9월호까지 약 1년간이었다. 1929년 『조선일보』에 「가난과 사랑」이 선외가작으로 입선된 바 있는 이주홍은, 이미 '잡지왕국' 개벽사에서 편집을 맡고 있던 신영철의 주선이 있어, 1929년부터 5년간[41] 『신소년』의 편집을 맡았다.

신 선생님은 경북慶北 이재민 구제회 일로 눈코 뜰 사이 업시 도라단이시게 되고 이상대李尙大 선생님은 쪼 달은 일로 왔다갓다 하시어 누가 신소년新少年을 맨들 사람이 잇는가 말이야. 그래서 나를 불러다가 『신소년新少年』을 더 충실充實히 맨든다드니 헹…… . 하고 나는 한숨을 쉬고, 7월호는 언제나? 하얏드니 '애 이것 봐라 수가 잇다.'하는 생각이 별안간 나서 2월호부터인지 힘을 쓰시는 송宋님을 붓잡어오지 안헛겟나. 그리지 안하도 보아주실 분을 쓰러오기까지 하야서는 미안한 일이지만. 그래서 7월호 전부를 나와 둘이 맛하 보앗네. 송宋님은 병이 중함으로 매우 욕을 보시엇스나 거의 송宋님의 손으로 7월호를 맨들엇스니 감사한 일이야 어쩌튼 여러분은 2월호부터 송宋님 힘으로 신소년新少年

40 이주홍, 『격랑을 타고』, 삼성출판사, 1976, 284쪽.
41 이병선, 536쪽; 이주홍, 위의 책, 282쪽.

을 간신ㅅ히나마 어더 읽게 된 모양이야. −살−작 들으니까. 그러나 9 월호부터는 신 선생님도 틈이 게실 터이니까 송宋님이나 나도 좀 마음을 노코 태평세월을 노래하겟네. (하략) 덤벙이박사.[42] (밑줄 필자)

여기서 '송宋님'은 송완순宋完淳을 가리킨다. "이 8월호는 여러 가지의 밧분 일로 말미암아 송님이 병중에도 불구하고 전부 마타 하"(44쪽)였다고 신명균이 말했다. 송완순은 대전군 진잠보통학교를 마치고 1927년 경성 휘문고등보통학교에 입학하였으나 병으로 휴학하였다가 1928년 자퇴하였다. 1929년 7-8월 합호의 편집후기에 해당하는 '뒤ㅅ말슴'에는 송완순의 필명인 송소민宋素民의 '素'란 이름으로 "아즉 미숙한 탓과 알른 몸으로 간신히 편즙을 마"쳤다고 하였다. 위 인용문에 따르면 송완순은 1929년 2월부터 7-8월 합호까지 편집 실무를 맡은 것으로 보인다. '7월호 전부를 나와 둘이 맛하 보앗'다고 한 '덤벙이박사'는 이 즈음 신소년사에 입사하게 된 이주홍이 아닌가 싶다. '진주 게신 엄흥섭嚴興燮, 김병호金炳昊 선생 외 새로 나오신 시인 여러분이 원고를 보'낸다는 것도 '덤벙이박사'가 이주홍이라는 추론을 가능하게 하는 것이다. 두 사람은 『신소년』에 전혀 글을 발표하지 않다가 이주홍과의 친분으로 글을 싣게 되었기 때문이다.[43]

『신소년』의 편집원은 이주홍과 송완순처럼 몇 사람이 일을 분담했

---

42 「담화실」, 『신소년』, 1929년 7-8월 합호, 44쪽.
43 "그때에 충천의 대망을 품고서 서울에 뛰어 올라온 사람은 나 말고도 당시에 권위 있었던 잡지 『조선지광朝鮮之光』에 소설 「흘러간 마을」이 당선된 엄흥섭嚴興燮과 조선일보 신춘문예 시부에 당선된 손풍산孫楓山 등이 속속 서울로 올라왔다."(이주홍, 『격랑을 타고』, 283쪽)
「여름방학 지상좌담회」(『신소년』, 1930년 8월호)의 참석자가 엄흥섭, 손풍산, 김병호, 신고송, 이구월, 늘샘(탁상수), 양창준, 이주홍인 것도 이주홍이 『신소년』의 편집을 맡아보면서 이들이 필자로 활동하게 된 것이다.

던 것으로 보인다. 1931년 독자 최은향이 동요 고선은 누가 하는지 묻자 신영철이 뽑지만, "혹은 편집원 여러분이 상의"[44]해서 뽑기도 한다고 답하는 데서 확인된다. 이는 비단 1931년경에만 국한하는 것이 아니었고 『신소년』 이외의 다른 잡지도 마찬가지였다.

『신소년』 편집을 맡은 이로 철아鐵兒 이동규李東珪도 있다. "이동규는 소화昭和 7년 7월경 당시 동 피고인의 근무처 경성부 수표정 잡지사 『신소년』 사무소에서 신고송의 권유로 〈카프〉가 서상敍上 불법의 목적을 유有함을 알고도 차此에 가입"[45]했다고 하였다. 여기에서 1932년 7월경 이동규는 신소년사에 근무하고 있었다는 것을 알 수 있다. 이 시기에 신소년사에서 발간한 『소년소설육인집』(신소년사, 1932.6.20)은 서문에 해당하는 「이 적은 책을 조선의 수백만 근로소년 대중에게 보내면서」를 '여러 작가를 대신하야' 이동규가 썼다. 이 또한 당시 이동규가 신소년사에 재직하고 있었다는 방증 자료가 될 것이다.

> "그런데 선생님! 신소년사는 왜 나오시게 되엿나요?"
> 뒷산에 올라 바윗돌에 가즈란이 안즌 긔자는 씨에게 물엇다. 하도 궁금하길래!……
> "사정이 잇서 나왓습니다. 그리지 안어도 몸이 약해서 좀 정양靜養하려는 터인데 ── 잘되엿지요. 뭐? 고요히 방안에 누어서 사색이나 하고 생각나면 창작이나 하렵니다."[46] (밑줄 필자)

1934년 4-5월 합호 『신소년』에 실린 글이라 1934년경에는 이동규

---

44 「독자담화실」, 『신소년』, 1931년 5월호, 38쪽.
45 「신건설 사건 예심 종결서 전문(2)」, 『동아일보』, 1935.7.3.
46 본사 A기자, 「아동문학작가(2) 이동규 씨 방문기」, 『신소년』, 1934년 4-5월 합호, 22쪽.

가 『신소년』을 그만두었음을 알 수 있다. 1934년 2월호의 「자유담화실」에 이동규가 편집을 그만두었는가 묻자, "동규 동무는 편집은 그만두어도 『신소년』에 글은 씁니다."(48쪽)라고 해 1934년 초에 신소년사를 그만둔 것이 확인된다. 그렇다면 언제부터 이동규가 『신소년』 편집을 하였을까? 박태일은 "1932년부터 신소년사에 들어가 편집일을 보다 1934년에 나왔다."[47]고 했는데, 아무런 근거를 제시하지는 않았다. 신소년사에 있었던 홍구洪九는 이동규에 대해 "군은 현재 『신소년』 편집에 다대한 노력을 하고 잇다."[48]고 하였다. 1932년 8월호에 발표된 글이니 '현재'는 그즈음으로 보면 될 것이다.

> 이동규李東珪 씨 신소년 편집에 얼마나 분주하십닛가. 신년호에는 선생의 노력의 흔적이 보임니다. 될 수 잇는대로 중간 독물讀物도 만히 실려 주십시요. 과학에 대한 것이라든지 상식에 대한 것 가튼 것, 무산 동무들에게는 그들의 지식을 넓히기 위하야 그런 것도 절대로 필요합니다. (오산烏山 금곡金谷 장기세張基世)[49]

1933년 3월호에 실린 것이라 이때까지는 편집을 맡고 있었던 것이 확인된다.

이동규가 『신소년』에 투고하기 시작한 때는 1925년 10월호쯤이다. 독자란(통신)을 시작으로 작문과 동요를 발표하다가 1929년 7-8월 합호에 '독자 소년시' 「작은 풀」을 투고한 후, 1930년 6월호에 연작소설

---

47 박태일, 「1930년대 한국 계급주의 소년소설과 『소년소설육인집』, 『현대문학이론연구』 제49권, 현대문학이론학회, 2012.6, 190쪽.
48 홍구, 「아동문학 작가의 프로필」, 『신소년』, 1932년 8월호, 27쪽.
49 「독자통신」, 『신소년』, 1933년 3월호, 53쪽.

「불탄 춘(제2회)」이 기성 대우로 실린다. "이번에 승응순 군이 쓸 차례 이엿스나 군에게 사정이 잇서서 내가 쓰게 되엿습니다."(작품 말미, 37쪽) 라고 하였다. 당초 1회 태영선, 2회 승응순昇應順, 3회 최인준崔仁俊, 4회 성경린이 쓴다고 공지를 한 바 있었다.[50] 약속한 연작소설의 필자가 못 쓰게 되자 사내에 있던 이동규가 대신 쓴 것으로 보인다.

'『신소년』 주간 이동규'는 1932년 1월 31일 서대문경찰서 고등계원에게 검거되면서 가택수색까지 당했는데 출판법 위반 때문이라 하였다.[51] 『신소년』은 1931년 7월호부터 부쩍 검열이 심해져 동요의 일부가 생략되기 시작한다. "8월호의 첫 번 원고는 검열 중 전부 통과되지 못하고 두 번재 임시호를 맨들럿다가 그것도 대부분 삭제되여 셋재 번 추가 검열을 맛기 때문에 자연 느저저서 부득이 8-9월 합호"[52]로 하게 되었다. 10월호에는 일본의 계급주의 아동문학가 마키모토 구스로槇本楠郎의 동화 「임금님과 력사」를 이동규가 번역해 싣고자 했으나 검열로 못 싣게 되었다. 11월호 역시 이동규의 강좌 「노동」이 무려 43행이나 삭제되고 이동규의 소설 「어머니와 딸」을 포함해 민병휘와 안평원의 작품이 '게재불가' 처리되었다. 그러다가 "12월호와 신년호 원고 전부는 부득이한 사정으로 못 나오게 되엿다."[53] 신년 임시호에도 윤철의 「1932년을 맞으며 소년문예운동에 대해서」의 뒷부분이 삭제되고, 이동규의 「잉여로동」을 포함한 여러 강좌와 이동규의 벽소설 「그들의 형」과 오스트리아의 계급주의 작가 뮤흐렌Zur Mühlen, Hermynia의 동화 「장미 나무」 등을 포함한 여러 소설도 모두 삭제되었다.

50 「독자담화실」, 『신소년』, 1930년 4월호, 52쪽.

51 「『신소년』 주간 피착被捉」, 『중앙일보』, 1932.2.6.

52 「사고社告」, 『신소년』, 1931년 8-9월 합호.

53 「사고社告」, 『신소년』, 1931년 1월호.(신년 임시호)

이러한 경과를 보면, 이동규가 출판법 위반으로 검거된 것은 1932년 1월호 『신소년』 때문만이 아니라, 1930년 중반부터 일제 당국은 이동규의 『신소년』 편집에 대해 법 위반 사항을 노리고 있다가 이듬해 초에 검거한 것으로 보는 것이 타당할 것이다. 이러한 사정을 종합할 때 이동규가 『신소년』 편집에 참여한 것은 늦어도 1930년 중반쯤으로 보인다.

엄흥섭, 최병화崔秉和, 전우한全佑漢, 김병호金炳昊도 『신소년』 편집에 힘을 보탰다. 1929년 당시 편집을 맡고 있던 송완순이 쓴 아래와 같은 글에서 확인된다.

> 그리고 이 뒤부터는 엄흥섭嚴興燮, 최병화崔秉和, 전우한全佑漢, 김병호金炳昊 씨 외 여러 어른들이 여러분을 사랑하시는 마음으로 늘- 힘서 주실 것입니다.[54]

이들이 『신소년』에 작품을 싣기 시작한 것도 1929년 7-8월 합호 이후부터이고 「여름방학 좌담회」(1930년 8월호)와 『불별』에 이들이 포함된 것도 편집에 일정 부분 참여한 것과 관련이 된다고 하겠다. 앞에서 이주홍은 홍구와 함께 신소년사에 근무했다고 하였다. '조선문학전집'은 신명균이 주재하여 중앙인서관(신소년사)에서 『시조집』(이병기 교열), 『소설집(1, 2)』과 『가사집』(김태준 교열) 등을 간행했는데 이때 편집을 담당한 이가 홍순열 곧 홍구였다는 것이다. '한 사社에 있'었던 이주홍의 말이니 분명한 사실이다. 1931년 말경부터 동요, 아동극, 평론, 소년소설(동화) 등 다양한 갈래의 글을 『신소년』에 싣고 있고, 동요 선평

---

54 송완순, 「뒤ㅅ말슴」, 『신소년』, 1929년 7-8월 합호, 51쪽.

(1934년 3월호)까지 맡기도 하며, 이동규가 중심이 되어 펴낸 『소년소설 육인집』에 「도야지 밥 속의 편지」를 수록하고 있는 점 등으로 미루어 보아 편집에 직간접적인 참여를 했을 것으로 보인다.

　『신소년』도 다른 잡지와 마찬가지로 독자들의 투고를 받았고, 이를 사내의 편집원이 고선하였다. 『신소년』에 고선자로 활동한 사람은 맹주천孟柱天, 정열모鄭烈模, 신영철申瑩澈, 이주홍李周洪, 홍구洪九 등이 었다.

　　① 선후감選後感　매일 새 작자가 늘어가는 것은 깁분 일이다. 우리 동요계를 위하여 경하할 일이다. 홍순익洪淳益 님의 「주머니」 가튼 것은 과연 가치 잇는 소개품이올시다. 이번에 입선된 것들은 거의 선자의 맘에 든 것이 만습니다. 가일층 노력하심을 바랍니다. (烈)[55]

　　② 선후소감選後所感　아마 여름 휴가라 틈이 만엇든 것이겟지요. 금번 작문은 총 팔백칠십삼 점이 되엿습니다. 이 만흔 것에서 가장 잘된 것을 차지랴니 거반〳〵 힘이 갓하서 쏩기에 애를 만히 썼습니다. 대체로 보아 우수한 작품은 적엇습니다. 전호前號에는 잘된 작문이 만헛스나 금번은 왼 일인지요. 더욱 분발하야 차々 가을바람도 불기 시작하니 맘을 가다듬어 내월호來月號에는 우수한 작품을 만히 보내시기를! 그리고 보내는 글은 잘은 못 쓰더라도 쌔끗이 써 보내시기를! …(天)…[56]

　　③　◀ 저는 금천金川공립보통학교에 다니는 독자올시다. 그런데 동화와 전설도 보내면 내 주십닛가. 또 작문과 동요는 어느 선생님이 쏜으십닛가. 승응순昇應順

　　◀ 동화 전설도 보내시오. 작문作文은 맹주천孟柱天 선생님이 보시고, 동요童謠는 정열모鄭烈模 선생님이 보십니다.[57]

55 「선후감」, 『신소년』, 1925년 8월호, 56쪽.
56 「선후소감」, 『신소년』, 1925년 9월호, 58~59쪽.

④ ◀ 언젠가도 무러볼라고 하엿습니다만은 동요童謠는 어느 선생님
이 선選하심닛가. (삼숭학교三崇學校 김동촌金東村 삼장三長 글벗사 이소암李
小岩)

◁ 모다 이주홍李周洪 선생先生님이 선選합니다. 긔[58]

⑤ ◀ "선생님 신소년사에서는 어느 선생님이 동요 선발하심닛가. 성
명을 좀 아르켜 주서요. 그리고 4월호부터 1일 발행과 현상을 내 주시
니 원하든이 독자의 마음이 대단 시원합니다. 원산 최은향崔隱鄕

◁동요는 대개 신영철申瑩澈 선생이 쏩습니다마는 혹은 편집원編輯員
여러분이 상의하야 쏩기도 합니다.[59] (밑줄 필자)

①의 '열烈'과 ②의 '천天'은 각각 정열모와 맹주천을 가리킨다. 이주
홍과 신영철은 담화실을 통해 확인 가능하고, 홍구는 동요 「선평」(1934
년 3월호)에서 확인할 수 있다. 이 외에도 '편집실'(1924년 8월호) 등이 있
는데 확인이 불가능한 다른 사람이 더 있을 수 있다.

권환權煥(1903~1954)은 〈카프〉 제2차 사건 곧 신건설사 사건으로 검
거되어 예심종결시 주거가 '경성부 안국동 중앙인서관『서울시보』기
자'[60]로 되어 있다. 『서울시보』는 "우리 전 인구의 반을 차지한 부인婦
人과 그의 8할인 노동자 농민들의 문화적 계몽을 위"[61]해 유진태, 김정
설, 신명균, 이중건, 이희석 등이 발기하여 창간한 주간 신문이다. 권
환은 본명이 권경완인데, 교토제국대학 재학 중인 1925년 7월호 소년
소설 「아버지」를 시작으로 동화, 감상문, 강좌 등 10여 편이 넘는 글을

57 「담화실」, 『신소년』, 1925년 12월호, 56쪽.
58 「독자담화실」, 『신소년』, 1930년 7월호, 45쪽.
59 「독자담화실」, 『신소년』, 1931년 5월호, 38쪽.
60 「신건설 사건 예심 종결서 전문」, 『동아일보』, 1935.7.2.
61 「(광고)서울시보」, 『조선일보』, 1934.6.9.

『신소년』에 싣고 있고 여러 편이 검열에 걸려 삭제당했다. 1930년 1월 호의 '소년에 대한 바람' 특집에는 이극로, 이중건, 신명균, 정열모, 신영철, 이상대 등 〈조선어연구회〉와 『신소년』의 중진들과 나란히 훈사를 싣고 있다. 〈카프〉 중앙위원으로 계급문학운동의 볼셰비키화를 주장했던 권환인 만큼 1930년대 『신소년』의 강좌란을 통해 계급의식을 주입하기에 노력했다. 이중건의 부인 권재복權載福이 창원군昌原郡 진전면鎭田面 사람인데 권환이 동향인 점, 권환의 아버지 권오봉權五鳳이 백산 안희제安熙濟의 '백산상회'에서 함께 일할 만큼 가까웠던 점, 안희제, 이연건(이중건의 재종형), 이중건, 이희석, 신명균 등이 대종교大倧敎로 연결된 점, 권환의 종교 또한 대종교인 점[62] 등으로 미루어볼 때, 권환이 일찌감치 『신소년』에 붓을 들게 된 연유가 아닌가 싶다. 권환이 중앙인서관의 서울시보사 기자를 했다면 『신소년』과도 무관하지 않아 여러 편집원들 중의 한 사람이었을 개연성은 충분하다.

『신소년』 창간 당시의 '사원'들 이후로 편집원들은 송완순, 이동규, 이주홍, 엄흥섭, 전우한, 김병호, 권환, 홍구 등으로 이어졌다. 이들은 일제강점기 계급주의 아동문학가로 이름이 난 사람들이다. 『별나라』와 마찬가지로 1929년경부터 『신소년』도 계급주의 아동문학을 표나게 강조했는데 그 까닭을 이들로부터 찾을 수 있다. 물론 공산주의와 연합전선을 해서라도 민족 독립을 하고자 했던 신명균의 후원과 사주 이중건의 동의가 있었던 것을 전제로 해서 하는 말이다.

---

62 이장렬, 「권환 문학 연구」, 경남대학교 박사학위논문, 2004.2, 11~12쪽.

진주晉州와 아동문학

　일제강점기 아동문학을 살펴보면 소년 문예단체와 작가들이 전국에 망라되어 있다는 것을 알 수 있다. 북으로는 함경북도 회령會寧과 평안북도 신의주新義州부터 남으로 제주濟州에까지 걸쳐 있다. 허수만許水萬은 함경북도 성진城津 출신이지만 주로 회령에서 활동하였고 〈석호소년회〉, 〈백의소동사〉, 〈신진문예사〉 등 여러 단체를 조직하고 잡지를 발간하려고 했다. 신의주의 이원우李園友, 김우철金友哲, 안용만安龍灣, 제주의 김인지金仁志 등 전국 방방곡곡에 소년 문예단체가 있었고 그곳의 소년 문사들이 작품활동을 하고 있었다.

　서울이나 평양, 대구 등 인구가 많았던 큰 도시에 여러 개의 소년 문예단체가 있고 문예 활동을 하는 소년들이 다수가 있다는 것은 충분히 이해할 만하다. 그런데 그리 크지 않은 도시에 다수의 소년 문예단체가 있고 아동문단이 활성화되었다면 다소 의아한 생각이 들지 않을 수 없다. 그러한 곳으로 경상남도 진주晉州를 들 수 있다. 도시 규모에 비해 상대적으로 많은 문예단체와 소년 문사들이 있었다. 이는 일제강점기의 아동문학을 공부하는 사람이라면 누구에게나 궁금증을 자아낼 것이다.

일제강점기의 진주에 대해 찾아보았더니 다음과 같은 사실을 알 수 있었다. 진주시는 1917년에 인구가 비교적 많고 상공업이 발달되어 재력이 풍부한 도시의 형태를 갖추었다 하여 기채권이 인정된 지정면指定面이 되었다. 도청 및 군청 소재지, 군사 도시를 비롯하여 철도연선鐵道沿線과 우수한 항구 중에 일본인이 다수 거주하는 곳을 주로 지정면으로 하였다. 경상남도에는 통영, 진해, 진주가 1917년에, 동래와 밀양이 1923년에 지정면이 되었다. 진주는 1925년 경상남도의 도청이 부산부釜山府로 이전하기까지 도청소재지이기도 하였다.(진주시 홈페이지)

통계청의 인구 통계(kosis.kr)에 따르면 1925년 진주군의 인구는 128,436명이었다고 한다. 인구는 물산과 밀접하게 연결되어 있고 재정과도 뗄 수 없는 관계가 있다. 조선 시대 경상도에서 상주尙州, 경주慶州와 더불어 진주가 주요 도시였던 것이 일제강점기 초반까지 이어지고 있었다고 볼 수 있겠다.

조선 시대 교방敎坊이 일제강점기에 폐지되면서 기생들의 조합인 권번券番이 생겨났다. 권번은 서울, 개성, 달성達城, 함흥, 남원, 경주 등지에 있었는데,(『한국민족문화대백과사전』) 진주에도 권번이 있었다고 한다. 진주 권번이 번성하던 때 100여 명의 기생이 있었다고 하니, 그만큼 물산이 풍부하고 돈이 몰려 기생의 가무歌舞를 소비할 만한 도시여건이 형성되었다는 말이 된다.

1929년 보도에 따르면, 진주의 고등보통학교 이상의 교육기관으로 진주사범학교(1923.4.24 설립), 진주고등보통학교(1925.4.1 설립), 진주일신여자고등학교(1925.4.25) 등이 있었다.[1]

---

1 「(10년 일람)현저히 발달된 찬연한 지방문화(기 4)─교육기관, 경제단체, 사회단체 등, 각 군별의 상세 조사 내용」, 『동아일보』, 1929.1.4.

진주사범학교는 경상남도 공립사범학교가 정식 명칭이다. 1940년 관립 진주사범학교, 1963년 진주교육대학교로 이어져 왔다. 진주에 유력한 교육시설이 있다는 것은 무슨 뜻일까? 그만큼 도시의 규모가 컸고 거기에 걸맞은 교육시설이 요구되었다는 뜻이 될 것이다. 그리고 이러한 사회 기반이 갖추어지면 그 도시로 인구가 유입되는 선순환으로 이어지는 것은 자연스러운 일이다.

일제강점기 동요 작가 가운데 여러 사람이 경상남도 도립사범학교를 졸업하였다. 향響 엄흥섭嚴興燮(1906~1987)은 충청남도 논산 출신이면서 1926년 경상남도 도립사범학교를 졸업하였다. 경상남도 하동군 출신 탄彈 김병호金炳昊(1904~1959)도 1925년에 이 학교를 특과 제1회로 졸업하였다. 경상남도 합천군 출신의 풍산楓山 손중행孫重行(1907~1973) 역시 1927년에 이 학교를 졸업하고 경상남도 일대에서 교원 생활을 이어가면서 아동문학 활동을 하였다. 이들은 우정雨庭 양창준梁昌俊(1907~1975), 구월久月 이석봉李錫鳳(1904~?), 이주홍李周洪(1906~1987) 등과 뜻을 같이하여 『신소년』을 중심으로 아동문학 활동을 펼쳤다.

한참 아동문단이 활성화되던 1930년대 초반 『신소년』은 「여름방학 지상 좌담회」(1930년 8월호)를 개최한 바 있는데, 참석자는 엄흥섭, 손풍산, 김병호, 신고송, 이구월, 늘샘(탁상수), 양창준, 이주홍 등이다. 이들은 대개 경상남도 도립사범학교 출신들이거나 경남 지역을 기반으로 활동하던 아동문학가들이다. 신영철申瑩澈의 주선으로 1929년 중반경 신소년사에 입사하여 『신소년』 편집을 맡아 보던[2] 이주홍이 이러한

---

2 이주홍, 『격랑을 타고』, 삼성출판사, 1973, 282~285쪽. 1929년 8월호까지는 송완순이 편집을 돕고 있다가 이후 이주홍이 입사해 폐간 때까지 5년여 편집을 맡았다. 이병선 李炳銑은 이주홍李周洪으로부터 "이 선생李重乾(필자) 밑에서 5년간 『신소년新少年』의 편집을 맡아 보았다."는 증언을 소개하였다.(이병선, 「백헌 이중건 선생의 행적」, 『일본을 바로

기획을 한 게 아닌가 싶다.

그리고 프롤레타리아 소년잡지 『무산소년無産少年』을 발간하려고 뜻을 모은 이들도 상당수 이들과 겹친다. "송영宋影, 이기영李箕永, 박영희朴英熙, 권환權煥, 양우정, 윤기승尹基昇, 박세영朴世永, 김병호, 손풍산孫楓山, 이구월李久月, 신고송申孤松, 엄흥섭, 이주홍 외 수 씨"이다. 투고는 "경남 합천군 읍내 이주홍"[3]에게로 보내 달라는 것으로 보아 이주홍 등이 주도하고, 당대 프롤레타리아 문학에 내로라하는 이들의 이름을 추가한 것으로 보인다. 당시는 일반문학과 아동문학을 가리지 않고 사회주의적 풍조가 문단을 주도하고 있었다.

> 그때 『신소년』의 모체가 되는 중앙인서관中央印書館에서는 나중에 잡지 『아등我等』, 『우리들』 등도 발간했지만, <u>그 당시의 사회적 조류에 따라 내용은 짙은 사회주의의 색채를 띠고 있었는데</u>, 명실이 상부할 만큼 농민의 문화적 계몽을 위한 『노동독본』을 출판하는 한편, 한글학자인 주산珠汕 신명균申明均 선생 주재하에 펴낸 각종의 한글학 서적과 고전문학의 정리 보급을 위한 신명균申明均, 김태준金台俊 교열의 『조선문학전집』을 계속 발간해 국문학에 이바지한 바도 컸다.[4] (밑줄 필자)

진주의 소년 문예단체

일제강점기 진주의 아동문단을 가늠해 보기 위해 우선 진주 지역 소

알자」, 아세아문화사, 2003, 536쪽)

3 「푸로 소년 잡지 『무산소년』—창간호 준비 중」, 『동아일보』, 1930.12.5.

4 이주홍, 『격랑을 타고』, 삼성출판사, 1976, 286쪽.

년 문예단체와 그 구성원을 알아보자. 진주에는 〈노구조리회〉, 〈동무회〉, 〈배달사〉, 〈배움사〉, 〈새싹사〉, 〈새힘사〉, 〈진주소년회〉, 〈진주소년동맹〉, 〈일명사〉, 〈가소회〉, 〈광명사〉 등 어느 큰 도시에 견주어도 빠지지 않을 만큼 많은 소년 문예단체(소년단체)가 있었다. 단체명을 당시에 '사우명社友名'이라고 했는데, 이를 밝힌 경우를 찾아 제시해 보겠다.

〈노구조리회〉(노구조리사)는 정상규鄭祥奎, 조영제趙榮濟, 조명제趙明濟[5] 등이 조직하였다. 동요 「청개골」(『신소년』, 1928년 7월호)을 발표하면서 '진주노구조리회 정상규'라고 하거나, 〈삼천포소년회〉의 소년소녀 작품전람회에서 도화 부문 2등과 3등 상을 수상한 '진주 노구조리사 조영제'와 '진주 노구조리사 조명제'라고 한 데서 사우명을 확인할 수 있다.

〈동무회〉는 진주 농업학교 3학년 학생들이 주축이 되어 조직한 것으로 보인다. 1931년 3월 하순경 치안유지법과 보안법 위반으로 21명이 검속된 바 있다.[6] 신문과 잡지에 나타난 회원은 이순기李順基, 천이파千二波, 정원규鄭元奎, 권주희權周熙, 최재학崔在鶴 등이다. 동요 「달님」(진주동무회 최재학; 『조선일보』, 1930.1.21), 동요 『「돈버리 가신 형님」(진주동무회 정원규; 『조선일보』, 1930.1.26), 동요 「바늘」(진주동무회 이순기; 『조선일보』, 1930.1.31), 동요 「우리 동생」(진주동무회 권주희; 『조선일보』, 1930. 2.4), 동요 「쥐」(진주동무회 이순기; 『조선일보』, 1930.2.5), 「우리 집 서름」(진주동무회 최재학; 『조선일보』, 1930.3.2), 「반달」(진주동무회 천이파; 『조선일

---

5 「삼천포三千浦 소년소녀 작품전람회-초유의 대성황」, 『동아일보』, 1927.9.30.
　「경남 소년 작품전람」(『조선일보』, 1927.10.1)의 '도화圖畵' 부문 수상자 명단에 '진주 조영제(16)', '진주 조명제(16)'가 있다. 1912년생으로 보인다.
6 「학생 비밀결사 '동무회' 21명 송국」, 『조선일보』, 1931.4.10.

보』, 1930.3.4), 「눈과 비」(동무회 정원규;『조선일보』, 1930.3.4) 등을 발표하
면서 사우명을 달아 신원을 밝히고 있다.

〈배달사〉는 정상규鄭祥奎, 김이규金二圭 등이 참여한 것으로 확인된
다. '진주 배달사培達社 김이규'는 〈삼천포소년회〉 주최 소년소녀작품
전람회에서 작문 부문 2등 상을 수상할 때 사우명을 밝혔고,[7] 동요 「가
랑닙」(진주배달사 정상규;『동아일보』, 1927.11.23)을 발표하면서도 '진주 배
달사'를 명기하고 있다.

〈배움사〉는 조삼준曹三俊, 김우금동金又琴童, 김현규金賢圭, 김태명
金泰明, 박막달朴莫達, 김순규金順圭 등이 참여하였다.[8] 『별나라』에 소
년 문예단체를 조직했다며 소식을 알렸으나 작품을 발표한 예는 찾을
수 없었다.

〈새싹사〉는 이재표李在杓의 이름이 보인다. 다른 사원이 더 있을 텐
데 현재로서 확인이 안 된다. 동요 「제비」와 「봄」(진주새싹사 이재표;『중
외일보』, 1929.3.24), 동요 「눈사람」(진주 새싹사 이재표;『아이생활』, 1929년 3
월호)을 발표하면서 '새싹사'의 사우명을 밝혔다.

〈새힘사〉는 1931년 정상규鄭祥奎가 조직하여, 박대영朴大永, 손길상
孫桔湘, 차적향車赤響, 이재표李在杓, 차우영수車又永秀 등이 참여하였
다. 일본어로 기록된 경우 '新力社'로 되어 있다. 동요 「금방울 소래」
(새힘사 정상규;『별나라』, 1929년 5월호), 「나물 캐든 째」(진주 새힘사 정상규;
『아이생활』, 1929년 5월호), 「자장가」(진주 새힘사 손길상;『아이생활』, 1929년
6월호), 「지는 꼿」(진주 새힘사 손길상;『아이생활』, 1929년 9월호), 「일허진 배」

---

7 「삼천포 소년소녀 작품전람회-초유의 대성황」, 『동아일보』, 1927.9.30.
8 "배움사 우리 진주에서 또 〈배움사〉를 조직하얏습니다. 조삼준, 김우금동, 김현규, 김
  태명, 박막달, 김순규 등"(「(별님의 모임)배움社」, 『별나라』 통권42호, 1930년 7월호, 39쪽)

(진주 새힘사 정상규;『아이생활』, 1929년 9월호), 「가을 소식」(진주 새힘사 손길상;『아희생활』제4권 제11호, 1929년 11월호), 「인형」(새힘사 손길상;『조선일보』, 1929.12.26), 동요 「금음날 밤」(새해사[9] 정상규;『조선일보』, 1930.1.18), 동화 「나는 소병정입니다(전2회)」(『조선일보』, 1930.1.24~25), 동요 「어머니께」(새힘사 손길상;『조선일보』, 1930.1.26), 동요 「나의 동무」(새힘사 정상규;『조선일보』, 1930.1.30), 동화 「어린 심부름꾼(전3회)」(새힘사 정상규;『조선일보』, 1930.1.30~2.1), 동요 「농촌의 밤」(새힘사 손길상;『조선일보』, 1930. 2.4), 동요 「길동무」(새힘사 정상규;『조선일보』, 1930.2.7), 동요 「제비의 노래」(새힘사 손길상;『조선일보』, 1930.2.13), 「저녁 고동」(새힘사 차우영수;『별나라』, 1930년 2-3월 합호), 평론 「(수신국)소년문사들에게」(새힘사 이재표;『별나라』, 1930년 2-3월 합호), 소년소설 「쑤리 업는 사람들(전3회)」(『조선일보』, 1930. 4.13~16), 「쩌나는 아희의 노래」(새힘사 손길상;『신소년』, 1930년 6월호), 동요 「가을밤」(『조선일보』, 1930.10. 28), 동요 「농촌 야학생 행진곡」(새힘사 손길상;『신소년』, 1930년 11월호), 「허재비 일꾼」(새힘사 정상규;『신소년』, 1930년 11월호), 「신작」(새힘사 차적향;『조선일보』, 1930.2.14), 동요 「지겟꾼 아버님」(새힘사 이재표;『조선일보』, 1930.3.7), 동요 「허재비 병뎡」(새힘사 정상규;『조선일보』, 1930.3.7), 동요 「라팔소레!」(새힘사 차우영수;『조선일보』, 1930.2.12), 동화 「새로운 동리(전8회)」(새힘사 이재표;『동아일보』, 1930. 2.22~3.2), 동화 「동무의 원수」(새힘사 손길상;『조선일보』, 1930.2.20), 동요 「늙은 아버지」(새힘사 차우영수;『조선일보』, 1930.2.5), 「지겟꾼 아버님」(새힘사 이재표;『조선일보』, 1930.3.7), 동요 「길 일흔 아가」(새힘사 정상규;『조선일보』, 1930.3.16), 소년시 「공장 누나에게」(씨힘사[10] 손길상;『소년세계』,

---

9 '새해사'는 '새힘사'의 오식으로 보인다.
10 '씨힘사'는 '새힘사'의 오식으로 보인다.

1930년 6월호), 그림동요 「밤ㅅ길」(전봉제 그림; 『동아일보』, 1931.3.27) 등이다. 진주의 소년 문예단체 가운데 가장 많은 사람이 참여하였고 활동 또한 활발하였다.

〈진주소년회晉州少年會〉도 있다. "진주소년회라는 것이 기미년 녀름에 생"[11]겼다고 한 것으로 보아, 1919년 여름에 창립된 것으로 보인다. "소년회를 위한 소년회가 아니고 어린 사람들이 모여서 ○○만세를 부르고 모다 잡혀가 가치어서 그것이 신문지상으로 주목하는 문제거리가 되어 소년회 일홈이 뒤집어 씨워진 것"[12]이다. 이병현李炳玹과 이효성李曉聲 등이 참여하였다. 「독자통신란」(진주소년회 이병현; 『가톨릭소년』, 1937년 12월호), 동시 「소리개」(진주소년회 이효성; 『가톨릭소년』, 1938년 1월호) 등에서 확인된다.

〈일명사一名社〉와 〈가소회〉, 〈광명사光明社〉도 있었는데, 동요 「신쟁이 노인」(『아이생활』, 1931년 3월호)의 지은이는 '진주 일명사 이근독李槿獨'이었고, 동시 「촉석루에 밤이 오면」(『가톨릭소년』, 1936년 11월호)의 지은이는 '진주 가소회 이병현李炳玹'이고, 동요 「봉선화」(『아이생활』, 1927년 9월호)의 지은이는 '광명사 김형두'였다.

〈진주소년동맹〉은 소년 문예단체라기보다 소년단체이지만 소속 구성원이 앞에서 보았던 소년 문사들인 점에서 언급해 볼 필요가 있다. 이재표李在杓, 김인규金仁奎, 정상규鄭祥奎가 준비위원이 되어, 1928년 7월 11일 진주청년동맹회관에서 〈경상남도소년연맹 진주소년동맹〉 발기인회를 개최하였으나, 7월 16일 진주경찰서에서 창립대회를 금지시켰다고 한다.[13] 그러나 다시 1930년 7월 15일 진주청년동맹회관에서

---

11 방정환, 「조선소년운동의 역사적 고찰(1)」, 『조선일보』, 1929.5.3.
12 위의 글.

창립준비회를 열고 7월 25일 창립대회를 개최키로 하였다. 이때 준비위원이 황성렬黃性烈, 권태윤權泰潤, 차우영수車又永秀, 차두원車斗元 등이었다.[14]

진주의 소년 문사

진주의 소년문사 가운데 여러 소년 문예단체에 참여했거나 다수의 작품을 발표한 대표적인 인물들의 신원과 활동을 살펴보도록 하자. 다수의 단체에 이름을 걸어 놓고 있는 대표적인 소년문사는 정상규, 소용수, 이재표, 손길상 등이다.

정상규鄭祥奎는 1914년 5월 15일 경상남도 진주군 진주면 읍본리邑本里 230번지에서 출생하였다. 진주제일공립보통학교晉州第一公立普通學校를 마치고 신문배달을 하다가 상경하여 중앙기독교청년회학교中央基督敎靑年會學校에 입학하였다. 그의 형 정창세鄭昌世의 권유로 안성 죽산농우학원安城竹山農友學院에 강사로 부임하였고, 형의 영향으로 좌익사상을 가지게 되었다.[15] 1927년 4월 30일 『동아일보』 본사 신축 낙성 기념으로 진주지국 주최 현상소년소녀동화대회를 개최한 바 진주제일공립보통학교 정상규가 2등 입선하였다. 1928년 7월 11일 〈진주소년동맹晉州少年同盟〉 발기인회를 개최하여 이재표李在杓, 김인규金仁

---

13 「진주소년동맹-발기인회 개최」(『중외일보』, 1928.7.16), 「진주소년동맹 창립대회 금지」(『중외일보』, 1928.7.19) 참조.

14 「진주 소년맹少年盟 창립준비회」, 『조선일보』, 1930.7.20.

15 「京高秘 第5289號) 秘密結社 朝鮮共産黨 京畿道前衛同盟準備會 檢擧二關スル件」, 1932.9.2, 한국사데이터베이스 참조.

정상규(18)
1932년 9월 5일 치안유지법 위반으로
서대문형무소에 구금되었을 때 촬영

奎와 함께 준비위원으로 선출되었
다. 1929년 이재표李在杓, 손길상孫
桔湘 등과 함께 진주 〈새힘사〉, 〈배
달사〉, 〈노구조리회〉 등의 동인 활
동을 하였다. 1930년 『동아일보』
신춘문예의 동화 부문에 「삼봉이의
발꼬락」이 가작 당선되었고, 『중외
일보』 신춘현상문예에 동요 「도라
오는 길」(『중외일보』, 1930.1.3)이 가
작 당선되었다. 1932년 7월 15일
경기도 안성군安城郡에서 발생한
농우학원農友學院 사건 관련으로 체
포된 바 있다. 이는 조선공산당경기
도공작위원회준비회朝鮮共産黨京畿道工作委員會準備會 조직 혐의 때문이
며 이로써 8월 13일 치안유지법 위반으로 기소되어 1934년 9월 21일
징역 3년이 언도되었고, 1936년 5월 9일 출옥하였다. 1920년대 후반부
터 30년대 초반까지 동요, 동화, 소년소설 등 다수의 아동문학 작품을
발표하였다.

소용수蘇瑢叟(1909~?)는 경상남도 진주晉州 출생으로 진주제이공립
보통학교晉州第二公立普通學校를 졸업하였다. 일본 유학을 한 것으로
보이나 시기나 학교는 확인되지 않는다. 1924년 서울의 윤석중尹石重,
합천陜川의 이성홍李聖洪, 마산馬山의 이원수李元壽, 울산蔚山의 서덕
출徐德出, 언양彦陽의 신고송申孤松, 수원水原의 최순애崔順愛, 대구大
邱의 윤복진尹福鎭, 원산元山의 이정구李貞求, 안변安邊의 서이복徐利
福, 안주安州의 최경화崔京化 등과 함께 소년 문예단체 〈기쁨사〉(깃븜

사)를 창립하였다. 1931년 9월 신고송申
孤松, 이정구李貞求, 전봉제全鳳濟, 이원수
李元壽, 박을송朴乙松, 김영수金永壽, 승응
순昇應順, 윤석중尹石重, 최경화崔京化
등과 함께 〈신흥아동예술연구회新興兒童
藝術研究會〉를 창립 발기하였다. 1939년
경 만주국 국무청 홍보처 고등관보, 『선무
일보』 편집주임(滿洲國 國務廳 弘報處 高等
官補, 宣撫日報 編輯主任)으로 재직하였다.
1940년 7월경에는 만주국滿洲國 안동성
安東省 서무과에 사무관으로 근무하였다.
다수의 시, 동요, 평론 등을 발표하였다.

진주제이공립보통학교
6학년 소용수(16)
『어린이』, 1925년 5월호

　이재표李在杓(1912~?)는 경상남도 진주군(경남 진주군 진주읍 본정 33번
지)[16] 출생으로 학력 사항은 확인되지 않는다. 1928년 7월 침체에 빠져
있던 진주晉州의 소년운동을 되살리고자 노력한 결과 〈경상남도소년
연맹 진주소년동맹〉 발기인회를 개최하게 되었는데, 김인규金仁奎, 정
상규鄭祥奎와 함께 이재표가 준비위원 3인 중 한 사람으로 선정되었다.
1929년 이재표李在杓는 손길상孫桔湘, 차우영수車又永秀 등과 함께 진
주 〈새힘사〉, 〈배달사〉, 〈노구조리회〉, 〈진주새싹사〉 등의 동인 활동
을 하였다. 1932년 7월 비밀결사체인 조선공산당 경기도전위동맹준비
위원회 사건에 정상규鄭祥奎와 함께 연루되어 조사를 받았다. 이어 12
월에 도쿄의 〈코프KOPF, 日本プロレタリア文化聯盟〉 산하 〈코프조선협

16　이 주소는 「(出版法違反及其他檢擧ニ關スル件(우리동무 事件)」(1932.12.15, 한국사데이터
　　베이스)에 따른 것이다.

의회〉가 발행한 잡지『우리동무』배포와 관련하여 윤기정尹基鼎, 임인식林仁植, 박세영朴世永, 신말찬申末贊, 이찬李燦 등과 함께 검거되었으나 기소유예 처분을 받은 바 있다.[17] 1932년 7월『별나라』창립 6주년 기념사업으로 7월 2일과 3일 전선全鮮사립학교 학예회를『경성일보京城日報』사옥 내청각來靑閣에서 개최하였는데 작품 상당수가 좌익사상을 가진 것으로 문제를 삼아 신말찬申末贊(=申孤松), 이찬李燦, 임화林和, 안준식安俊植, 정청산鄭靑山, 박세영朴世永(=朴桂弘) 등과 함께 검거되었다.[18] 1935년 9월 4일, 모종의 비밀결사가 탄로가 남으로써 검거되어 문서와 서적 등을 압수당하고 진주서晋州署에 하루 유치되었다가, 50여 일 전에 검거된 김원태金元泰와 함께 부산으로 압송된 바 있다. 다수의 동요와 동화 작품을 발표하였다.

손길상孫桔湘(?~?)은 경상남도 진주晋州 출생으로, 1923년 진주제일고등보통학교晋州第一高等普通學校에 입학하여 1928년에 졸업하였다. 1928년 진주 진명학원進明學院에 입학하였고, 1930년 경성부 종로 중앙기독교청년회학교中央基督敎靑年會學校에 입학하여 수학하였다. 진주의 정상규鄭祥奎, 이재표李在杓 등과 함께 〈새힘사〉(새힘社)를 통해 소년 문예활동을 하였다. 1929년『동아일보』신춘문예에 동시「나그네님」(『동아일보』, 1929.2.6)이 선외가작으로 당선되었다. 1930년 4월 6일 〈진주청년동맹晋州靑年同盟〉 정기대회에서 신태민申泰珉과 함께 소년부에 부서 배정을 받았고, 집행위원장 김기태金基泰 이하 신태민申泰珉 등 10인의 집행위원 중 한 사람으로 활동하였다. 1930년 8월경 '중

---

17 「(出版法違反及其他檢擧二關スル件(우리동무 事件)」, 1932.12.15, 한국사데이터베이스 참조.
18 「各種運動情況, 昭和 7年 下半期後ノ重要事件 檢擧, 出版法違反 其他 檢擧.

앙청년학교 손길상中央靑年學校 孫桔湘'의 신분으로 '진주군 진주면 평안동晉州郡晉州面平安洞'에서 문자보급반 활동을 하였고, 노동야학勞動夜學 활동도 하였다. 1930년 11월 12일 중앙기독교청년회학교 1학년으로 동맹휴학을 하여 무기정학 처분을 받았다. 1933년 10월에는 일본 반제 및 조선공산청년동맹원 가담 혐의 건으로 일본 경시청에 피검되었다가 같은 해 12월 기소보류 처분되어 풀려난 적이 있다. 1936년경 만주국 문교부滿洲國文敎部에 재직하였고, 〈신징조선인청년회新京朝鮮人靑年會〉 활동을 하였다. 1936년 2월 29일 신징新京에서 재만조선아동학교在滿朝鮮兒童學校 교육의 보조적 역할과 아동 정서 교양을 목적으로 회장 이홍주李鴻周, 총무 손길상孫桔湘, 위원 배익우裴翊禹, 박경민朴卿民, 정항전鄭恒篆, 임병섭林炳涉, 강재형姜在馨, 엄익환嚴翼煥, 김진영金振永 등이 참여하여 조직한 〈아동문학연구회兒童文學硏究會〉에서 활동하였다. 1936년 3월 30일 '신징 제1회 소년소녀동화대회'를 개최하였는데 이때 만주국 문교부 소속 심사위원으로 참석하였다. 평론 「『신소년』 9월 동요평」(『신소년』, 1931년 11월호)과, 『신소년』, 『별나라』, 『아이생활』, 『조선일보』, 『동아일보』, 『중외일보』 등에 다수의 동요 작품을 발표하였다.

일제강점기 진주 아동문학의 양상

소년 문예단체의 이름을 명기하지는 않았으나 '진주' 출신임을 밝혀 아동문단에 머리를 내민 소년 문사들도 적지 않다. 신문과 잡지를 두루 살펴 정리한 것을 작가별로 제시해 보겠다.

진주 정상규의 작품 가운데 '사우명'을 밝힌 것은 앞에서 제시하였으므로 그 이외의 것을 발표순으로 제시해 보겠다.('동요'는 아무런 표시를 하지 않고, 다른 갈래는 밝힌다.) 「달님 생일」(『신소년』, 1928년 4월호), 「아츰」(『동아일보』, 1928.7.28), 「나의 동생」(『동아일보』, 1928.8.1), 「금붕어」(『조선일보』, 1928.10.20), 「우슴」(『조선일보』, 1928.11.11), 「나무 장사」(『조선일보』, 1928.12.18), 작문 「우리의 장래」와 「새해를 마지하는 동무들게」(이상 『소년조선』, 1929년 1월호), 작문 「우리의 장래」(『소년조선』, 1929년 1월호), 「봄」과 「동요 일기」(이상 『아이생활』, 1929년 3월호), 「녀름날」(『동아일보』, 1929. 7.11), 「여름 햇볏」(『동아일보』, 1929.7.17), 추천소품(동화) 「죽인 고양이」와 동요 「가랑닙」(『신소년』, 1929년 7–8월 합호), 「냠냠이」(『소년조선』, 1929년 8월호), 「빨–간 가랑닙」(『조선일보』, 1929.10.17), 「아츰」(『아이생활』, 1929년 10월호), 표절을 적발한 평론 「(자유논단)글 쓸 동모여 자각하라」(『아이생활』, 1929년 10월호), 「기다림」과 「써나는 서름」(이상 『동아일보』, 1929. 11.2), 「공장 간 누나」(『동아일보』, 1929.11.18), 「퇴학」(『조선일보』, 1929.11. 21), 「공장주工場主」(『신소년』, 1929년 12월호), 「도라오는 길」(『중외일보』, 1930. 1.3), 「고양이」(『중외일보』, 1930.1.15), 「고향의 쑴」(『동아일보』, 1930.2.22), 「눈 오는 날」(『신소년』, 1930년 2월호), 「까치」(『조선일보』, 1930.4.3), 「진달내꼿」(『조선일보』, 1930.4.27), 「옵바 써나는 밤」(『신소년』, 1930년 4월호), 「어머니 눈물」(『별나라』, 1930년 4월호), 「보리타작한 날」(『조선일보』, 1930.7. 5), 「회우懷友–윤석중 동무에게」와 「비오는 밤」[19](『조선일보』, 1930.7. 11), 「동정」(『조선일보』, 1930.7.30), 「써나는 사람」(『조선일보』, 1930. 8.2), 동화 「천수의 소원(전3회)」(『조선일보』, 1930.8.7~9), 「부헝새 우는 밤」(『중외일보』, 1930.8.31), 「그리운 형님」(『신소년』, 1930년 8월호), 「불상찬어요」(『중

---

19 윤석중의 응답시가 「우리가 일터에서 맛날 쌔까지–정상규 동무에게」(『조선일보』, 1930.7.26)이다.

외일보』, 1930.9.19) 등을 찾을 수 있다. 약 3년간 동요만 30여 편, 동화 2편, 작문과 평론 등을 왕성하게 발표하였다.

이재표의 작품으로는, 「가을밤의 마을」(『소년조선』, 1929년 1월호), 「바닷가에 우는 새」(『별나라』, 1929년 7월호), 「조개 바구니」(『아이생활』, 1929년 7월호), 「바닷가에 우는 새」(『별나라』, 1929년 7월호), 「바다ㅅ가에 우는 새」(『신소년』, 1929년 7-8월 합호), 「설마지 인형」(『중외일보』, 1930.1.17), 「달님!」(『조선일보』, 1930.1.26), 「앗츰 햇님」(『조선일보』, 1930.1.30), 평론 「(수신국)소년문사들에게」(『별나라』, 1930년 2-3월 합호), 「야학」(『별나라』, 1930년 6월호), 동화 「물 푸는 녀름」(『조선일보』, 1930.8.21), 「도라온 언니」와 소년소설 「유랑流浪」(『신소년』, 1930년 11월호) 등이 있다.

손길상의 작품은, 「은하수」(『소년조선』, 1928년 9월호), 「겨을밤 거리」(『동아일보』, 1929.1.23), 「나그네님」(『동아일보』, 1929.2.6), 「싸우려 가는 개미」(『중외일보』, 1929.10.1), 「버림 바든 집신」(『신소년』, 1929년 12월호), 「언니의 노래」(『중외일보』, 1930.1.28), 「형님 사오신 나팔」(『조선일보』, 1930.1.30), 「일본 가신 옵바」(『신소년』, 1930년 2월호), 동화 「어린 나무꾼들(전2회)」(『조선일보』, 1930.3.8~), 시 「공장」(『조선일보』, 1930.3.28), 「더러운 세상」(『신소년』, 1930년 3월호), 「나물 캐러」(『신소년』, 1930년 4월호), 「공장아씨의 노래」(『신소년』, 1931년 11월호), 평론 「『신소년』 9월 동요평」(『신소년』, 1931년 11월호), 「쏘겨난 소녀」(『별나라』, 1931년 12월호) 등이 있다.

소용수의 작품으로는, 「어린이」(『어린이』, 1925년 3월호), 「시내물」(『어린이』, 1925년 4월호), 「제비」(『조선일보』, 1927.9.25), (학생문예)「조선아」(『조선일보』, 1927.11.26), (학생문예)「설음」(『조선일보』, 1927.11.29), (학생문예)「진선미」(『조선일보』, 1927.12.1), (학생문예)「가을의 들판」(『조선일보』, 1927.12.2), (학생문예)「새해」(『조선일보』, 1928.2.28), 시 「시를 어드려」(『조선일보』, 1928.3.24), 시 「서울 구경」(『조선일보』, 1929.8.29), 시 「영추迎秋」(『조선일보』, 1929.10.3), 시「가을 풍경」(『동아일보』, 1929.10.6), 시「단장斷腸 3수」
(『동아일보』, 1929.10.12), 시「인형의 노래」(『조선일보』, 1929.10. 20), 민요
「남도 민요 수제數題」(『조선일보』, 1927.12.1), 민요「남도 민요 수제數題」
(『조선일보』, 1929.12.8), 민요「남도 민요 수제數題」(『조선일보』, 1929.12.
20), 민요「남도 민요 수제數題」(『조선일보』, 1930.1.18), (학생문예)「어쩐 '짜
싸이스트'의 노래」(『동아일보』, 1930.1.24), 민요「남도 민요 수제數題」(『조
선일보』, 1930.1.25), (학생문예)「망년사忘年辭」(『동아일보』, 1930. 1.5),「이
밤이 밝으면」(『조선일보』, 1930.3.4), 감상문「창간호브터의 독자의 감상
문」(『어린이』, 1930년 3월호),「봄바다」(『조선일보』, 1930.6.11),「봄바다」(『어
린이』, 1930년 6월호),「가을」(『조선일보』, 1930.9.6), 평론「(나의 연구)신흥
민요 그 단편적 고찰(전3회)」(『조선일보』, 1930.10.3~5) 등이 있다.

정태이鄭太伊는 작문「방 나는 날」(『어린이』, 1926년 4월호),「봄의 선물」
(『중외일보』, 1927.5.9),「이슬」(『중외일보』, 1927.6.20),「자동차」(『중외일보』,
1927.5.11),「우리 아가」(『조선일보』, 1929.10.17) 등의 작품을 발표하였고,
차우영수車又永秀(차쏘영수)는「초생달」(『별나라』, 1929년 7월호),「부헝이」
(『동아일보』, 1929.11.2),「비오는 밤」(『별나라』, 1930년 2-3월 합호),「저녁
연기」(『신소년』, 1930년 3월호) 등의 작품을 발표하였다.

진주 옥산동玉山洞 박병두朴炳斗의 작품으로는,「불상한 동무의게」(『아
이생활』, 1929년 1월호),「겨을」(『소년조선』, 1929년 1월호), 작문「바람 부는
밤」(『소년조선』, 1929년 1월호),「집 일흔 비닭이」(『아이생활』, 1929년 2월호),
「비 온 뒤에」(『아이생활』, 1929년 4월호), 작문「첫봄」(『소년조선』, 1929년 4-
5월 합호), 작문「희망에 살자」(『아이생활』, 1929년 5월호), 동요「어린이 마
음」(『아이생활』, 1929년 6월호), 작문「엇든 동무」(『소년조선』, 1929년 8월호)
등이 있다.

작품이 많지 않지만 진주 지역의 소년문사들의 작품으로 다음과 같

은 것이 더 있다. 진주 황진호黃鎭濠의 동요「떠나가신 아버지」(『아이생활』, 1930년 1월호), 「(자유논단)만히 읽고 많이 쓰고저」(『아이생활』, 1930년 1월호), 진주 이성언李聖彦의 전래동요「먹칠한 검은 말」(『아이생활』, 1930년 3월호), 진주 구상태具相泰의 동요「류성긔」(『아이생활』, 1931년 3월호), 진주 김형두金炯斗의 동요「옴겨 가는 배다리」(『아이생활』, 1927년 7월호), 진주 송현자宋賢子의 동요「봉선화」(『아이생활』, 1927년 9월호), 진주 김우방金又房[20]의 동요「아츰」(『소년조선』, 1929년 1월호), 진주 조현기趙顯琪의 동요「엄마 생각」(『소년조선』, 1929년 1월호), 진주 김정애金貞愛의 동요「봄이 가면」(『소년조선』, 1929년 8월호), 진주 백삼기白三基의「(제일 즐겁든 정월)원숭이와 놀든 설」(『어린이』, 1929년 1월호), 진주 소년 이병헌의 동요「봄!!」(『가톨릭소년』, 1937년 4월호)과 동시「겨을밤」(『가톨릭소년』, 1937년 12월호), 진주 손태준孫太俊의「봄은 왔건만」(『소년조선』, 1929년 4–5월 합호), 진주제일공보 3년 박칠영朴七永의 동요「봄비」(『조선일보』, 1930. 3.28), 진주 이견훈李見薫의 동요「함박 꼿」(『중외일보』, 1927.5.9), 진주 정학용鄭學用의 동요「누나」(『조선일보』, 1930.2.13), 진주공보교 정원규의 동요「설날」(『동아일보』, 1930.2.12), 진주제일공보 3년 이충실李忠實의 동요「우리 압집 굴둑」(『조선일보』, 1930.1.30)과 동요「저녁 가마귀」(『조선일보』, 1930.3.28), 진주제일공보 3년 전윤덕의 동요「봄보리」(『조선일보』, 1930.3.28), 진주제일공보 3년 최금세의 동요「큰불이 낫다」(『조선일보』, 1930.3.28), 주상섭朱尚燮의 단성丹城(현 산청)지역 옛날 창가「우리 쌀」, 「아이들」, 「씨오쟁이」, 「시집살이」, 「둥기둥기」(이상『아이생활』, 1930년

---

20 김문방金文房으로 되어 있으나, 진주 정상규의「(자유논단)글 쓸 동모여 자각하라」(『아이생활』, 1929년 10월호, 71쪽)에 보면, "진주에서 갓치 사는 김우방金又房(金文房이라고 햇스나 활자의 오식인가 함) 씨 작품"이라는 것으로 보아 김우방이 맞다.

7월호), 진주제일공보 서영숙徐英琡의 동요 「새봄」(『조선일보』, 1930.3.16) 등도 보인다. 진주 해남海嵐의 동요 「해당화」(『별나라』, 1929년 7월호)와 진주 은월隱月의 작문 「동생의게」(『소년조선』, 1929년 1월호)도 있는데, '해남'과 '은월'이 누구인지는 불분명하다.

기타 '독자담화실', '독자구락부', '깔깔소학교', '선외가작' 등에 이름을 올린 진주 출신의 소년 문사로, 진주 강경술姜景述, 강갑출姜甲出, 고보소高普蘇, 주상섭朱尙燮, 진주읍 행정 34의 김동주金東柱, 진주 백망기白望基, 진주 박경일朴景一, 진주 김정애金貞愛, 진주 이병욱李炳郁 등이 보인다.

지금까지 제시한 것 외에도 더 찾을 수 있을 것이다. 자료 찾기를 바탕으로 현지답사를 한다면 작가들의 신원도 더 자세히 밝힐 수 있을 것으로 생각한다. 진주 지역 아동문학을 공부하는 재바른 젊은 학자가 나와 그 전모를 소상히 밝히기를 희망한다.

논문

• 박세영, 「조선 아동문학의 현상과 금후 방향」, 조선문학가동맹중앙집행위원회 서기국 편, 『건설기의 조선문학』, 1946.

• 송완순, 「조선 아동문학 시론－특히 아동의 단순성(單純性) 문제를 중심으로」, 『신세대』 제1권 제2호, 1946년 5월호.

• 송완순, 「아동문학의 천사주의－과거의 사적 일면에 관한 비망초」, 『아동문화』 제1집, 동지사아동원, 1948년 11월호.

• 신고송(申鼓頌), 「죽은 동지에게 보내는 조사(弔辭)－나의 죽마지우 이상춘(李相春) 군」, 『예술운동』 창간호, 1945.12.

• 염무웅, 고형진 외, 『분화와 심화, 어둠속의 풍경들－탄생 100주년 문학인 기념 문학제 논문집 2007』, 민음사, 2007.

• 우지현, 「송완순(宋完淳) 연구－송완순의 생애와 동요, 아동문학 평론 활동을 중심으로」, 『동아인문학』 제35호, 2016.6.

• 이장렬, 「권환 문학 연구」, 경남대학교 박사학위논문, 2004.2.

• 정열모, 「주(朱) 선생과 그 주위의 사람들」, 『신생(新生)』 제2권 제9호, 1929년 9월호.

• 최기영, 「1930년대 『가톨릭소년』의 발간과 운영」, 『교회사연구』 제33호, 한국교회사연구소, 2009.

• 최수경, 「한국인의 미국 이민 100년사－평가와 전망」, 『사회과학연구』 제22권 제1호, 충남대학교 사회과학연구소, 2011.

• 홍구, 「아동문학 작가의 프로필」, 『신소년』, 1932년 8월호.

• 홍구, 「주산(珠汕) 선생」, 『신건설』 제2호, 1946년 12-1월 합호.

단행본

- 고원섭 편, 『반민자 죄상기』, 백엽문화사, 1949.
- 김기주(金基柱) 편, 『조선신동요선집』, 평양: 동광서점, 1932.
- 김승태, 『한말 일제강점기 선교사 연구』, 한국기독교역사연구소, 2006.
- 도진순 주해·김구, 『백범일지』, 돌베개, 2019.
- 류덕제 편, 『김기주의 조선신동요선집』, 도서출판 역락, 2020.
- 류덕제, 『한국아동문학비평사를 위하여』, 보고사, 2021.
- 신명균 편, 『(푸로레타리아동요집)불별』, 중앙인서관, 1931.
- 신명균 편, 『소년소설육인집』, 신소년사, 1932.
- 신명균·맹주천 편, 『소년독물 공든 탑』, 신소년사, 1926.
- 심의린(沈宜麟), 『조선동화대집』, 한성도서주식회사, 1926.
- 안준식(安俊植) 편, 『농민소설집』, 별나라사, 1933.
- 엄필진(嚴弼鎭), 『조선동요집』, 창문사, 1924.
- 오민석, 『현대문학이론의 길잡이』, 시인동네, 2017.
- 윤복진 편, 『동요곡보집』, 하기보모강습회, 1929.
- 윤복진·박태준, 『물새발자옥』, 교문사, 1939.
- 윤춘병, 『한국 기독교 신문 잡지 백년사: 1885-1945』, 대한기독교출판사, 1984.
- 이병선, 『지일은 극일의 길―일본을 바로 알자』, 아세아문화사, 2003.
- 이재철, 『한국현대아동문학사』, 일지사, 1978.
- 이주홍(李周洪), 『격랑을 타고』, 삼성출판사, 1976.
- 정창원(鄭昌元), 『동요집』, 남해: 삼지사, 1928.
- 조선동요연구협회 편, 『조선동요선집―1928년판』, 박문서관, 1929.
- 조선프롤레타리아예술동맹 문학부 편, 『카프시인집』, 집단사, 1931.
- 조선프롤레타리아예술동맹 문학부 편, 『캅프작가칠인집』, 집단사, 1932.
- 최덕교, 『한국 잡지 백년(전3권)』, 현암사, 2004.
- 최시한·최배은·김선현, 『항일문화운동가 신명균』, 한국학중앙연구원출판부, 2021.
- 최유찬, 『리얼리즘 이론과 실제비평』, 두리, 1992.
- 한충(韓沖), 『조선동화 우리동무』, 예향서옥(芸香書屋), 1927.
- 함안군(咸安郡), 『아라의 얼과 향기―인물편』, 1988.

- 기일(奇一)(Gale, James Scarth), 『텬로력뎡』, 삼문출판사, 1895년 초판; 대한장
  로교회, 1910년 재판; 조선야소교서회, 1919.8.18; 조선야소교서회, 1926.11.27.
- 기일(Gale, James Scarth)·이원모(李源謨), 『쇼영웅(Little Lord Fauntleroy)』, 조
  선야소교서회, 1925.
- 노해리(Rhodes, Harry Andrew)·최재건 역, 『미국 북장로교 한국선교회사』, 연
  세대학교출판부, 2009.
- 레이몬드 윌리엄즈(Williams, Raymond)·이일환 역, 『이념과 문학』, 문학과지
  성사, 1982.
- 루시앙 골드만(Goldman, Lucien)·조경숙 역, 『소설사회학을 위하여』, 청하,
  1982.
- 루카치(Lukács, György) 외·홍승용 역, 『문제는 리얼리즘이다』, 실천문학사,
  1986.
- 루카치(Lukács, György) 외·황석천 역, 『현대 리얼리즘론』, 열음사, 1986.
- 뮤흐렌(Zur Mühlen, Hermynia)·최규선 역, 『왜』, 별나라사, 1929.
- 뮤흐렌(Zur Mühlen, Hermynia)·최청곡 역, 『어린 페터』, 유성사서점, 1930.
- 배위량(裵緯良)(Baird, William Martyn), 『이솝우언(Aesop's Fables)』, 조선야소
  교서회, 1921.
- 부래운(富來雲: Brownlee, Charlotte Georgia), 『어린이동산(A Child's Story
  Garden)』, 이화보육학교, 1934.
- 부래운(富來雲: Brownlee, Charlotte Georgia), 『어린이 락원』, 종교교육협회회,
  1928; 이화보육학교, 1934.
- 부래운(富來雲: Brownlee, Charlotte Georgia), 『유희 창가집』, 이화유치원,
  1930.
- 부래운(富來雲: Brownlee, Charlotte Georgia)·정성룡(鄭聖龍) 공역, 『동화세계
  (The Children's World of Stories)(제1집)』, 조선야소교서회, 1925.
- 시웰(Sewell, Anna)·許萬: Hillman, Mary, R. 역, 『흑쥰마(Black Beauty)』, 조선
  야소교서회, 1927.
- 원두우(元杜尤) 부인(Underwood, Lillias Horton), 『텬로력졍(데이권, 긔독도부
  인려힝록)』, 조선야소교서회, 1920.
- 노턴 부인(Mrs. Norton, A. H.)·최두현 역, 『유몽긔담(牖蒙奇談, The Child's
  Wonder Book)』, 조선야소교서회, 1924.

- 케이터(Cather, Katherine Dunlap)·피득: Pieters, Alexander Albert 역, 『동화연구법(Story Telling for Teacher of Beginners and Primary Children)』, 조선주일학교연합회, 1927.
- 탐손 강술(講述)·강병주 필기(筆記), 『신선동화법(新撰童話法)』, 조선야소교장로회총회종교교육부, 1934.5.16; 1939.5.25; 1954.10.16.

외국 서적

- Brüder Grimm, 『Kinder-und Hausmärchen』, Berlin: Realschulbuchhandlung, 1812.
- Perrault, Charles, 『Histoires ou Contes du Temps Passé』, Paris: Chez Claude Barbin, 1697.
- Zur Mühlen, Hermynia(Ida Dailes tr.), 『Fairy Tales for Workers' Children』, Chicago: Daily Workers Pub. Co., 1925.
- Zur Mühlen, Hermynia, 『Was Peterchen's Freunde erzählen』, Berlin: Der Malik-Verlag, 1921.

- 金素雲 譯, 『朝鮮民謠集』, 東京: 泰文館, 1929.
- 金素雲, 『朝鮮童謠選』, 東京: 岩波書店, 1933.
- 金素雲, 『朝鮮民謠選』, 東京: 岩波書店, 1933.
- 大阪國際兒童文學館, 『日本兒童文學大事典(전3권)』, 東京: 大日本圖書株式會社, 1993.
- 童謠詩人會, 『日本童謠集』, 東京: 新潮社, 1925.
- 童謠詩人會, 『日本童謠集－1926年版』, 東京: 新潮社, 1926.
- 百瀬千尋, 『童謠朝鮮』, 京城: 大阪屋號書店, 1936.
- 百瀬千尋, 『諺文朝鮮童謠選集』, 東京: ポトナム社, 1936.
- Zur Mühlen, Hermynia(林房雄 譯), 『小さいペーター』, 東京: 曉星閣, 1927.
- 朝鮮總督府, 『朝鮮童話大集』, 京城: 大阪屋號書店, 1924.
- 荒畑寒村, 『なぜなの』, 東京: 無産社, 1926.

지은이

류덕제 柳德濟, Ryu Duckjee

경북대학교 대학원 문학박사(1995)
대구교육대학교 국어교육과 교수(1995~현재)
The State University of New Jersey(2004),
University of Virginia(2012) 방문교수
대구교육대학교 교육대학원장(2014~2015)
한국아동청소년문학학회 회장(2015~2017)
국어교육학회 회장(2018~2020)

논문

「『별나라』와 계급주의 아동문학의 의미」(2010)
「일제강점기 계급주의 아동문학의 방향전환론과 작품적 대응양상 연구」(2014)
「윤복진의 아동문학과 월북」(2015)
「송완순의 아동문학론 연구」(2016)
「일제강점기 아동문학가의 필명 고찰」(2016)
「김기주의 『조선신동요선집』 연구」(2018) 외 다수

저서

『한국 아동청소년문학연구』(공저, 2009)
『학습자중심 문학교육의 이해』(2010)
『권태문 동화선집』(2013)
『현실인식과 비평정신』(2014)
『한국아동문학사의 재발견』(공저, 2015)
『한국현실주의 아동문학연구』(2017)
『김기주의 조선신동요선집』(2020)
『한국현대 아동문학비평론 연구』(2021)
『한국 아동문학비평사 자료집 1~9』(2019~2022)
『한국 아동문학의 발자취』(2022)

E-mail : ryudj@dnue.ac.kr

한국 아동문학의 발자취

2022년 12월 28일 초판 1쇄 펴냄

지은이 류덕제
펴낸이 김흥국
펴낸곳 보고사

책임편집 이소희
표지디자인 김규범

등록 1990년 12월 13일 제6-0429호
주소 경기도 파주시 회동길 337-15 보고사
전화 031-955-9797
팩스 02-922-6990
메일 bogosabooks@naver.com
http://www.bogosabooks.co.kr

ISBN 979-11-6587-386-8   93810
ⓒ 류덕제, 2022

정가 18,000원